COLLECTION FOLIO

L'œil de la *nrf*

Cent livres pour un siècle

Choix des textes et présentation
par Louis Chevaillier

Gallimard

Merci à Nicole Aboulker, secrétaire de rédaction de *La NRF* pendant plus de trente ans et mémoire de la revue, pour son aide, sa gentillesse et sa disponibilité.

Ces articles ont paru originellement dans la revue *La NRF* de 1909 à 2008.

PRÉSENTATION

Le 1er février 1909, en une époque riche en publications éphémères, le numéro un de *La Nouvelle Revue Française* marque le début d'une aventure intellectuelle inédite. Celle d'une critique militante toujours soucieuse d'objectivité qui bientôt sera parole d'évangile. Les six créateurs ont de vingt-neuf à trente-neuf ans. Autour de Gide, se réunissent Ghéon, Schlumberger, Copeau, Arnauld et Ruyters[1]. Pas de programme, sinon la tâche que promeut Schlumberger sous le patronage de Du Bellay : « défense et illustration de la langue française ». Entendez par langue, la culture, par défense, la « réponse, riposte d'un organisme vivant à toutes les influences bonnes ou mauvaises ». L'exigence est de mise, la référence au XVIIe siècle suit. L'ouverture au domaine étranger se fera très vite.

Cent ans plus tard, joyau des Éditions Gallimard, *La NRF* demeure terre vivante, ouverte aux maîtres

1. Montfort, qui avait participé au premier essai malheureux du 15 novembre 1908, a été écarté.

du passé, aux écrivains de demain, attentive à la littérature en train de se faire. Car la critique littéraire est au centre du projet des six pères fondateurs. Élogieuses ou ironiques, les notes et les chroniques de chaque numéro reflètent la diversité des tempéraments des contributeurs, réunis dans leur refus des faux-semblants, dans leur approche sensible d'une littérature de conquêtes.

Pour célébrer ces cent ans d'édition, il fallait témoigner de la variété de ces opinions, d'une *Nouvelle Revue Française* miroir de son temps. D'où cette sélection de cent critiques de livres ayant marqué notre siècle, tant parce qu'ils ont su incarner leur époque que par leur postérité. Cent critiques nécessairement courtes pour que la lecture en soit ludique, quitte à écarter des textes célèbres, trop longs, traitant de la littérature dans sa globalité ou de l'intégralité de l'œuvre d'un auteur[1]. La pluralité des regards, la redécouverte d'écrits méconnus étaient à ce prix. De *La conquête du courage* de Stephen Crane, paru en anglais en 1895, à *Dans le café de la jeunesse perdue* de Patrick Modiano, publié en 2007, se dessine un long siècle de littérature mondiale.

1. Vous ne trouverez ainsi au sommaire aucune des longues chroniques de Drieu La Rochelle bien que celles-ci aient marqué de leur violence *La NRF* collaborationniste des années noires, et seule une note de deux chroniqueurs réguliers de la revue, Thibaudet et Blanchot. Nous ne nous sommes, par ailleurs, pas résolus à couper le brillant « James Joyce » de Larbaud. Quant à Malraux, il n'apparaît dans ce volume que comme contributeur.

Se succèdent dans l'ordre chronologique notes et notules. André Breton met avec Lautréamont l'unité de l'âme en ballottage. Mauriac découvre avec *La Prisonnière* un autre Proust. Denis de Rougemont applique au *Procès* de Kafka la grille d'analyse de la théologie chrétienne. Si *La NRF* a toujours refusé de subordonner le jugement esthétique aux préférences politiques et religieuses, les engagements de Paul Nizan transparaissent dans son analyse de *L'été 1914* de Martin du Gard. Toute critique est un dialogue. Michel Butor décèle dans *Celui qui ne m'accompagnait pas* de Blanchot des analogies avec sa propre expérience. Pieyre de Mandiargues goûte dans *Le festin nu* de Burroughs la beauté d'une nouvelle *Saison en enfer*.

La NRF, si elle a accueilli nombre d'écrivains confirmés, a aussi été le lieu où se sont forgés la pensée et le style de nombreux auteurs. Malraux a vingt ans quand paraît sa première note, Philippe Jaccottet vingt-huit, Robbe-Grillet trente. À la fin du volume, de courtes notices biographiques donnent quelques indications sur leur parcours. Un index facilite les recherches.

En espérant que ce livre donnera envie d'aller plus loin, de lire le volume de Pierre Hebey, *L'esprit NRF*, dont nous nous sommes servis pour la période 1909-1940, et surtout de se plonger dans les œuvres analysées, nous vous souhaitons d'excellentes lectures.

daire anté-

1er février 1909

ANDRÉ GIDE

Poèmes par un riche amateur de Valery Larbaud

Ce livre est fait pour irriter les uns, amuser d'autant plus les autres; hâtons-nous d'être de ceux-ci.

L'auteur anonyme imagine un milliardaire américain, M. Barnabooth, (« … fortune gigantesque — la plus importante peut-être, et certainement la plus solidement assise du monde moderne ») auteur d'une nouvelle en prose (« œuvre de jeunesse : quand il la composa, M. B. avait dix-huit ans ») et de deux suites de poèmes. Il imagine un M. X. M. Tournier de Zamble pour éditer et préfacer ces œuvres. M. Tournier de Zamble nous donne sur M. Barnabooth tous les renseignements que nous pouvons désirer savoir — et beaucoup d'autres en surplus ; il nous apprend que M. Barnabooth « s'exprime avec une très grande facilité en français, en anglais, en italien, en allemand, en espagnol et en plusieurs langues d'un usage moins répandu ». Après une lecture de Whitman, lorsqu'il était encore au collège, « il écrivit un volume entier de vers anglais, qu'il brûla depuis sans l'avoir publié ». Si donc les poèmes qu'il nous présente sont écrits précisément en français, c'est moins par nécessité que par choix : « En somme, pourtant, d'une manière générale, on peut dire que M. Barnabooth se sent étrangement attiré par la France. »

M. Tournier de Zamble recueille les « propos de table » de Barnabooth ; citons : — « Je respecte presque toujours la vertu, car je ne la respecte que devant les imbéciles. »

Dessinant la « personnalité de M. Barnabooth », X. M. Tournier de Zamble écrit : « on ne sait jamais s'il veut rire ou s'il est sérieux », phrase qu'on appliquerait tout aussi bien à X. M. Tournier de Zamble lui-même, naturellement ; car en plus d'un endroit de la préface, on ne sait trop où la fable s'arrête et l'on sent vaguement que le personnage de Barnabooth s'écaille pour laisser transparaître la personnalité véritable de l'auteur.

Si amusante que soit souvent l'ironie de cette préface un peu longue, je lui préfère la stricte et voluptueuse sensibilité des poèmes ! Barnabooth et l'auteur se confondent ici fréquemment. Nous suivons cette dualité dans ses voyages. Barnabooth a couru tous les pays. J'aime sa précipitation, son cynisme, sa gourmandise. Ces poèmes, datés de partout, sont assoiffants comme une « carte des vins ». Aucun flottement rhétorique.

Assez de mots, assez d'images ! ô Vie réelle,
Sans art et sans métaphores, sois à moi !

À la manière de Whitman, il obtient le parfait lyrisme par la simple présentation et la juxtaposition des objets :

Oh ! qu'il me soit donné encore une fois,
De revoir quelques endroits aimés, comme
La Place du Pacifique, à Séville ;
La Chiaja fraîche et pleine de monde ;
Dans le jardin botanique de Naples,
La fougère arborescente, l'arbre jeune-fille
Que j'aime tant ; et encore
L'ombre légère des poivriers de l'avenue de Képhissia ;
La plage du vieux Phalère ; et à Bucharest,
La Chaussée de Kisselew ; et, encore !
Les vignes de Lesbos et ses beaux oliviers
Où j'ai gravé mon nom de poète lyrique ;
Et puis aussi,
Cette plage « Khersonèse », près de Sébastopol,
Où la mer est parmi les ruines, et où un savant
Montre avec amour une affreuse idole Kirghise
Lippue, ayant un sourire idiot sur ses grosses joues de pierre.

Je voudrais citer davantage ; il faudrait aussitôt citer trop — car dans ce livre bizarre, chaque tableau de sensation, si juste ou spécieux soit-il, vaut surtout par la célérité de sa fuite ; un autre succède aussitôt ; sans souci de la prosodie le vers s'élance et l'émotion pose sur le papier autant ou aussi peu de pieds qu'il lui suffit pour échapper.

S'il tint un « journal » au cours de ses voyages, ce M. Barnabooth devrait bien nous le montrer.

1er juin 1911

HENRI GHÉON

La conquête du courage de Stephen Crane

Un récit inventé, mais sans littérature, mais si scrupuleusement objectif qu'il peut en vérité donner le change et prendre place à côté des confessions les plus sincères, les plus directes, que la littérature de bataille ait enregistrées — celles d'un sergent Bourgogne, celles d'un Séménoff ! Telle est la révélation pathétique que nous devons aux traducteurs de *La conquête du courage*, MM. Vielé-Griffin et Davray. Stephen Crane, l'auteur, mort en 1900 à trente ans, n'a pas pu assister à la guerre de Sécession où il conduit son « *jeune soldat* » lâche et héroïque. Il semble cependant que son apport personnel dut être considérable et qu'il profita de ses expériences au cours de la guerre gréco-turque et de la révolution de Cuba, auxquelles il a été mêlé de près : il y aurait simplement transposition. — De fait son roman ne vaut point par l'éclat des descriptions tumultueuses ; comme le héros de *La guerre et la paix*, son héros n'a pu embrasser qu'un petit coin de la bataille. Tout l'intérêt du récit se concentre dans cet étroit espace et dans moins que cela, dans l'âme inquiète et solitaire qui attend la révélation la plus grave ; renferme-t-elle en soi le courage ou la lâcheté ? — Or, c'est d'abord le courage qui se montre, au premier choc : un baptême du feu étonnamment facile et spontané ! Comment une peur imprévue, imbécile, irrésistible se manifeste-t-elle ensuite, alors qu'il n'y avait qu'à continuer ? mystère de la nervosité et de l'endurance humaines. Et le jeune homme fuit. Il rentre, après une lamentable équipée, au bataillon où on le croyait mort. On fête son retour, nul ne soupçonne sa faiblesse. À la bataille prochaine il se conduira en héros, en fou. Pourquoi ? Il ne le sait pas davantage... — Quels sommes-nous ? ne nous connaîtrons-nous jamais ? Un tel récit de psychologie authentique mène très loin l'esprit. Nous n'aurons jamais trop de documents sur l'homme. Que ce livre inventé ait le poids, la valeur d'un document réel, voilà qui le place assez haut, même dans la littérature.

1er mai 1912
JEAN SCHLUMBERGER
Le merveilleux voyage de Nils Holgersson
de Selma Lagerlöf

Heureux pays que la Suède, heureux enfants des écoles qui ont pour livre de lecture, de géographie et de leçons de choses ce délicieux conte de fée. Ce fut, en vérité, une idée charmante que de demander à Selma Lagerlöf un manuel scolaire. Avec quelle fantaisie, quelle richesse et quelle émotion l'auteur de *Gösta Berling* s'est acquitté de sa tâche ! Le petit Nils transformé en gnome pour punition de sa paresse, est emporté par les oies sauvages qui le font voyager d'un bout à l'autre de la Suède. Paysages, légendes, vie des hommes et des animaux, il apprend à tout connaître au cours de ses merveilleuses aventures. Rien de didactique dans ce livre. Tout y est charme, ingéniosité, délicatesse. Les souvenirs historiques se parent d'assez de fantastique pour demeurer à jamais dans la mémoire de l'enfant. Les animaux n'ont pas cet anthropomorphisme puissant joint à cette sûre connaissance de la nature qu'on trouve chez Kipling ; mais Selma Lagerlöf les peint avec une justesse plus familière et plus directe. Parmi les légendes, les unes sont anciennes, d'autres sont inventées par l'auteur : on ne les distingue guère tant elles s'unissent avec bonheur pour donner un sens profond aux créatures et aux paysages.

Envions les écoliers suédois et n'ayons pas de repos que nos enfants ne connaissent l'équivalent d'un tel livre.

1er juillet 1913

ALBERT THIBAUDET

Les copains de Jules Romains

On ne s'ennuie pas à lire *Les copains.* Et il ne faudrait pas reprocher à M. Jules Romains l'épaisseur enfantine de son comique, puisque précisément tout y est gros à plaisir et de parti-pris. C'est d'une farce de collégien que Jarry a tiré l'immortel *Ubu*, et la farce n'est épique que parce qu'au lieu d'en éliminer la potacherie, Jarry en a versé encore à pleines mains. M. Jules Romains ne s'est guère mis plus que Jarry en peine d'invention, et comme le père Ubu transférait *Macbeth* au Guignol, M. Romains, dans la *Destruction d'Issoire*, y a envoyé *Eviradnus.* Au reste, l'intérêt de son livre est ailleurs.

La doctrine qui lui a inspiré des œuvres aussi curieuses et aussi diverses que *Un être en marche, Mort de quelqu'un* et les *Prières,* nous a toujours paru plus volontaire que sentie, plus imaginée que vécue. Il était dans la logique de l'unanimisme de nous donner l'histoire de la vie d'un mort — et j'en sais qui l'avaient prédit assez longtemps avant *Mort de quelqu'un.* N'était-il pas aussi dans cette logique d'isoler la part d'ironie et d'artifice que l'unanimisme contient, d'en tirer un comique spécial, et d'arriver aux *Copains*? Le cas de M. Jules Romains n'est pas sans analogie avec celui de Francis Jammes. La claire et pure sensibilité de Jammes est hors de cause ; mais s'il en est un qui ne soit pas un tutupanpan à qui ça vienne en écoutant chanter le rossignol, le voilà. Et tout le fond d'artifice que nous devinons en souriant, charmés de cela encore, derrière ses plus naïves candeurs, il fallait bien que Jammes nous en présentât un jour la bonne figure qui rit, et ce fut *Existences* que, je ne sais pourquoi, nous sommes si peu à aimer.

Les Copains sont des farceurs assez plantureux qui, à la suite d'incidents un peu mornes, partent de leur café habituel pour l'Auvergne, afin d'y créer et d'y défaire de l'existence selon la formule unanimiste. Je ne raconterai pas comment de deux sous-préfectures qui paraissaient avoir des droits égaux à l'existence, il arrive, par l'insondable volonté des Copains, que l'une, Ambert, est créée, tirée du néant, promue à la même vie unanime que le Métropolitain et que le pensionnat en promenade de *Un être en marche*, l'autre, Issoire, telle Uxellodonum par le Romain Jules, détruite. Ce sont les deux meilleurs chapitres du livre, et il faut les lire. On y trouvera aussi des discours peu ordinaires, et M. Jules Romains a eu la coquetterie de les mettre en latin quand ils traitaient de l'alliance franco-russe, et de maintenir en français un sermon rabelaisien qui braverait l'honnêteté si elle n'avait voilé sa face et ne courait encore.

Louons bien fort M. Jules Romains de ce qu'il trouve moyen, en maintenant la doctrine qui fait à son art son originale figure, de ne pas ériger cette doctrine en procédé, de paraître se renouveler à chaque production, de nous intéresser à un tempérament plein de vigueur, de santé, de liberté.

1er janvier 1920

JACQUES RIVIÈRE

À l'ombre des jeunes filles en fleurs de Marcel Proust*

L'Académie Goncourt a décerné son prix annuel à M. Marcel Proust, pour son roman *À l'ombre des jeunes filles en fleurs,* qui a paru aux éditions de la *Nouvelle Revue Française* et dont notre revue elle-même a publié d'importants fragments dans le premier numéro de sa nouvelle série. Nous ne pouvons que saluer avec joie cette décision qui vient confirmer et consacrer une admiration chez nous déjà ancienne et que nous nous sommes efforcés, dès avant la guerre, de faire partager à nos lecteurs.

La presse quotidienne, que trop souvent gouvernent des préoccupations d'un ordre assez étranger

* Ce texte a paru initialement sous le titre « Le prix Goncourt ».

à la littérature, s'est élevée, dans son ensemble, contre le choix de l'Académie Goncourt, à qui elle a reproché d'avoir avantagé, contrairement à ses traditions, un auteur qui n'est plus de la première jeunesse. Sans vouloir discuter les mérites respectifs des concurrents de M. Marcel Proust, parmi lesquels plusieurs avaient incontestablement du talent et verront leurs œuvres ici aussi favorablement que possible appréciées, il nous sera bien permis de faire remarquer que la jeunesse d'un écrivain ne doit pas se calculer exclusivement d'après son âge.

Du jeune homme qui, s'assimilant avec adresse une formule déjà fatiguée, réussit à lui donner un éphémère brillant de nouveauté, ou de l'écrivain, qui ne se met au travail que sur le tard, poussé par le seul besoin de transcrire la vision profondément inédite et, si l'on ose dire, « impaire » qu'il a des choses, et particulièrement du monde intérieur, quel est le vrai « jeune » ? Pour le décider, ne faut-il pas regarder de quel côté l'avenir est le mieux servi, de quel côté la littérature se trouve le moins close, le plus exposée à se renouveler ? En d'autres termes, ne faut-il pas mesurer la quantité de jeunesse que contient l'œuvre, plutôt que celle dont son auteur a la chance (par elle-même déjà suffisamment agréable et qui se passe de récompense) d'être doté ? Si l'Académie Goncourt a procédé dans un tel esprit à l'examen des ouvrages qui lui étaient soumis, ne faut-il pas plutôt l'en féliciter que l'en blâmer ? Ne faut-il pas lui être reconnaissant d'avoir couronné, au lieu du plus jeune, le plus rajeunissant de tous les romanciers qui briguaient ses suffrages ?

Marcel Proust en effet, nous le prétendons et nous voudrions beaucoup pouvoir un de ces jours le démontrer, est au premier rang de ceux qui viennent nous rendre la vie. Sans peut-être s'y être consciemment efforcé, il renouvelle toutes les méthodes du roman psychologique, il réorganise sur un nouveau plan cette étude du cœur humain, où excella toujours notre génie, mais que le romantisme avait, même chez nous, affaiblie, relâchée, obscurcie.

Le choix de l'Académie Goncourt, même s'il a déplu à quelques journalistes, sera certainement ratifié par la génération qui vient. Peut-on souhaiter meilleure preuve de sa justice ?

1er juin 1920

ANDRÉ BRETON

Les Chants de Maldoror du Comte de Lautréamont

La vie humaine ne serait pas cette déception pour certains si nous ne nous sentions constamment en puissance d'accomplir des actes au-dessus de nos forces. Il semble que le miracle même soit à notre portée. Du Christ nous faisons un homme comme tous les autres pour ne plus pouvoir douter de lui. Certes les religions n'ont rien d'absurde : il n'est pas de croyance plus naturelle que celle à l'immortalité de l'âme ou, du reste, à l'immortalité simple (j'ai beaucoup de peine à admettre qu'un jour mon cœur cessera de battre). Tout au plus nous élevons-nous contre l'idée d'une vérité dernière. Il arrive que des esprits, généreux pourtant, se refusent à admirer une cathédrale terminée. Ceux-là se tournent vers la poésie qui, par bonheur, en est restée à l'âge des persécutions. La religion, pense le vulgaire, « ne commande jamais de faire le mal ». Par contre ce qu'il peut entrevoir d'une morale poétique n'est pas pour lui faire dire que la poésie a du bon.

Ce n'en serait pas moins une erreur de considérer l'art comme une fin. La doctrine de « l'art pour l'art » est aussi raisonnable qu'une doctrine de « la vie pour l'art » me semble insensée. On sait maintenant que la poésie doit mener quelque part. C'est sur cette certitude que repose, par exemple, l'intérêt passionné que nous portons à Rimbaud. Mais pour exaspérer notre désir, ce dernier, comme tant d'autres esprits interrogés sur l'au-delà, s'est plu jusqu'à ce jour à nous décevoir. On ne peut prendre les lettres d'Abyssinie que pour une suite de boutades. Le plus simple moyen de désintéresser une partie consiste à faire disparaître à la fois le joueur et l'enjeu. L'histoire, littéraire ou autre, ne se flatte pas de nous apprendre ce qui se serait passé *si*. On commettrait quelque maladresse en célébrant un homme parce qu'il est mort « à la fleur de l'âge ». Qu'on ne s'en laisse pas imposer non plus par une biographie entièrement dépourvue d'anecdotes. Le tout est que, pour parler du comte de Lautréamont, nous puissions nous en tenir à son œuvre. Isidore Ducasse a si bien disparu derrière son pseudonyme qu'on croirait aujourd'hui broder en identifiant à ce jeune répétiteur (?) Maldoror ou même l'auteur de ses Chants.

Que de telles énergies se dépensent (provisoirement, croient-elles) à écrire, voilà qui mérite réflexion. C'est encore dans le travail littéraire, appliqué ou non, qu'on trouve le mieux à satisfaire sa volonté de puissance. *L'effet* ne s'y fait pas attendre, si l'on veut bien prendre ce mot dans un sens très large. L'encre et le papier savent seuls tenir l'imagination en éveil. Il n'eût pas fallu plaisanter cet orateur qui n'avait d'idées qu'en parlant. Je crois que la littérature tend à devenir pour les modernes une machine puissante qui remplace avantageusement les anciennes manières de penser. En désespoir de cause, et contre toute loyauté, les meilleurs logiciens essaient d'obtenir notre assentiment au moyen d'une image. C'est, a dit Lautréamont, que la « métaphore rend beaucoup plus de services aux aspirations humaines vers l'infini que ne s'efforcent de se le figurer ceux qui sont imbus de préjugés ». J'entends bien que l'abus de confiance n'est pas grave et qu'il y a intérêt à encourager tout ce qui peut jeter un doute sur la raison. L'idée de la contradiction, qui demeure à l'ordre du jour, m'apparaît comme un non-sens. De l'unité de corps on s'est beaucoup trop pressé de conclure à l'unité d'âme, alors que nous abritons peut-être plusieurs consciences et que le vote de celles-ci est fort capable de mettre chez nous deux idées opposées en ballottage. Cette théorie, en tout cas, s'accorde parfaitement avec le peu qu'il nous est donné de savoir de l'hérédité.

Le propre du désir étant de nous préparer une déception, j'aime qu'à ce point il se montre inéluctable. Les mystères que prétend me révéler Lautréamont, je ne les discute même pas. Deux corps combinés, en chimie, peuvent dégager une chaleur telle, donner lieu à un précipité si franc que l'expérience ne m'intéresse plus. De telles préparations sont encore celles qui procurent le véritable repos des sens. Il est étrange qu'on reproche aux poètes de faire appel à la surprise, comme si nous ne souhaitions pas toujours qu'on tire un coup de revolver à notre oreille afin de nous éviter quelques secondes de faire attention.

C'est aussi pourquoi nous aimons tant rire. Tout le temps que dure l'explosion, sa cause nous échappe (il y a loin de là à ce mysticisme de la mystification dont on a parlé). Le plaisant « souci de dignité » commun à tous les hommes dont nous entretenait récemment Charlie Chaplin a beau nous obliger à nous reprendre, de tels accès n'en méritent pas moins une belle page dans la géographie du cœur. Mais Lautréamont n'échappe pas à la règle : le rire, « ce honteux dépouillement de la noblesse humaine », lui fait horreur. « Soyons sérieux », se répète-t-il. Il se prendrait sans cesse en défaut et en concevrait du dépit si son relativisme ne lui venait en aide. C'est qu'en effet, selon lui, l'enthousiasme et le froid intérieur peuvent *parfaitement* s'allier et qu'il pousse assez loin le respect humain pour juger également sacrés l'oisiveté et le travail.

L'instant n'est pas venu d'étudier la portée morale de l'œuvre de Ducasse. Elle ne saurait se déduire que de la comparaison des *Chants de Maldoror* et des « Poésies » ; l'occasion me semblera mieux choisie d'en parler à propos de ces dernières. Je ne puis exiger que le passage d'un volume à l'autre ne passe pour une révolution dans le temps. J'espère seulement que le lecteur des *Chants* ne s'en tiendra pas à un pur baudelairisme de forme. Il s'en trouverait d'autant plus mal que le style de Lautréamont lui opposerait une dénégation frappante. « Si la mort arrête la maigreur fantastique des deux bras longs de mes épaules, employés à l'écrasement lugubre de mon gypse littéraire, je veux que le lecteur en deuil puisse se dire : "Il faut lui rendre cette justice. Il m'a beaucoup crétinisé." » Nul, au fond, n'observa plus de mesure que lui dans son langage. Lautréamont eut si nettement conscience de l'infidélité des moyens d'expression qu'il ne cessa de les traiter de haut : il ne leur passa rien et, chaque fois qu'il était nécessaire, leur fit honte. Il rendit ainsi, en quelque sorte, leur trahison impossible. Aussi, rien n'ayant chance de se dénouer jamais par l'artifice grammatical, devons-nous lui savoir plus de gré de suspendre, comme il le fait, la fin de sa phrase que de faire semblant de résoudre, de manière aussi élégante qu'on voudra, un problème qui restera éternellement posé.

1er décembre 1920

BENJAMIN CRÉMIEUX

Chéri de Colette

Chéri a déconcerté quelques admirateurs de Madame Colette, parce qu'ils y ont cherché en vain la chaleur lyrique des *Vrilles de la vigne* et de *L'entrave.* Il y a dans *Chéri* bien peu de ces pages palpitantes qui avaient une saveur mystiquement charnelle et c'est tout à la fin du livre qu'il faut aller les découvrir : « Enfin elle le saisit au bras, cria faiblement, et sombra dans cet abîme d'où l'amour remonte pâle, taciturne et plein du regret de la mort… »

Mitsou ou Comment l'amour vient aux filles indiquait déjà la direction nouvelle choisie par Colette. La guerre semble avoir clos pour elle la phase des *Confessions* (autobiographiques ou non, peu importe) qui vont des *Claudine* à *L'entrave* et qu'on imagine volontiers recueillies en un seul gros *in-octavo*, imprimées fin sur deux colonnes, pour faire le pendant féminin à celles de Jean-Jacques.

Le récit qui ne craignait naguère ni redites ni hors-d'œuvre, et semblait n'obéir qu'à une libre fantaisie de poète, apparaît dans *Chéri* discipliné, resserré, dompté. Si son génie éclate moins, le talent de Colette s'épanouit dans sa plus riche perfection. Tout dans ce livre pourrait se donner en modèle : la composition, et notamment l'exposition du sujet dans les vingt premières pages, l'étude des caractères, la vérité des dialogues, la qualité du style.

Colette a pris pleine conscience de son art spontané, et domine ses dons au lieu de s'abandonner. Elle travaille désormais à la façon des classiques, sans plus rien demander au subconscient, et n'écrit plus un mot qu'elle ne l'ait prémédité. Ce n'est plus une matière en fusion, mais durcie, polie qu'elle offre à son lecteur.

Chéri a paru en tranches hebdomadaires dans la *Vie parisienne.* Ce mode de publication, en exigeant que chaque chapitre forme un tout, contraint l'auteur à une discipline stricte dans la composition et la conduite de son ouvrage. Cette influence *classique* de la *Vie parisienne* sur ses collaborateurs n'avait pas, croyons-nous, encore été notée. Il convient sans doute de ne pas l'exagérer.

Saluons ce renouvellement de Colette qui nous promet des surprises heureuses, et observons qu'elle est de nos grands écrivains le seul qui, depuis la guerre, se manifeste autre que nous ne le connaissions déjà, sans rien perdre de ses qualités d'antan.

Colette a achevé de découvrir le monde, l'homme, l'amour, elle-même. Elle ne va plus vivre la suite de ses expériences particulières devant nous ; elle va nous livrer un choix délibéré de son expérience globale. Le sujet de *Chéri* est mince et spécial, mais il a les dessous, les perspectives, les prolongements d'une nouvelle de Balzac, qui savait tout. Close dans sa féminité, Colette ne sait sans doute pas tout sur toutes choses, mais elle sait tout sur ce dont elle nous parle. Cerné par elle, son sujet ne s'évade pas ; elle nous en livre l'aspect extérieur, toutes les facettes et le plus intime secret. Ce n'est que le réel, mais c'est le réel tout entier.

Si nous souhaitons des personnages plus fraternels que ceux de *Chéri*, nous n'avons peut-être qu'à patienter un peu et à faire crédit à un écrivain qui a introduit dans notre littérature la *prose féminine* qui lui manquait.

Ce n'est que dans un siècle ou deux qu'on pourra doser avec quelque chance de précision l'apport de Colette dans la littérature française. Aucune des femmes-prosateurs qui l'ont précédée, de Marguerite de Navarre à Mme de Staël et à George Sand, n'ont écrit autrement que des hommes. Colette a créé un style où s'équilibrent la mesure et la spontanéité, où l'adjectif a retrouvé toute sa valeur d'épithète, les alliances de mots une nouveauté musicale ou suggestive sans afféterie, ni cubisme, style aussi propre à la description qu'à l'analyse, bref sans sécheresse, charnu sans redondance et dont la plus sûre valeur est de plonger ses racines dans le fonds même de notre terroir linguistique.

1er mars 1921

PIERRE MAC ORLAN

Martin Eden de Jack London

C'est une figure assez curieuse que celle de Jack London qui fut dans le sens le moins populaire du mot un aventurier possédant tous les goûts de ceux qui firent les délices des romantiques, la sensibilité toutefois l'emportant sur la passion. Depuis quelques années les œuvres de Jack London semblent connaître la faveur du public. Elles offrent d'ailleurs un intérêt inégal, car cet écrivain donna aux magazines de nombreuses nouvelles qui réunies en volumes n'apportent aucun élément de qualité dans notre langue. Les meilleurs livres de Jack London traduits en français sont : *L'amour de la vie, L'appel de la forêt,* qui trouva par la suite bien des imitateurs de l'autre côté de l'Atlantique et cette histoire monotone, tragique et mélancolique de Martin Eden qui représente Jack London sous un des aspects qu'il connaissait le mieux. Dans ce roman qui est peut-être une autobiographie, l'esprit d'aventures du matelot Martin Eden se replie au contact d'une fille de la bourgeoisie. Cette fille est elle-même une curieuse figure sociale. C'est le « rocher mou » où les forces du jeune homme viennent se briser. Il connaît cependant l'art de soigner ses attitudes et quelques paragraphes essentiels des bons manuels de civilité. La lutte de cet homme pour conquérir la gloire littéraire est un enseignement ; je ne le conseille toutefois qu'aux apprentis écrivains doués d'une force physique les mettant à l'abri des surprises. Les livres émouvants pris à la lettre, et en particulier les livres d'action ne valent rien au point de vue didactique. Martin Eden finit par connaître la fortune et la considération des éditeurs. Sa première joie, qui est commune à beaucoup de débutants, est de surprendre la stupéfaction de sa famille ; puis sa joie s'apaise, il demeure seul en présence de celle qu'il aimait. Il la retrouve, et mieux armé par les propres armes qu'elle lui a données il s'aperçoit de la petitesse d'esprit de cette jolie bourgeoise. Il en résulte une immense déperdition de forces, et Martin Eden se supprime à bord d'un paquebot qui l'emmenait n'importe où.

Cette fin mélancolique, si elle n'est pas conforme aux besoins du roman, n'en demeure pas moins explicable. C'est le besoin de dormir que l'on éprouve après la solution, bonne ou mauvaise, d'une aventure compliquée. Martin Eden se noie comme Franck Brown le héros de *Mandragore*, las et sans arguments pour se défendre, conclut son histoire par ces mots : « Je veux rentrer chez ma mère. » Il faut le talent des grands auteurs pour rendre sympathiques ces crises d'enfantillage. London est de ceux qui puissamment organisés pour la lutte peuvent être vaincus sans déchoir ; mais que dire de ces faibles dont toute la vie ne fut qu'une plainte et qui réussirent à prendre dans l'art littéraire d'un pays une place, sinon honorable, tout au moins sympathique.

1er janvier 1921

VALERY LARBAUD

Paludes d'André Gide

Cette nouvelle édition de *Paludes* va permettre au grand nombre de lecteurs qu'André Gide s'est acquis depuis la publication de *La porte étroite*, de faire connaissance avec la plus importante de ses œuvres antérieures aux *Nourritures terrestres.*

Nous venons de la relire, — dans notre vieil exemplaire du Mercure de France, — après vingt années écoulées et avec « toute cette cynique et sombre connaissance de ce qui arrive et de ce qui doit arriver, avec toute l'expérience et toute la méfiance, et toutes les désillusions amassées[1] » au cours de ces vingt années : une sévère épreuve à faire subir à un livre écrit il y a vingt-cinq ou vingt-six ans, et par un jeune homme.

1. *Trivia*, de Logan Pearsall Smith, 1918.

Eh bien, notre toute première impression a été que, d'abord, pour être daté de 1896, *Paludes* ne date guère (et pourtant Dieu sait dans quelle espèce de charabia prétentieux il était de mode d'écrire alors, et de quels dangereux exemples Gide était entouré !) — et ensuite que, pour être l'ouvrage d'un homme de moins de vingt-cinq ans, il témoigne d'une remarquable maturité d'esprit. Même, nous avons eu le sentiment que, lors de notre première lecture (vers l'époque de notre majorité légale) un certain nombre de choses avaient dû, faute de maturité chez nous, échapper à notre attention ; par exemple, des passages comme celui-ci : « Hubert n'a rien compris à *Paludes* ; il ne peut se persuader qu'un auteur n'écrive pas pour distraire, dès qu'il n'écrit plus pour renseigner. Tityre l'ennuie ; *il ne comprend pas un état qui n'est pas un état social ; il s'en croit loin parce qu'il s'agite.* » Les observations d'ordre général contenues mais non directement exprimées dans ces phrases se suivaient de trop près pour que nous eussions le temps de nous y arrêter. Et pourtant, nous savions déjà si bien que la poésie n'a pour fonction ni de renseigner ni de distraire, et nos pensées ordinaires planaient, alors, à tant de lieues au-dessus de tout état social ! Mais c'est que la vie ne nous avait pas encore appris à découvrir dans les livres ces formules algébriques où les moralistes ont su la condenser : nous ne suivions plus. Mais à quoi bon essayer de retrouver l'état d'esprit dans lequel nous étions, nous les jeunes contemporains d'André Gide, à l'époque où nous avons lu pour la première fois *Paludes*? Qu'il nous suffise de dire tout de suite que cette seconde lecture, plus attentive, plus reposée, plus critique, nous a été encore plus agréable et même, oui, plus profitable que la première.

C'est un livre charmant. Pour la désinvolture, l'aisance distinguée, l'élégance dans le laisser-aller, je ne trouve à lui comparer — parmi ses contemporains, — que les livres de Jean de Tinan, et pour la vivacité et le bonheur du dialogue, que ceux de Mme Colette. Tout y marche si allègrement qu'on ne cesse guère de sourire, et parfois même on ne peut s'empêcher de rire tout haut, comme à ce passage, d'une absurdité exquise :

« Tu me rappelles ceux qui traduisent : "Numero Deus impare gaudet", par : Le numéro Deux se réjouit d'être impair, et qui trouvent qu'il a bien raison. Or s'il était vrai que l'imparité porte en elle quelque essence de bonheur, — je dis de liberté — on devrait dire au nombre Deux : mais, pauvre ami, vous ne l'êtes pas, impair ; pour vous satisfaire de l'être, tâchez au moins de le devenir. »

À ces qualités s'ajoute une espèce de malice, ou de taquinerie, à laquelle André Gide ne devait jamais complètement renoncer dans la suite, et qui est une des caractéristiques de son style. Cette malice, plus abondante ou plus visible dans *Paludes* que dans aucun autre livre de Gide, se manifeste tantôt par la recherche, pour le plaisir de les franchir, des obstacles que présente la syntaxe, tantôt par une manière aisée et naturelle d'être difficile et de paraître artificiel, tantôt enfin par des caprices déroutants, comme celui qui l'a fait placer tout à la fin de son livre, en post-face, ce qui en est réellement l'argument, la préface et l'explication :

« Il fallait, resongeant de là-bas à Paris, à cette agitation sur place, à cette localisation du bonheur, à cette myopie des fenêtres, à ces contrôles du plaisir, à cette interception du soleil…, il fallait certes que lui-même [l'auteur] en fût loin et depuis longtemps, pour songer même à en sourire…

« … Il trouva du même coup ridicule également le contrôlé, le contrôleur, celui qui veut lever les contrôles, et celui qui ne sait pas y échapper. »

Tel est en effet le « sujet » de *Paludes*, qui est, bien plutôt qu'un roman, une comédie morale, et dont la donnée initiale, la situation, est beaucoup plus près du théâtre que de toute autre forme littéraire. *Paludes* est l'histoire d'un monsieur qui est en train d'écrire un livre intitulé *Paludes*, et qui en parle à tout le monde, et qui le soumet, à mesure qu'il l'écrit ou l'imagine, au jugement de ses amis et connaissances. Or, les deux seuls ouvrages (à ma connaissance) qui ont une donnée analogue, sont *The Rehearsal*, et *The Critic* de Sheridan. Et c'est comme une comédie qu'il faut lire *Paludes*.

Une des surprises de notre re-lecture a été le personnage d'Angèle. Nous ne l'avions pas aussi bien discerné, la première fois. Peut-être parce que Gide s'est amusé à le dessiner, pour ainsi dire, en silhouette blanche sur un fond de hachures.

Mais qu'il est bien venu ! Quelle gentille Française, quelle aimable petite femme de Paris ! Nous n'avions pas su voir, autrefois, que c'était précisément ce fait d'être *quelconque* qui lui donnait toute sa valeur, son caractère national et local : la grâce et l'affinement, sans plus. On comprend qu'André Gide lui ait été fidèle, et qu'il lui adresse encore de ces lettres, qu'elle lit, nous pouvons en être sûrs, comme la Serena Bruchi de W. S. Landor, « depuis le commencement jusqu'à la fin ».

Nous nous demandons aujourd'hui, en 1921, comment il a pu se faire qu'un livre si amusant, parfois si drôle, et si franc de maniérisme et d'esprit de coterie, et qui contient, avec un certain nombre de personnages divertissants ou sympathiques (entre autres « notre jeune ami Tancrède ») un type de jeune femme si réussi, n'ait pas donné immédiatement à André Gide, auprès du public, la situation qu'il n'a obtenue qu'après *L'immoraliste* et *La porte étroite.* Mais c'est là une question qui se pose et qui se posera toujours, à propos de beaucoup d'autres livres, tout au long de l'histoire littéraire : comment se fait-il que les ouvrages les meilleurs et les plus importants ne sont reconnus, à leur apparition, que d'une partie si restreinte du public qui lit ?

En ce qui concerne *Paludes*, on peut répondre : que ce livre était trop en avance sur le goût moyen de l'époque où il parut ; qu'au point de vue esthétique, il s'écartait trop définitivement du Réalisme, dont les formules étaient familières au public, et de l'école du roman psychologique encore en pleine floraison (c'était plutôt aux contes philosophiques du XVIIIe siècle qu'il fallait remonter si on voulait absolument trouver à *Paludes* quelque ancêtre). Mais surtout, ce livre traitait, poétiquement, de certains problèmes qui n'avaient encore commencé à préoccuper qu'un petit nombre d'esprits, et seulement parmi les très jeunes gens. Et il donnait une solution à ces problèmes. En effet, « le contrôleur, le contrôlé, celui qui veut lever les contrôles, et celui qui ne sait pas y échapper » sont également ridicules et font les frais de cette jolie comédie. Mais n'est pas ridicule celui qui échappe aux contrôles malgré lui, parce qu'il ne peut pas ne pas y échapper, parce qu'il ne peut pas faire autrement, — celui qui, dès qu'il est libre, sort de Paris parce qu'il est comme aspiré par les gares, entraîné par les grands « rapides », — celui qui échappe aux contrôles parce que c'est sa destinée, et qui, ou bien ne s'aperçoit même pas qu'il y échappe, ou bien regrette d'y échapper et s'en excuse, et pense que « c'est mal ». C'est à ce dernier que va la sympathie d'André Gide, parce qu'il y a dans ce personnage un conflit dramatique qui l'intéresse, et l'intéressera toujours; et c'est essentiellement ce qu'un jeune critique espagnol, M. Marichalar, appelait récemment « le paludisme d'André Gide ». Avec ce personnage-là finit la comédie, et une autre histoire commence : celle des *Nourritures terrestres.*

1er décembre 1922
FRANÇOIS MAURIAC
Silbermann de Jacques de Lacretelle

M. Jacques de Lacretelle, en chargeant son Silbermann de tous les vices et de toutes les vertus d'Israël, s'exposait à peindre le Juif, et non un juif, et il faut admirer d'abord que ce chétif Silbermann à la fois téméraire et craintif, rampant et dominateur, propre aux idées comme au négoce, athée et fanatique, fin et sans tact, passionné de culture française et détaché de la France, nous paraisse aussi vivant que tel petit israélite avec qui, au jardin public, nous hésitions à jouer. Il existe désormais autant que l'adolescent huguenot qu'il a circonvenu. Celui-ci, M. de Lacretelle a bien vu qu'aucune tendresse ne devait l'attacher à Silbermann : il subit d'abord la domination d'un camarade qui lui ouvre le monde des idées ; le levain juif travaille ce jeune esprit latin. Mais, à cet âge, l'intelligence seule ne saurait fonder une amitié. Il fallait que Silbermann fût persécuté pour que le petit protestant goûtât en sa compagnie le plaisir d'être héroïque. Rien de si fréquent à cet âge que l'attrait du martyre, qui est d'abord le besoin de se séparer du commun. Ce jeune chrétien accoutumé à l'examen de conscience, soucieux de perfection intérieure, nous acceptons donc qu'il se donne tout entier à la défense du juif honni et lapidé.

L'auteur nous montre-t-il son héros chrétien

assez souffrant de la perte d'amitiés qui lui étaient chères ? De ce côté-là, il nous semblait que dût se prolonger le drame ; mais c'est dans la famille du collégien que M. de Lacretelle a mieux aimé en suivre le retentissement. Ne le lui reprochons pas : quand le critique écrit lui aussi des romans, il incline à juger une œuvre d'après le livre qu'instantanément il compose sur les données que lui fournit l'auteur. Sans doute, dès que nous apprenons que le lycéen protestant est le fils d'un juge d'instruction, nous nous doutons bien que le louche père de Silbermann tombera sous la coupe de ce magistrat. C'était la situation un peu trop facile à trouver (analogue au *puisque mon père est l'offensé et l'offenseur le père de Chimène*). Mais M. de Lacretelle a sans doute eu raison de ne point chercher ailleurs : la vie est faite de ces coïncidences et celle-ci lui a permis d'amorcer l'autre drame de son récit, qui est cette découverte dont nous fûmes tous accablés à un instant de notre vie, lorsqu'il nous apparaît que nos parents ne sont pas des demi-dieux. Nous nous rappelons notre étonnement parce que notre mère se confessait : quels péchés pouvait-elle commettre ? La grâce du père voleur de Silbermann que l'enfant huguenot ne peut obtenir de son père, elle est accordée le jour qu'un député influent se mêle de l'exiger.

Nous avons loué M. Jacques de Lacretelle d'avoir su peindre un juif et non le Juif : et c'est pourquoi nous regrettons cette dernière vision de Silbermann, ce sermon sur les fortifications, où cet effrayant

Eliacin prophétise, s'enfle, et s'enlève presque dans un ciel de Gustave Doré. Si l'auteur n'avait su d'abord nous le peindre si vivant, il risquait ici de le muer en une entité. Non, ce Silbermann n'est pas tous les juifs. Il ne rappelle rien, ou presque rien du merveilleux Henri Franck qu'à vingt ans nous avons vu danser devant l'Arche, rien non plus de ces nobles israélites portugais dont la tribu était absente de Jérusalem quand le Christ y mourut et qui, à Bordeaux, dans d'admirables demeures construites par Gabriel et par Louis, nous font admirer les portraits de leurs ancêtres, contemporains de Samuel Bernard.

Et de même les jeunes bourgeois catholiques de l'école Saint-François-Xavier que M. de Lacretelle nous montre si brutaux, si peu intelligents, nous ne nierons pas qu'il en existe beaucoup de cette sorte ; mais dans ce triptyque où un juif persécuté souffre entre un huguenot compatissant et des catholiques injurieux, il ne faudrait pas non plus élever ceux-ci à la dignité de « type ». L'un d'eux eût aussi bien pu éprouver que son camarade protestant, de la ferveur, et la question juive, alors, même en ces années proches de l'Affaire, se fût offerte à lui moins simplement. Il faut relire, après *Silbermann*, *La relève du matin* où M. de Montherlant médite sur ce qu'il appelle « le grand mystère collégien ». Parmi tant de « François-Xavier » forcenés et cruels, il nous aurait plu de discerner l'une au moins de ces figures inquiètes, scrupuleuses, d'enfants dont nous nous souvenons.

Ce court récit d'un art si simple, si pur, d'un style parfois un peu lâche, restitue à l'être humain tout ce dont le dépouillent quelques-uns de nos camarades en leurs ouvrages d'ailleurs délicieux : conscience, inquiétude, goût de la perfection, sens du péché. Nous voici loin, avec *Silbermann*, de cette rutilante littérature où, parmi la faune des palaces, des sleepings, des bars de nuit et des hammams, l'instinct sexuel mène les êtres comme des chenilles aveugles. Ce n'est point que M. de Lacretelle ne sache « voir », lui aussi. Regardez Silbermann :

« Attentif à tout ce que disait le professeur, il ne le quittait pas du regard ; il resta immobile, le menton en pointe, la lèvre pendante, la physionomie tendue curieusement : seule, la pomme d'Adam, saillant du cou maigre, bougeait par moments. Comme ce profil un peu animal était éclairé bizarrement par un rayon de soleil, il me fit penser aux lézards qui, sur la terrasse d'Aiguesbelles, à l'heure chaude, sortent d'une fente et, la tête allongée, avec un petit gonflement intermittent de la gorge, surveillent la race des humains… »

Silbermann est composé soigneusement, selon la méthode ancienne que M. Thibaudet reproche à M. Bourget de prêcher aux jeunes écrivains.

1er avril 1923

JEAN COCTEAU

Le diable au corps de Raymond Radiguet

Un fondeur de caractères me raconte qu'il ne pouvait suffire, pendant la guerre, aux commandes de points d'exclamation, et que, depuis la guerre, le point d'interrogation retrouve une grosse vente. Cette anecdote explique bien comment les journaux peuvent transformer un Raymond Radiguet en bébé Cadum. Il importe de le ramener aux proportions convenables.

Une des premières fois que j'ai vu l'auteur du *Diable au corps*, un peintre de Montparnasse lui demandait son avis sur une de ses natures mortes. Radiguet venait d'avoir quinze ans et s'en donnait dix-huit. — « Je trouve, répondit-il, que ce serait humain de l'achever. »

Après il n'ouvrit plus la bouche.

Je ne savais pas, malgré la malice de cette réponse, qu'elle contenait un programme, et que ce gamin myope, muet, intimidant, devait bientôt contredire aux excès et aux énigmes de son milieu.

Car, si quelques-uns d'entre nous souhaitent rejoindre une tradition sans recourir au pastiche, et rencontrent une grande solitude puisque, ne s'appuyant ni à droite ni à gauche, ils marchent seuls sur la corde raide, combien plus significatif encore me semble ce tour de force exécuté par un enfant.

À douze ans, quels sont les premiers livres qu'il ouvre ? Ceux de Rimbaud, de Mallarmé, d'Isidore Ducasse.

Que voit-il ensuite au lieu d'une ardoise d'école ? La guerre, le cubisme, Dada.

Je le dénonçai, à l'époque, en lui dédiant les *Visites à Barrès*, comme un anarchiste qui jette une rose dans la galerie des machines. Maintenant il jette un fruit. Ce fruit explose avec un silence superbe et un parfum de verdure délicieux.

En 1919-20, ses poèmes, pour un auditeur superficiel, étaient de jolis coquillages. Mais, en approchant l'oreille, on entendait la mer.

De ces expériences rapides résulte un livre que je range à côté de *Daphnis et Chloé* : bouquet de jambes nues qui sortent d'une grotte fraîche ; d'*Adolphe* : table d'opération toute blanche ; des *Confessions* : promenade en croupe derrière une jeune fille et cueillette des cerises ; de *La princesse de Clèves* : élégance royale.

De toutes les modes, celles d'avant-garde sont les pires. Ne pas les suivre, pour peu qu'on répugne aux modes officielles, c'est vivre en quarantaine.

Les jeunes, se croyant désormais à l'abri de faire une injustice et de méconnaître le nouveau, cherchent à réparer les injustices précédentes en prolongeant la tâche de ceux qui en furent victimes. Ils attendent un sauveur qui ressemble au sauveur précédemment méconnu. Ce messianisme naïf les aveugle. Ils vivent sur le poncif du scandale.

Le scandale du *Diable au corps* est de n'en vouloir soulever pas.

Rimbaud, quoiqu'il reste un miracle, s'explique, dans une certaine mesure, par les cauchemars et les féeries de l'enfance. Où ce prestidigitateur étoilé met-il ses mains ? Radiguet travaille en pleine lumière. Notre prodige a l'air le moins prodigieux du monde. Il semble dire : « Ainsi doivent être tous ceux de mon âge. Moi je suis normal. Les autres sont exceptionnels. »

Voyez son goût, son ordre. Voyez son tact à n'employer jamais un mot rare. Les mots cocktail et shaker deviennent dans un de ses chapitres : mélange et gobelets.

Les *Illuminations*, les *Divagations*. — Ces titres ambigus, ces titres martyrs, autorisent aujourd'hui : *Les images, Les promenades*. À Radiguet est peut-être échu l'honneur de mettre ce droit en œuvre. Car une simplicité compte peu qui ne renonce pas aux audaces récentes et ne s'enrichit pas d'elles profondément.

Vous connaissez déjà le livre. Pour la première fois un enfant *doué d'une méthode* montre les mécanismes d'un âge secret.

On imagine qu'un animal, qu'une plante se racontent.

Il ajoute à cette maîtrise native une science du mensonge sans les artifices duquel *Le diable au corps* serait un simple document autobiographique.

Si le mot classicisme a un sens, il faut s'en servir pour ce livre. Jamais il ne détache de lui un charme qui *joue entre les tables,* comme font les tziganes. L'ouvrage forme un bloc, qui ne bouge pas.

Rien de plus dur ni de plus tendre, de plus hautain ni de plus familier.

Le diable au corps n'apporte rien que lui-même, je suppose. Mais n'est-ce pas extraordinaire un très jeune homme qui entre dans la ronde, et gagne d'emblée plusieurs parties d'échecs.

1er mai 1923

RAMON FERNANDEZ

Lord Jim de Joseph Conrad

Lord Jim, c'est l'homme qui a manqué l'acte qui devait confirmer le brevet sublime que son imagination avait signé. « Il n'était pas prêt », et le voilà condamné à l'horreur d'imaginer la version héroïque d'un passé dont les hommes détournent les yeux. Un seul geste a mis tous ses gestes hors la loi. L'événement fut simple et terrible, d'une netteté athlétique, sculpturale : un saut dans la chaloupe qui l'emmena loin du navire déchiré dont il était le second, loin des pèlerins endormis dont le sommeil allait s'éterniser sous les flots. Un saut, et autour de ce saut, près de quatre cents pages d'hésitations, de balbutiements, d'efforts muets, de gestes gauches, de pressions sourdes, d'intuitions voilées, de passion primitive et de gloire obscure dans la lumière crue des Tropiques, jusqu'à ce qu'enfin le « traînard » blanc tombe la face contre terre, victime de l'arrêt qui l'empêchait de communiquer avec ses semblables. Telle est l'histoire de Lord Jim, de « l'homme sous un nuage », orchestration exotique d'un problème essentiel que Rousseau a posé, et que nous n'avons pas encore su résoudre.

En homme qui a réussi sa vie, vécu ce que d'autres ont imaginé, incorporé son rêve à une expérience et ses mirages à des souvenirs, Conrad a tiré de ce sujet, excellent mais extrêmement périlleux, un des romans les plus satisfaisants de la littérature contemporaine. La technique en est remarquable. Conrad, qui a essayé dans ses œuvres des modes d'expression très variés, n'a jamais mieux rendu, ni avec des nuances plus fines, ce maximum de réalité et ce maximum de mystère qui signalent la simple présence d'un être humain. Il faut être slave pour faire ainsi peser sur une âme le poids de tout un gros livre sans briser la résistance secrète qui la dérobe à notre prise. Mais alors que Dostoïevski, par exemple, nous introduit dans la conscience de Raskolnikov, Conrad, par un scrupule intellectuel dont la conséquence esthétique est saisissante, nous rapproche de Lord Jim sans nous confondre avec lui. Il superpose dans son roman plusieurs couches concrètes de telle façon que les procédés qui servent à évoquer Jim mettent une certaine distance entre lui et nous. La réalité morale de Jim, au lieu d'être affirmée absolument, est seulement suggérée par les impressions du narrateur, des narrateurs, qui constituent eux-mêmes des personnalités complexes et caractérisées ; ces impressions enfin dépendent de tout un jeu de circonstances fortuites et essentielles, de l'angle de vision, de l'influence d'autres individus, de conditions climatériques et sociales, d'autres impressions analogues, et ainsi de suite à l'infini. Et peu à peu, on s'aperçoit que cette évocation d'un monde étrange et bariolé, que ces digressions et ces escales, et ces omissions, et ces doutes, et ces silences dessinent en creux la forme sombre du héros, et qu'au terme de ce défilé libre, capricieux, de visions savamment désordonnées, le fantôme de Jim s'est réfugié en nous, et pour toujours.

Dans *Lord Jim*, on découvre une étroite relation de dépendance entre la technique littéraire et ce qu'il faut bien appeler, faute d'un terme plus précis, la morale. L'action y a un envers et un endroit, elle est orientée. L'orientation normale de l'action y est encore accentuée par les caractères précis de la discipline maritime. La morale du navire, par sa nécessité, échappe aux négations : même les simples hésitations de la conscience n'ont pas de prise sur elle. De cette orientation, très étrangère aux préoccupations de l'art, dépend cependant le mouvement et l'équilibre du drame qu'elle détermine. Par là elle s'ajoute aux conditions générales du drame humain, et la défaillance de Jim devient le symbole de toute défaillance. Il est vrai que Conrad, avec un tact exquis (je songe à ce sentiment de solidarité, à cette complicité dans la région des possibles qui établit entre l'irréprochable Marlowe et le coupable Jim un des plus beaux rapports dramatiques qui aient été conçus), fait subir à cette orientation les corrections que lui suggère son sens de l'homme et de la vérité. Mais on est fondé à se demander, devant ce chef-d'œuvre, si la liberté, la fantaisie, la lucidité même de l'écrivain, pour rendre un son vraiment dramatique, ne doivent pas être reliées, par des chaînes souples mais incassables, à quelque morale du navire qui met un signe sur tous nos actes ?

Conrad est le premier écrivain de langue anglaise, après Browning et Meredith, qui ait su tout en dépassant le romantisme en conserver les racines productives. C'est un des beaux spectacles de notre temps de le voir voguer en plein romanesque sans y sombrer. Dans *Lord Jim* il élève la littérature d'exotisme au niveau de la littérature éternelle. Ce monde exotique et maritime, dont Stevenson fut le régisseur, Loti le troubadour et Kipling le reporter halluciné, ne lui sert qu'à mieux révéler, dans une lumière plus étourdissante, plus mystérieuse, plus fantastique que celle de nos cieux occidentaux, les proportions vraies du cœur humain. Les grands peintres de l'homme peuvent dire de lui ce que Marlowe disait de Jim : « C'est l'un des nôtres. »

1er avril 1924
FRANÇOIS MAURIAC
La Prisonnière de Marcel Proust

Les deux volumes de *La Prisonnière* nous obligent de réviser, dans une certaine mesure, notre jugement sur l'œuvre de Proust. Nous avions cru que notre ami, en usant d'ailleurs d'une méthode tout opposée, voulait comme Balzac faire concurrence à l'état-civil. Et sans doute a-t-il retrouvé en lui-même assez d'êtres vivants pour justifier cette prétention. Mais ces êtres, qu'il avait comme absorbés au temps de sa vie mondaine, puis rendus à la lumière dans le temps de sa vie recluse, alors qu'il usait de la maladie pour des fouilles patientes, ces êtres ne s'étaient jamais détachés de lui tout à fait ; les plus différents se ressemblaient, parce qu'ils lui ressemblaient. Entre l'amour de Swann pour Odette, celui de Saint-Loup pour Rachel, celui de Marcel pour Gilberte et pour Albertine, il n'y a pas une différence de nature : c'est la même sorte d'amour, mais dont Proust, dans ses premiers livres, nous rend sensibles les ravages en romancier, tandis que dans *La Prisonnière*, il les étudie presque abstraitement et comme un clinicien. Ces personnages, qui l'ont tant diverti, semblent l'intéresser de moins en moins. Sortis de lui sans que le fil ait jamais été rompu, ils rentrent de nouveau en lui, ils se perdent dans son ombre. Pressé par la maladie, étouffant de tout ce qui lui reste à nous dire avant de s'en aller, peut-être Marcel Proust se sent-il moins de complaisance pour ses créatures et voit-il seulement qu'elles s'interposent entre lui et nous. De même que la dernière année de sa vie, il écartait ses plus chers amis, peut-être supporte-t-il malaisément ce monde vivant de ses livres. Pour la première fois dans *La Prisonnière*, il donne à son héros le nom de Marcel, il occupe résolument le devant de la scène. De ses personnages les plus dessinés, les contours deviennent moins précis. Lorsque Françoise lui dit : « Votre pyjama en ce moment, tout blanc, avec vos mouvements de cou, vous donne l'air d'une colombe... » nous ne reconnaissons pas la voix familière de la vieille servante de Combray. Et sans doute retrouvons-nous ici un Charlus plus accusé que dans les précédents volumes, un Charlus effroyable : trop effroyable ! ce n'est plus un malade, c'est une maladie. Nous connaissions un cancéreux, nous ne voyons plus que le cancer. Ce Charlus secret des premiers livres, dont le mal ne se trahit que par un regard, une fleur ou un mouchoir trop vif, ici éclate, crève, coule comme un abcès qui n'en finirait pas de se vider. Au vrai, dans *La Prisonnière*, rien n'importe autant à Proust que de nous livrer le résultat de ses investigations touchant l'amour. C'est dans l'unique étude du sentiment qu'il s'inquiète d'être véridique, et aux nécessités de cette étude, il subordonne son récit, plie les événements sans aucun souci de vraisemblance. Nous voulons bien qu'une jeune fille du monde comme Albertine vienne habiter chez un jeune homme seul ; encore faudrait-il que l'auteur nous rendît croyable une si extraordinaire conjoncture, qu'il nous en montrât les raisons et les conséquences. Il faudrait... mais hâtons-nous de dire que tout occupés des découvertes atroces où Proust nous engage, nous nous laissons gagner nous aussi à son indifférence pour tout ce qui n'est pas cette implacable recherche. Et d'ailleurs, tant pis si les autres existent moins, puisque lui est là toujours, plus vivant qu'il ne fut jamais, immobile dans son lit ; mais en dépit des fenêtres closes, toute la vie tourne autour de son corps étendu : il la rapproche, l'apprivoise, capte les cris de la rue, les flèches de soleil, le ruissellement de la pluie. Comme il fait d'Albertine, il attire l'univers dans sa chambre de malade et le retient prisonnier. Proust seul nous suffit et cette recherche où nous voyageons à sa suite, cette montée dans une lumière impitoyable et où, pris de vertige, nous le tenons par son manteau.

Sous le nom d'amour, Proust a toujours désigné la souffrance que lui donnent les rapports connus, ou devinés, ou supposés, ou pressentis de l'être aimé avec d'autres êtres. Son activité amoureuse se ramène à des manœuvres, à des investigations, à un immense jeu d'espionnage que complique encore l'état maladif de l'amant claustré. L'alcôve se mue en un cabinet de juge d'instruction. Pour jouer plus serré, le juge enferme dans son cabinet l'accusée Albertine ; il la tient sous sa coupe ; elle ne sort que sous escorte. Hélas ! le passé suffirait à exercer la lucidité de l'amant, car sa mémoire terrible ne fait grâce à la perfide d'aucune contradiction dans ses propos ; mais il y a ses sorties que rend suspectes la complicité d'Andrée, amie à toutes fins, et celle du chauffeur trop complaisant. Ce qui pourrait s'appeler l'« enquête jalouse », quoique montrée ici dans son paroxysme, garde un caractère de généralité qui assure à Proust la première place entre tous les maîtres de la jalousie. Ouvrons le livre au hasard : « On arrive, sous la forme de soupçons, à absorber journellement, à des doses énormes, cette même idée qu'on est trompé, de laquelle une quantité très faible pourrait être mortelle, inoculée par la piqûre d'une parole déchirante. » « On n'a pas besoin d'être deux, il suffit d'être seul dans sa chambre, à penser, pour que de nouvelles trahisons de votre maîtresse se produisent, fût-elle morte. » À l'usage des gens pressés, quel recueil de maximes admirables ne pourrait-on extraire de ce livre ?

Mais, dans *La Prisonnière*, l'analyse en même temps qu'elle va plus avant et plus profond, peu à peu se resserre, se limite, jusqu'à n'être plus que l'étude, d'ailleurs extraordinairement suggestive, d'un cas, d'une exception. Dans la mesure où, geôlier de l'aimée, l'amant jaloux a moins de prétextes pour souffrir, il ne sent plus son amour, il n'aime plus. Il faut qu'Albertine le torture ou qu'elle l'ennuie. Dès qu'il se croit assuré qu'au Trocadéro ou chez les Verdurin elle n'a pas souhaité de rejoindre une amie, Marcel, lui, ne désire plus que d'être seul. Il n'a plus faim de cette chair dès qu'il croit que nul ne la lui dérobe et qu'elle ne se dérobe pas à son désir. Albertine se donne beaucoup de mal pour cacher ses trahisons, et elle ne comprend pas qu'elles seules retiennent son amant, et, qu'à peine tranquillisé, le voilà indifférent. Lui qui a tant souffert de ce que ce corps appartenait à d'autres, maintenant que tout cela lui est livré sans partage, il semble perdre jusqu'à l'instinct de la possession, fût-ce dans la volupté. Certes, il sait dérober à ce corps endormi un demi-plaisir clandestin, mais la caresse de chaque soir n'est qu'apaisement de ses soupçons ; elle prend place entre le calmant et le soporifique ; il ne semble pas concevoir la volupté comme un effort pour nous perdre dans l'objet chéri, pour ne faire plus qu'un avec lui, pour rendre vaine enfin sa suprême et involontaire trahison d'être un autre que nous-mêmes. Essaie-t-il de rapprocher de soi cette âme ? Les perles, les étoffes précieuses de Fortuny ne lui sont que de grossiers moyens pour rendre au pauvre oiseau sa cage supportable. Faute de pouvoir posséder Albertine dans son passé et dans son avenir, dans tous les intervalles d'espace et de temps qu'elle a occupés et occupera, faute de réaliser une possession impossible, cet amant se désintéresse de l'unique possession possible, et il jette ce cri, admirable et désolé : « Comment a-t-on le courage de souhaiter vivre, comment peut-on faire un mouvement pour se préserver de la mort, dans un monde où l'amour n'est provoqué que par le mensonge et consiste seulement dans notre besoin de voir nos souffrances apaisées par l'être qui nous a fait souffrir ? » Il aurait fallu que Proust ajoutât, pour que toute sa conception de l'amour tînt dans cette phrase : « Un monde où, dès qu'il ne nous fait plus souffrir, l'être aimé n'est plus aimé. » Il ne resterait que d'admirer et de se taire si Proust ne réclamait, pour l'amour qu'il vient de décomposer devant nous, un caractère d'universalité. Proust ne semble pas douter ici qu'il s'agisse, non d'une sorte d'amour, mais de l'amour. Et c'est sur ce point, nous semble-t-il, qu'il y aurait peut-être des objections à lui proposer. Peut-être… mais cet amour où notre bourreau est celui-là même de qui nous attendons l'apaisement s'appelle l'amour non partagé ; et s'il est vrai que c'est là l'espèce la plus répandue parmi les pauvres hommes, refuserons-nous à Marcel Proust d'avoir su dans *La Prisonnière* rejoindre l'universel ?

1er février 1925

MARCEL ARLAND

Sept manifestes Dada de Tristan Tzara

M. Tristan Tzara vient de réunir les sept manifestes qu'il écrivit de 1916 à 1920 et qui amenèrent la formation du mouvement dada. Ces manifestes sont remarquables par leur violence, leur netteté et leur sincérité. Par la suite on les imita, on les vulgarisa, on en fit des poèmes et des romans ; ils eurent une influence souvent détestable, mais à coup sûr importante. Quelques-uns de ceux qui s'en étaient le plus directement inspirés essayèrent de les renier, afin de se proclamer autochtones ; et changeant l'esprit de ces manifestes, ils firent de cette tentative de destruction une source de littérature.

Il ne faut pas voir en ces manifestes autre chose qu'une protestation contre un état d'esprit et un état littéraire. Il n'y faut même pas voir un effort pour sortir de ce double état. Le révolté s'y moque le premier de sa révolte. On y sent à chaque page un *à quoi bon !* qui, par peur de la résignation, se fait insultant. C'est le plus complet abrégé de nihilisme que nous ayons en France.

1er février 1925

RENÉ CREVEL

Feuilles de route de Blaise Cendrars

« Je voudrais être ce pauvre nègre et perdre mon temps », tel est le souhait que Blaise Cendrars jette au beau milieu du ciel à l'arc bien tendu et dont il aime toutes les étoiles, et surtout Orion qui « a la forme d'une main ».

Déjà il s'était fait nègre afin d'assembler quelques fleurs tropicales en bouquet, en anthologie. Pour perdre son temps il a décidé de courir le monde, mais n'a point voulu que ce fût sans joie. Le voici les yeux bien grands, bien candides, parti pour le Brésil. À son retour il donne un petit livre : *Feuilles de route.* Sont-ce des poèmes ? Oui, mais à la manière des définitions du Larousse ou des récits que les enfants les mieux doués et les plus consciencieux essaient de leurs vacances. Blaise Cendrars n'a rien laissé se perdre du spectacle. Il a regardé l'océan, les poissons, les villes, les hommes, les oiseaux.

Adieu Paris.
Bonjour soleil

et du rapide de 19 h 40 il nous fait des signes avec son mouchoir. Il découvre :

La Pallice et l'île de Ré posées sur l'eau
Minutieusement

nous dit qu'il a emporté sa belle machine à écrire, une Remington et avertit : « Ma malle pèse 57 kilos sans mon galurin gris. » Mille confidences visuelles m'inciteraient à parler de la littérature descriptive dans la première moitié du XXe siècle, mais Blaise Cendrars serait un mauvais prétexte puisque son petit livre, s'il n'est que descriptions, a le mérite de se refuser à toute littérature. Ce sont quelques lignes (l'une fait le tour de la Terre et se nomme équateur), des taches, du soleil et une peau qui en profite. Très peu de mots. Le moins possible. Des feuilles de route ni plus, ni moins.

1er septembre 1925

ANTONIN ARTAUD

Les mystères de l'amour de Roger Vitrac

Roger Vitrac pratique une merveilleuse chirurgie vitale. Il connaît vraiment la répartition de l'esprit. Il en élucide l'activité occulte et illogique avec le bonheur d'un théorème de la raison. Décalage des sentiments, des sensations, des actes avec leur signification générale, humaine, leur magie vitale. En même temps qu'il remonte l'esprit, il en fait vibrer la substance. Ce qu'il écrit a un caractère de révélation. Ce n'est pas le moyen, c'est l'acte même élucidé, et de telle sorte que l'acte, en même temps qu'il s'explique, se détache de la confusion des phénomènes, de la virtualité des possibles, et vit.

Les mystères de l'amour sont une alchimie de l'amour, comme la *Connaissance de la Mort* sera une alchimie de la vie et de l'esprit. Les deux sont distincts. *Les mystères de l'amour*, pièce de théâtre, sont l'alchimie d'un certain amour, des amours d'un certain nombre d'êtres, fantoches parfaitement déterminés, impossibles à confondre, mais cependant indétachables de l'abstrait. Qu'on essaie, si l'on peut, de concilier les deux termes.

Ces fantoches toutefois ont une existence de chair, ou plutôt d'objets. Ils sont des représentations, des états, des images, mais ils sont aussi des *Êtres*, ils sont dans l'esprit des Monstres, impossibles à *penser*, mais toutefois réels, entrevisibles, phénoménaux. L'amour entretient avec l'esprit et avec la mort des relations que lui-même ignore, mais que l'esprit de Roger Vitrac a percées. Il est bon de sentir à la lisière de son esprit l'existence d'une telle œuvre d'où la logique des faits est bannie et où chaque sentiment devient à l'instant un acte, où chacun des états de l'esprit s'inscrit avec ses images immédiates, et prend forme avec la vitesse d'un éclair. Le fantoche abstrait devient objet et reste sentiment, et ne prend pas de matière. C'est tout juste s'il supporte la défroque théâtrale. Bien plus encore, dans cette œuvre l'allusion proprement dite, l'allégorie n'existe pas. Ce guignol prend réellement possession de l'histoire, il y a une transfusion constante de la réalité historique dans le sang de ces figurines de nuages et de vêtements. Quand Roger Vitrac évoque Mussolini, on peut être sûr que c'est Mussolini lui-même, le vrai, qui se prend dans la trame de l'action, ou son théâtre n'a plus de raison d'être ; c'est du moins ainsi qu'il doit être compris.

Roger Vitrac est parfaitement conscient de la méthode de destruction qu'il emploie contre l'amour, et elle lui apparaît, au même titre que l'écriture automatique, un moyen surréel d'atteindre à la réalité essentielle de son esprit. Il n'a jamais été dans la pensée de personne de considérer le Surréalisme comme un mode d'activité capable de se libérer par le seul moyen de l'écriture automatique. Le Surréalisme est parfaitement conciliable avec une certaine lucidité dans l'esprit. À cette lucidité une logique supérieure participe, qui induit à choisir parmi les éléments proposés par le subconscient un certain nombre de ceux que la logique systématique écarterait. Dans ce travail elle suit des voies supérieures à celles de l'entendement ordinaire, et qui conduisent à la destruction de cet entendement.

1er mars 1926

JEAN SCHLUMBERGER

Paulina 1880 de Pierre Jean Jouve

« Mais, seigneur, s'il ne va pas à vous par ce qu'il a de clair, qu'il y aille par ce qu'il a d'obscur ! » Cette parole de Claudel dans la première journée du *Soulier de satin,* on voudrait la mettre en épigraphe à *Paulina.* Histoire d'une âme qui ne parvient à la sérénité que par l'œuvre de ses plus troubles passions — parce que leur excès même vient à bout d'épuiser tragiquement ces poussées de la chair et de l'orgueil, mais surtout parce que le grand débordement passionnel laisse après lui une désolation favorable à la plus pure germination spirituelle. Jusqu'au dernier chapitre du livre, on peut se méprendre sur sa signification, y voir même une intention de satire. Avec beaucoup de perspicacité, de profondeur et l'on peut dire de divination, Pierre Jean Jouve a montré, dans la formation de la jeune Paulina, l'inextricable confusion des éléments sensuels et mystiques. Un besoin de don total jette alternativement cette Italienne, sœur de certaines héroïnes de Stendhal, dans l'aventure amoureuse la plus follement hardie et dans des renchérissements sur la discipline monastique où, par la suite, elle a cherché refuge. Exclue de sa congrégation par une supérieure qui discerne les racines suspectes de ces austérités, elle retrouve son amant. Mais, pas plus que la première fois, le bonheur qu'il lui offre ne peut lui procurer la paix. Maintenant que plus rien ne ferait obstacle à une tendresse sans orages et sans péché, Paulina sent confusément que ce qu'elle cherche est plus fort, plus rare, plus orgueilleux. L'essentiel, elle ne saurait le trouver dans l'amour d'un homme, où l'ivresse charnelle a eu tant de part. Il faut qu'elle se délivre de ses chaînes, et ce n'est que par un lâche assassinat qu'elle y parvient.

Tout comme Raskolnikov dans *Crime et Châtiment*, Paulina ne s'élève à la sérénité qu'après de longues années d'expiation. La tardive grâce, qui lui est accordée, la ramènera parmi les hommes, enfin mûre pour la sainteté. Est-ce dans sa foi qu'elle a trouvé secours ? On ne sait. Elle a atteint, au-dessus de toute croyance, le dépouillement parfait. La brillante Paulina n'est plus qu'une pauvre paysanne qui a trouvé protection contre son cœur présomptueux et tourmenté. Ce qu'elle attend maintenant, est-ce Dieu, est-ce la mort ? Peu importe. Ce qui est certain, c'est qu'elle est « sauvée ».

Point de récit ; un rigoureux effacement de l'auteur. Une juxtaposition d'instantanés psychologiques, si habilement choisis, si révélateurs, que ces paragraphes prennent dans notre mémoire l'ampleur de grands chapitres. Jouve utilise avec une parfaite liberté tous les procédés du roman contemporain, pourvu qu'ils soient directs et d'ordre poétique plutôt qu'analytique. De là l'extraordinaire souplesse avec laquelle il adhère à la vie de son personnage, le suit dans ses inconséquences, ses bizarreries, ses énigmes — qui sont, malgré leur singularité, les énigmes de toute vie humaine. Ce qui me semble le plus admirable c'est que, tout en ne décollant pas d'un cas aussi particulier, aussi chatoyant et même, en un certain sens, aussi pittoresque, Pierre Jean Jouve ait fait œuvre qui s'enfonce, pour chacun de nous, dans des régions si vitales et si secrètes.

1er mars 1926

JOSEPH KESSEL

L'archipel aux sirènes de William Somerset Maugham

Les « beaux » titres tiennent à l'ordinaire fort mal leurs promesses et servent à couvrir de pauvres livres. Aussi faut-il savoir gré à *L'archipel aux sirènes* de ne pas être une trompeuse enseigne et de nous faire découvrir, en même temps qu'un pays magnifique, un auteur jusqu'à présent inconnu en France : M. Somerset Maugham.

Cet écrivain que j'ai pu voir comme il passait à Paris est l'homme le plus charmant qu'aient formé les voyages : il n'en parle jamais, ni de ses aventures qui furent souvent dangereuses, à ce que disent ses amis.

Parfois, dans son fin visage où la douceur et l'ironie vivent ensemble, passe une onde plus vive : c'est que l'on vient de prononcer un nom sonore de contrée qu'il ne connaît pas encore. Pour le reste ses yeux seuls portent le reflet des beaux océans. Ils sont discrets, un peu tristes, profonds et chauds.

Le premier livre de lui qui paraisse en français

est fait à leur image. Deux qualités maîtresses y triomphent : un lyrisme plein de goût et le sens du réel.

C'est le privilège des grands voyageurs anglais que de pouvoir parler sans étonnement et avec une délicate sincérité des pays mystérieux. Cela tient sans doute à une histoire qui fit des océans la route ordinaire de leur peuple. Quoi qu'il en soit, M. Somerset Maugham a su peindre les Îles d'une main si légère et si noble qu'il nous dépayse sans heurt.

Peu de descriptions dans les nouvelles qui forment son ouvrage. C'est à travers les habitants que nous pénétrons ces terres chaudes. Les femmes surtout sont merveilleusement tracées. Leurs grâces farouches, leurs yeux de douces bêtes, leurs mouvements de sauvagerie et d'abandon les livrent à nous, toutes vivantes.

Mais ce n'est pas sur les indigènes que M. Somerset Maugham a fixé le plus attentivement son regard impitoyable et tendre. Les blancs qui ont rivé leur destin au climat des îles l'attirent surtout. Ses nouvelles sont, — comme il le dit — une étude des effets de ce climat sur eux.

Il en est d'admirables. « Pluie », « Le roi de Talua », « L'étang » ne s'oublient guère. Elles pourraient toutes porter en épigraphe cette phrase de leur auteur : « Je n'ai jamais pu m'approcher sans respect et attente d'une âme nue. »

M. Somerset Maugham a eu la bonne fortune de trouver une traductrice patiente, adroite, douée.

Mme E. R. Blanchet présente cet ouvrage dans une langue parfaite et dans un rythme sûr. Par ses soins délicats nous connaissons un remarquable écrivain.

S'il n'a pas la brutalité géniale de Kipling, ni la force tourmentée et lumineuse de Conrad, il possède en propre une simplicité puissante et profonde, un don intense d'émouvoir, un art tout français du récit. Il fait songer à Maupassant, à un Maupassant qui aurait un peu fumé l'opium dans quelque bungalow de Honolulu.

1er novembre 1926

JEAN CASSOU

Les cahiers de Malte Laurids Brigge de Rainer Maria Rilke

Depuis que la première partie en avait été publiée par les soins de Maurice Betz, ces *Cahiers*, impalpables et pressentis, flottaient sous cette forme interrogative et inachevée et se mêlaient à bien des préoccupations. Leur publication ne peut décevoir. Au contraire, plus d'un trait s'affirme, qui n'avait été qu'entrevu, une subtilité extraordinaire, neuve, singulière, par quoi le poète si merveilleusement aiguisé peut, à l'occasion de n'importe quelle rencontre, d'une lecture de Froissart, d'un nom entendu, s'enfoncer dans son évasion : alors ses démarches se font de plus en plus sûres, il reconstruit un lieu, un moment, un climat. Les situations se combinent à nouveau devant son esprit, et les diverses attitudes sentimentales des personnages qu'il évoque, qu'il s'est pris à aimer, à être. Il y a chez Rilke un auteur tragique; l'aire d'aucune scène n'aurait mieux isolé qu'il l'a fait ces beaux drames : Charles le Fou, Gaston Phœbus, la Mort du Téméraire, le Retour de l'Enfant Prodigue. Une forme d'angoisse est saisie à part, contournée, développée. Chaque destin est percé jusqu'à son point extrême. Et quand le rideau tombe, c'est que tout ce qui pouvait être dit l'a été.

La solitude de Rilke, les races et les voyages qui le composent nous valent cette étrange merveille d'un livre enfin humain dont les protagonistes sont la mort, la peur, le rêve, la poésie et tous ces sentiments sans nom que l'on reconnaît à un certain accent et dont quelques auteurs romantiques nous ont donné le goût et la nostalgie. Il y a là cette voix de l'âme que l'on a entendue déjà chez quelques Allemands et quelques Scandinaves, et cette indéfinissable aisance à passer du réel à l'impossible, à faire du songe un élément quotidien de la vie. Mais ce qu'il faut admirer plus particulièrement chez Rilke, c'est une sorte de fierté chevaleresque et féodale avec quoi il se promène parmi les miracles et qui prolonge les imageries héroïques de Novalis. Rilke est de la race d'Henri d'Ofterdingen, il en a l'harmonieuse candeur, la noblesse et cet air toujours étranger.

On s'explique mal les malentendus qui se sont formés en France sur le mot de romantisme et comment — après avoir vu dans le romantisme le renversement, au profit d'une éloquence hybride et d'une versification cliquetante et pittoresque, de certaines formules d'art qui avaient accompli leur temps — on a fait de ce mot le symbole du désordre, de la politique sentimentale, des cris de fureur et de l'hystérie. Le romantisme, tel que Rilke nous oblige à le considérer, est une façon d'envisager les grands problèmes humains à la mesure de sa propre personne et de sa propre expérience, dans ce que celles-ci ont de plus irréductible et de secret. Il peut s'allier aux dons d'analyse les plus lucides, à l'observation calme et profonde. Ce qu'il repousse, c'est la platitude et le compromis avec toute préoccupation d'ordre social ou apologétique. Les rapports entre les hommes apparaissent au poète romantique dégagés de tous les déguisements sous lesquels notre civilisation de centralisation, de machinisme et de publicité les veut étouffer. Au lieu de ces relations égo-altruistes selon lesquelles chaque homme se soucie surtout de l'image sous quoi il apparaît aux yeux d'autrui et d'une sorte de place qu'il tient à se ménager dans ce qu'on lui a appris être l'histoire, le héros de Rainer Maria Rilke vit dans son instant le plus purement égoïste et par cela même le plus vaste et le plus humain : alors il communie véritablement avec les autres hommes dans ce qu'ils ont de plus profond, et avec le passé, dans ce qu'il a de plus significatif, et avec la vie.

Malte Laurids Brigge, frère des héros de Dostoïevski, vit selon les hasards du cœur et de l'esprit, demeure en correspondance directe avec les mystères de l'état d'homme ; les heures comptent pour lui, et les saisons, et les choses ; il surgit de cette heureuse brume que lui crée sa pauvreté et qui confond tous les êtres ; et de ceux-ci il ne veut voir que les visages.

1er août 1927

RENÉ LALOU

Gatsby le Magnifique de Francis Scott Fitzgerald

Les pudiques analyses d'Hawthorne, l'exotisme lumineux de Melville paraîtraient également démodés aux États-Unis d'aujourd'hui. Leur dilemme, c'est la platitude orthodoxe du Middle West ou bien ce mélange de sentimentalité romanesque et de frénésie cinématographique qu'évoque F. Scott Fitzgerald dans une fresque papillotante dont Victor Llona a gardé l'intense relief. Autour d'un Trimalcion bootlegger ce roman peint la vie des équivoques richards new-yorkais dans une atmosphère d'orgies, de scandales et de crimes : il faut lire ce témoignage pour méditer la tragédie d'une société qui emprisonne Dieu dans une liasse de dollars et Satan dans une bouteille de whisky.

1er décembre 1928

ANDRÉ MALRAUX

Battling le Ténébreux d'Alexandre Vialatte

Voici un livre où l'on rencontre le merveilleux ; on sait combien ils sont rares en France. Ce merveilleux n'est pas toujours pur, et un fantastique rhénan dont la source se devine l'alourdit parfois ; mais, à cette lecture, j'ai trouvé, à plusieurs reprises, le même ordre de plaisir qu'à celle de Nerval. Laissons l'intrigue sans importance — ce titre « sportif » suffira à créer un malentendu — au moyen de laquelle s'expriment, non des personnages, non des hommes, mais des êtres réduits à cet état de mythes distincts que nous propose le début de l'adolescence. Le Principal, Rétine, Battling, Manuel, ont sans doute une vie humaine dont les échos nous parviennent parfois (c'est l'être social que le souvenir et la rêverie ont détruit ici ; les sentiments individuels : l'amour, l'amitié surtout, gardent leur force) ; mais tous ces personnages ont d'abord une vie légendaire. Par leur seule existence, ils se réduisent, dès qu'ils entrent dans le monde de l'auteur, à un état poétique dont les deux pôles sont ceux qu'exprimèrent jadis la féerie et la comédie italienne. D'où, de quoi, naissent donc ces personnages d'une féerie moderne ? De n'avoir pas de but. La puissance créatrice des collégiens — la lampe de Manuel ne ressemble pas à Ubu par hasard — semble tenir à ce qu'un être imaginaire qui vit *sans attaches* satisfait toujours, chez ceux qui le créent, un besoin particulier de libération. Le collège paraît absurde au collégien, qui voit ce qu'il a d'arbitraire, qui devine combien il est différent des maisons où agissent les hommes. Il est un cadre ; et tous les rêves des collégiens tendent d'abord à une poésie capable de détruire ce cadre, puis tous les autres. On peut prêter à Fantasio toutes les métamorphoses d'une nuit de Walpurgis, non une profession, non une obsession, sinon celle de son rêve et de sa liberté. « Qu'est la vie d'un adolescent qui veut vivre, hors de ce que les hommes ont de commun et de leurs passions, dans un univers particulier ? Comment cet univers et la passion se heurteront-ils ? » *Battling le Ténébreux* est une réponse à cette double question. Chacun de ses personnages s'est réfugié dans le rêve qui l'habite, a substitué son ordre à celui des hommes ; mais l'art de l'auteur consiste à supprimer le mouvement qui mène le personnage du réel au rêve, à le peindre comme si les rapports qui naissent du réel *pouvaient* s'établir à l'intérieur de son rêve.

Il n'existe pas de critique, à proprement parler,

d'un livre conçu dans cet esprit. Pourquoi dire à l'auteur que je regrette qu'Erna soit Allemande, et que la caricature de Manuel soit dans le style de Georg Grosz ? Tout cela est peut-être nécessaire à sa rêverie. Il s'agit seulement de savoir si cette rêverie peut s'imposer, s'il existera un monde de M. Vialatte comme il en existe un d'Alain-Fournier, un d'Hoffmann, un de Mac Orlan. Et la rue des Merveilles qui obsède l'adolescent, cette rue où des marchands turcs vendent des objets singuliers sous les lanternes vénitiennes, le cabaret « Mexico » où règne le sachem, la cour où Battling se réfugie entre les poubelles des rêves et sa méchanceté, le vieillard au melon gris, les sculptures de Manuel, tous les éléments de la folie lyrique de l'adolescence nous montrent le chemin d'un Pays de l'Oisiveté dont la description, si M. Vialatte l'entreprend quelque jour, agrandira précieusement le domaine, non du rêve, mais de la rêverie française.

1er septembre 1929

JEAN PRÉVOST

Courrier Sud d'Antoine de Saint-Exupéry

Il est difficile de ne pas aimer ce livre. Il apporte du vrai et du neuf. À certains moments, (ceux surtout où aucun lyrisme n'apparaît dans la forme des phrases), comme un fouet de grand vent frappe l'esprit du lecteur, pour l'étourdir et l'animer du même coup. Il y a parfois des suites d'images concrètes et brusques, et d'images abstraites vagues et comme désorientées, qui donnent des éblouissements, et rappellent ces paysages trop éclairés, ces spectacles trop prompts qui vous décollent la rétine. Pour des pages comme celles-là, on pardonne aisément quelques gaucheries dans le récit sentimental, quelques phrases trop faciles, et le discontinu d'un récit qui manque toujours de transition et manque même quelquefois de coutures. Ces sauts brusques semblent même servir l'auteur plutôt que lui nuire lorsqu'il présente l'esprit de l'homme au milieu de l'aventure. Les héros et les aventuriers des autres livres sont, souvent le talent de l'auteur, en acier ou en bois ; et nous interrogeons inutilement même les mémoires authentiques, car peu de gens savent se raconter. Le pilote de Saint-Exupéry garde une chair tiède et vivante d'homme qui peut se tromper, qui peut faillir, et qui peut avoir, au sein de son aventure avec les choses, encore une aventure plus secrète avec lui-même. Lorsqu'il s'agit d'égaler un homme au danger, le spectateur croit que celui qui agit se hausse et se durcit ; Saint-Exupéry montre, plus nécessaire même que l'habitude, l'illusion qui se crée, le danger qui baisse et mollit.

Toute la distance que peut mettre entre son aviateur et le monde l'usage d'une puissante machine,

Saint-Exupéry la décrit merveilleusement. Je me demande cependant si, dans les rapports avec les êtres, il n'oublie pas parfois un orgueil fait en grande partie d'ignorance d'autrui, cet orgueil qui s'ignore lui-même.

Mais certains mots dépassent, tout en les peignant, et le héros et notre époque pour atteindre une grandeur et une vérité hors des temps : « J'ai aimé une vie que je n'ai pas très bien comprise, une vie pas tout à fait fidèle. Je ne sais même pas très bien ce dont j'ai eu besoin : *c'était une fringale légère.* » Diable si, il le sait bien et très bien, et je serais bien fier d'avoir trouvé ça.

1er octobre 1929

BENJAMIN CRÉMIEUX

À l'Ouest rien de nouveau d'Erich Maria Remarque

Tout le monde sait qu'il a été vendu 700 000 exemplaires de cet ouvrage en Allemagne et que sa traduction française a déjà atteint le 200e mille. Ce témoignage d'un simple soldat allemand a été, en France, unanimement accueilli avec enthousiasme, à droite comme à gauche, par l'*Action française* et par l'*Humanité.* Rien de plus sympathique que ce succès, rien de plus naturel aussi, car la matière d'un tel livre est en soi profondément émouvante, et le grand mérite de Remarque a été de nous présenter cette matière à l'état brut, dans sa nudité tragique, sans alourdir son récit de déclamations romantiques, de méditations philosophiques, ni, en apparence, du moindre jugement sur la guerre. Nous voilà bien loin d'Unruh et de son *Opfergang*.

Ce qui d'abord séduit le lecteur français, c'est que ce livre allemand le soit à première vue si peu, qu'il ressemble tellement à d'autres livres de guerre français, tout en montrant l'autre côté des barbelés. Le parallélisme est complet, et plus d'un ancien combattant entendant le feldgrau Baümer se plaindre de l'inaction de l'artillerie allemande et des bombardements français éprouve une satisfaction rétrospective à penser que « les Boches aussi prenaient ». Il y a dans le livre de Remarque un respect, et presque une admiration pour la machine de guerre française qui ne peut que nous flatter et qui a pour sa part contribué au bon accueil qu'on lui a fait.

Mais ce parallélisme entre les héros d'*À l'Ouest* et ceux de nos livres de guerre tient sans doute également à une raison littéraire qui est qu'*À l'Ouest* est taillé sur le patron des livres français, que c'est un récit à la Française, linéaire, d'un dessin toujours précis et net. (Le succès du livre en Allemagne peut tenir du reste à la même raison.)

À l'Ouest, considéré comme livre de circonstance, répondant à une aspiration obscure du public, est une complète réussite. C'est un reportage plein de sensibilité et très fortement, très directement évocateur.

La question qui se pose, au-delà de cette constatation, est de savoir si *À l'Ouest rien de nouveau* est plus que cela, si c'est un « grand livre », si c'est le roman de la génération jetée dans la fournaise au sortir du collège. Cette génération-là (en France du moins) a fourni au moins deux témoignages de grand prix : *Interrogation* de Drieu la Rochelle et *Le songe* de Montherlant, témoignages rendus sur le vif et non pas dix ans après. Or *Interrogation* et *Le songe* contredisent absolument *À l'Ouest.* Au lieu d'être accablés, écrasés comme Baümer, Alban et le Drieu d'*Interrogation* sentent s'exalter en eux la volonté de puissance. Ils goûtent l'âpre saveur d'être des hommes en train de défendre leur vie. L'idée centrale d'*À l'Ouest*, c'est que la guerre ne contient aucun ferment de grandeur ni de noblesse, qu'elle est une morne et ennuyeuse boucherie, qu'elle est toute faite de misère et d'horreur. C'est là une idée d'homme de trente ans, une idée de dix-ans-après, excellente idée de propagande antibelliciste, mais qui n'est pas vraie. Un jeune homme normal de dix-huit ans, même sans lyrisme, n'était pas malheureux à la guerre ; ou du moins ne l'était pas aussi profondément, aussi continûment. Remarque a prêté à son héros des façons de sentir de vaincu et non pas de combattant ; et deux hypothèses se présentent : ou bien Remarque a fabriqué son Baümer d'après ses propres sentiments de 1928 ; ou bien il a, lui Remarque, senti la guerre à dix-huit ans comme Baümer et il est une exception. Dans l'un et l'autre cas, son héros n'est pas un type d'humanité générale.

Cet échec dans la création d'un héros vrai et le parti pris pessimiste sont les deux grands reproches qu'on peut adresser à Remarque. Dans le détail, on peut lui reprocher le romantisme macabre de la scène du cimetière bombardé : rien de moins invraisemblable qu'un pareil épisode, mais Remarque se laisse presque aller jusqu'à en tirer un symbole ; il renonce à sa retenue coutumière, alors qu'il eût fallu dans ce chapitre se montrer deux fois plus pudique.

Ce qui, littérairement, me paraît le plus neuf et le meilleur dans *À l'Ouest*, c'est la part faite à l'alimentation et à la digestion et le naturel des évocations de cet ordre, qui correspondent vraiment à ce qui était la préoccupation centrale du combattant, et ce sont surtout les pages sur l'instinct de conservation, sur la prise étroite de contact de l'homme et de la terre ; sur le retour de l'homme à l'animalité, à la ruse et à l'adresse de l'animal, dès que sa vie est en danger ; sur l'acuité soudain décuplée de tous ses sens sous un bombardement. Ce sont ces pages-là qui forment la partie la plus originale, la contribution la plus vraie à l'effort collectif international qui se poursuit depuis quinze ans pour fixer l'image de l'homme à la guerre.

1er mai 1931

JEAN COCTEAU

Le moine de G. Lewis d'Antonin Artaud

Il reste encore pas mal de chemin à faire dans l'inconnu avant que nos découvertes puissent se vanter d'être sacrilèges. Avant d'atteindre une zone peuplée (elle se trouve peut-être à un millimètre de nous, avant d'entendre le bruit des premières vagues, avant de connaître cette feuille de route — la nôtre — que les devins peuvent percer d'un seul coup d'épingle, déplier ensuite comme un éventail pour y voir les mille points, *en face* les uns des autres de cette piqûre unique devenir mille points de repère *les uns à côté des autres,* avant de tomber sur des dieux craignant d'autre dieux qui craignent aussi les leurs, il faut coûte que coûte atteindre nos anciennes limites par l'entremise d'appareils propres à épanouir nos sens amputés de longue date.

M. Artaud sait cela, il sait aussi quelles atroces périodes on traverse après s'être débattu dans le noir. Ces périodes ne nous rendent ni sourciers, ni ductiles. Elles nous condamnent au silence ; et je devine que la traduction du *Moine* de Lewis résulte d'une humble révolte contre un de ces silences improductifs. Les forts ne peuvent pas traduire ; ils essayent pour vaincre les crises de stérilité, pour mettre la machine en marche. Ces échecs nous valent quelques œuvres singulières, œuvres sans racines, fausses traductions, livres nés d'un livre. Je dirai plus : de cette corde au cou, de cette lutte, de ce spasme du vide, viennent au monde des Mandragores. Les Contes de Poe par Baudelaire en seraient l'exemple type. *Le moine* dans notre langue nous offre un exemple nouveau. Il est possible que les amis de M. Artaud regrettent cette étonnante transformation d'énergie. Peut-être attendaient-ils de l'énergie propre du mauvais traducteur (lire mauvais traducteur comme mauvais ange) une œuvre directe où son activité se manifestât sans entremise — mais ils se trompent et M. Artaud le prouve.

Il est acteur, il connaît les pactes qui permettent à un homme de se conjuguer avec un autre pour une dangereuse alchimie d'un soir. Le subterfuge des planches et des films n'est point simulacre. Ils exigent plus qu'une doublure ou qu'un double : un triple. Ce qui reste du modèle, ce qu'apporte le copiste composent un troisième personnage, un individu fantôme qui ne se désagrège pas sans laisser de traces.

Tout ce qui flambe nous ravage. Il serait fou de juger le livre de M. Artaud sans se souvenir, entre autres, de son Marat chez Gance. C'était l'œuvre d'un alchimiste. Je reverrai toujours pendre au bord de la baignoire cette figure céleste qui combinait l'étrange face enfantine du dessin de David avec le profil endormi debout de l'interprète.

N'oubliez pas que l'acteur peut plaider une cause

qui ne touche pas son rôle ; employer ce rôle à titre de médium. C'est ainsi que Chaplin, cabré contre le film parlant et les richesses qu'il propose, a voulu comme thème des *Lumières de la ville* : *la mauvaise humeur*, et l'exprime par l'entremise de sa bonne humeur. Seulement il ouvre le film par une critique-bouffe du film parlant, il écarte toute nouveauté même de son registre, décante et rythme musicalement son jeu jusqu'à la ligne très simple du dessin animé, obtenant de ce fait la fraîcheur malgré une paraphrase rétrospective de ses vieilles farces. Calcul tellement alerte qu'on se demande si des surcharges (le crottin, l'écheveau de laine) épisodes ébauchés sur d'anciennes bandes, ne sont pas des fautes commises exprès à seule fin d'éviter une froide perfection d'anthologie.

Certes, ce *Moine* m'intéresse moins par son texte que par ses marges. Je devrais écrire : par son prétexte. Il m'intrigue, ce fils de pendu ! Je regarde derrière son apparence humaine. Que vois-je ? D'un côté le récit original je suppose, une Espagne de catacombes où le surnaturel se présente avec un naturel terrible et se dénonce comme, chez la femme qui se couche, cette main de cambrioleur mal recouverte par un rideau. De l'autre, une dégaine d'œuvre travestie en jeune cavalier, majuscules de Missel devenant cursive, libertine ou plutôt anglaise, si je consulte la couverture analogue à celles d'ouvrages britanniques sur le fouet, soufre aux pourritures délicates, nonnes recouvertes de merveilleuses mantilles, du sang, signes d'intelligence du diable, chronique de peste et de mort, et par-dessous tout cela témoignant encore du romancero primitif en prose, les miasmes humains d'une âme cachée, dénoncée par-dessus tout cela sous forme d'irisations, de prismes, d'arcs-en-ciel et autres orients de la perle noire que l'ancienne pierre baroque de 1840, traduite, est en 1931 devenue. Pierre baroque. Le baroque cède la place à cette note que le doigt mouillé éveille en tournant sur l'arête d'un bol de cristal. On ferme les yeux, on écoute. Quel charme ! (Dans le sens le plus redoutable du terme). Car nous sommes de ceux qui savent que *Vertu des simples* serait le seul titre exact pour une étude sur la sorcellerie et sur les poisons.

1er janvier 1932

ANDRÉ MALRAUX

L'amant de lady Chatterley de D.H. Lawrence*

Son manuscrit terminé, Lawrence laissait à l'éditeur ou à des collaborateurs le soin de couper ce que l'esprit public ne pourrait supporter : on n'est pas le premier romancier de son pays sans savoir qu'il y a lieu de compter avec la bêtise humaine.

* Ce texte a paru initialement sous le titre « D.H. Lawrence et l'érotisme. À propos de *L'amant de lady Chatterley* ».

Mais l'appel de la douleur physique, l'annonce répétée de la mort devaient le jeter tout entier à sa volonté d'écrire et de publier, avant de mourir, *son* livre.

Peut-être ce livre ne prête-t-il nulle part à la confusion plus qu'en France, parce qu'il se fonde sur l'érotisme. Chez nous, l'érotisme s'oppose à d'autres passions, à la vanité surtout (d'où le subtil sadisme des *Liaisons dangereuses*) ; la maîtrise d'un héros de Nerciat sur ses sensations, d'un Valmont sur celles de ses partenaires, les rend odieux à Lawrence, pour qui la conscience exaltée de la sensualité peut seule combattre la solitude humaine. Que Restif, habile et voluptueux en face du viol de Mme Parangon, dans un roman, devienne si bête dans ses ouvrages clandestins, peut sembler singulier ; c'est que pour lui, comme pour tous nos auteurs du second rayon, le livre érotique est un moyen dont la sensation est la fin. Ces moyens changent avec les auteurs, mais les siècles les entraînent tous dans un étroit courant. D'abord, à la Renaissance surtout, la technique physique de l'érotisme. Puis, vers le XVIIIe siècle, la technique psychologique : les hommes de race blanche découvrent que, pour eux, une idée peut être plus excitante qu'un instrument, et même que la beauté d'un corps. Puis, l'individualisation de l'érotisme : le livre parfait de la fin du XIXe siècle, en ce domaine, eût été un supplément à *Rouge et Noir* où Stendhal nous eût dit comment Julien couchait avec Mme de

Rénal et Mathilde, et la différence des plaisirs qu'ils y prenaient tous trois.

Chacune de ces phases grandit l'érotisme, lui donne une plus grande place dans la vie des hommes. Il s'approche peu à peu de l'individu. Il était le diable, il devient l'homme ; nous allons le voir dépasser l'homme, devenir sa raison d'être. Là est l'intérêt essentiel de ce livre, et aussi son intérêt historique : l'érotisme y cesse d'être *l'expression* de l'individu. Il devient un état de l'âme, un état de vie — comme l'opium pour le Chinois des dernières dynasties : c'est l'individu, maintenant, qui n'est plus qu'un moyen.

Il y a en France un individualisme psychologique et un individualisme éthique, presque toujours confondus. Le premier attache ses valeurs à la « différence », au caractère unique de chacun ; le second, à un droit absolu d'agir réclamé par l'individu. (Gide d'un côté ; Balzac de l'autre). Lawrence ignorait le premier ; et quant au second, l'important n'était pas pour lui de défendre sa liberté, mais de savoir ce qu'on en pouvait faire. À ses yeux, ce n'est pas par la conscience de ce qu'il a de particulier que l'individu s'atteint, c'est par la conscience la plus forte de ce qu'il a de commun avec tant d'autres : son sexe. La critique anglaise a vu là surtout un paganisme : quelques myosotis fâcheusement oxfordiens lui en donnaient le droit. Il n'y a pourtant pas de livre moins hédoniste. Il ne s'agit pas là d'échapper au péché, mais d'intégrer l'érotisme à la vie sans qu'il perde cette force qu'il devait au péché ; de lui donner tout ce qui, jusqu'ici, était donné à l'amour ; d'en faire le moyen de notre propre révélation. Lawrence ne veut être ni heureux, ni grand : il veut *être*. Et il croit plus important pour lui d'être homme que d'être individu. Le goût de la différence est alors remplacé par celui d'une intensité déterminée : il s'agit d'être homme — le plus possible. C'est-à-dire de faire de notre conscience érotique, dans ce qu'elle a de plus viril, le système de références de notre vie.

Que devient alors la femme ?

La conscience que l'homme lui prête est toujours la clef du mystère régnant de l'amour. Pour l'Hindou, la femme peut être l'instrument d'un contact avec l'infini, *mais comme un paysage* ; moyen irresponsable, comme le paysage. Lawrence, qui veut que la femme soit totalement responsable, attaque en chacun de nous les traces d'Hindou qu'il y trouve, et son premier ennemi est l'éternel féminin. Jamais le chrétien n'a vu dans la femme un être tout à fait humain. La sexualité féminine lui échappe, l'expérience sexuelle étant intransmissible d'un sexe à l'autre (c'est toujours l'érotisme de l'autre sexe qui est mystérieux). Irréductiblement différente de nous, avide d'une unité dans laquelle elle se possède plus qu'elle n'est possédée, la femme deviendra donc dans *Le serpent emplumé* l'indispensable instrument de la possession du monde. Son éternité restaurée est dans son sexe, et non plus dans ses yeux ; éternité quand même.

Seul moyen pour l'homme d'atteindre sa vie la plus profonde à travers l'érotisme, seul moyen d'échapper à la condition humaine des hommes de son temps, Lawrence veut posséder la femme par l'esprit comme par la chair ; il l'interroge par la voix de tous ses personnages et lui consacre le livre qu'il écrit lorsqu'il est déjà fasciné par la mort.

Comment passer de cette obsédante méditation charnelle à la vie des créatures ? Toute la technique du roman tient dans les moyens qu'emploie l'auteur pour substituer à la sexualité la personne vivante de Mellors, ou inversement. Le désir d'être mère qui fait pleurer Constance devant les poussins, et l'amène à coucher pour la première fois avec le garde, est un artifice : il fallait que les rapports entre elle et son nouvel amant fussent impersonnels, il fallait qu'elle devînt sa maîtresse avant de savoir *qui* il est, *avant de lui avoir parlé.* De quoi a-t-elle besoin ? De se révéler à elle-même à l'aide de sa propre sexualité. Peu importe le moyen de cet éveil. Que Mellors se réduise d'abord à un sexe adroit et anonyme : qu'il ne soit, à aucun titre, le séducteur ; le vrai dialogue est entre lady Chatterley et elle-même. Jamais Mellors ne s'opposera profondément à elle ; il est nuancé, individualisé, *mais non pas autonome.* Un garde-chasse n'est pas nécessairement ancien officier, ni un amant perspicace, homme de valeur. Mellors parle patois, mais avec préméditation, et son sens de la destinée humaine domine celui de sir Clifford : lady Chatterley a eu de la chance. Attachée à son sexe contre le dégoût et la mort, elle eût pu ne rencontrer en son amant qu'un fantôme — ou un ennemi. Si l'homme doit trouver sa raison d'être par l'intégration de l'érotisme dans la vie, je me méfie de garanties qu'il faut aller chercher au plus profond de la chair et du sang. Je crains alors et leur nature et leur durée. Car une grande saveur de solitude accompagne ces personnages de Lawrence : pour ce prédicateur du couple, l'« autre » ne compte guère. Le conflit ou l'accord s'établit entre l'être et sa sensation.

Son art consiste à sauver par la peinture convaincante d'un sentiment primitif et profond — le désir de maternité par exemple — le passage de la fiction à l'affirmation éthique. Et la doctrine est inséparable de cet art, du halètement fiévreux avec lequel il s'efforce de rendre éblouissante la face nocturne de la vie. C'est par cet art surtout que sera affaiblie l'importance de la personnalité du partenaire — partenaire qui n'est plus l'amant, qui ne vaut que par la conscience qu'il a d'un *état* particulier qu'il peut atteindre et donner. Nulle nécessité qu'un tel partenaire soit « unique ». Or, notre amour-passion repose sur ce caractère unique de l'amant, de la maîtresse. Il s'agit de détruire notre mythe de l'amour, et de créer un nouveau mythe de la sexualité : de faire de l'érotisme une *valeur.*

Que pouvons-nous en attendre, dans cette région des mythes ? Peut-être plus de conscience. Nous tenons notre attitude vitale pour normale, universelle, humaine. Dès l'Inde, pourtant, elle surprend les Asiatiques. Quand nous leur disons qu'elle est rationnelle, ils nous répondent confusément que notre musique, notre peinture, sont à base érotique, et que notre littérature ne traite presque que de l'amour. Cette érotisation de l'univers que nous prêtent les Asiatiques, qu'en pensons-nous nous-mêmes ?...

Un mythe n'est pas objet de discussion : il vit ou ne vit pas. Il ne fait pas appel en nous à la raison, mais à la complicité. Il nous atteint par nos désirs, par nos embryons d'expérience ; c'est pourquoi l'éthique, depuis un siècle, s'exprime si volontiers par la fiction. Prophétiser de celui-ci serait se livrer au vain travail de prophétiser du monde : les mythes ne se développent pas dans la mesure où ils dirigent les sentiments, mais dans celle où ils les justifient...

1er septembre 1932

DENIS MARION

La clé de verre de Dashiell Hammett

L'assassin de l'homme qui a été tué au second chapitre sera identifié seulement dix pages avant la fin. Mais c'est la seule concession que l'auteur fasse au genre policier. L'intérêt du roman est ailleurs et surtout, me semble-t-il, dans la manière dont les personnages sont envisagés : rien n'indique leur âge, leur caractère, leur profession, leurs sentiments. Aussi indéterminés que le chevalier des romans de la Table-Ronde qui quitte son château inconnu et part à la recherche d'aventures. Le milieu où ces hommes vivent est au contraire bien précis : le Chicago de la prohibition et des gangsters. Dashiell Hammett le dépeint en termes mesurés, allusifs, sans concession au pittoresque facile. Une fatalité mécanique vient seule justifier les actes violents et obstinés de ces êtres qui sont toujours en danger de mort. Le mépris de l'auteur pour toute explication psychologique se comprend alors fort bien. Ned Beaumont devient un personnage significatif quand, fait prisonnier par la bande rivale et gardé à vue par un boxeur, il ne sort d'un évanouissement que pour se diriger d'un pas automatique vers la porte de la chambre, essayer de l'ouvrir et recevoir un nouveau coup de poing qui l'envoie au plancher.

1er décembre 1932

EUGÈNE DABIT

Voyage au bout de la nuit de Louis-Ferdinand Céline

En ouvrant le livre de Louis-Ferdinand Céline, c'est une espèce de voyage fiévreux, lent, pénible, qu'on entreprend aussi ; un voyage à la recherche du passé, dans des pays proches ou lointains : en France, durant les années pourries de la guerre ; en Afrique, au milieu des trafiquants, dans cette colonie de la Bambola-Bragamance ! en Amérique, avec Molly, chère petite putain ; encore en France, dans une banlieue poisseuse ; enfin, dans une « Maison de Santé » dirigée par un docteur Baryton. Entre-temps, une suite d'aventures, dont quelques-unes presque rocambolesques, comme celle de la « Cave aux momies », où Robinson, compagnon de guerre de Ferdinand Bardamu, héros du livre, gagne sa chienne de vie. Çà et là, des images d'Épinal, aux tons crus ; d'autres, durement cernées de noir. Des bavardages entre des soldats d'occasion, des ouvriers, des mégères, des filles. Des histoires sordides, les unes réelles, les autres imaginaires. Un tel livre, impossible de le raconter. Des ténèbres qui l'enveloppent surgissent des êtres falots, furtifs, poursuivis par l'huissier, les policiers, les gendarmes, traqués, asservis par la peur, le froid, la fatigue, la faim. Leurs fuites, leurs gesticulations, leurs protestations ne les sauveront pas. Toutes leurs révoltes paraissent vaines. « Il faut choisir, mourir ou mentir. » Ils veulent vivre. Une race de vaincus. Ils le savent, du reste, se méprisent, et font plus que mépriser leurs maîtres ; ils haïssent, sont capables d'un meurtre, de rien d'autre semble-t-il, c'est leur héroïsme, à eux ! La vie s'étale, en vagues boueuses, sans espérance, sans lumière, telle que la font la vieillesse, la maladie, la misère. « Contre l'abomination d'être pauvre, il faut, avouons-le, c'est un devoir, tout essayer, se saouler avec n'importe quoi, du vin du pas cher, de la masturbation, du cinéma. »

Dans *Voyage au bout de la nuit* plusieurs ouvrages chevauchent, se mêlent. Ni commencement ni fin. Il est vrai que la guerre est un commencement, la mort une fin. Durant 600 pages, un combat confus, traversé de lueurs. Chacun sera vaincu. Ferdinand Bardamu comme les autres, lui, qui est de la pâte dont sont pétries les foules, qui en a les lâchetés, les terreurs paniques, les désirs, les violences. Tous ces hommes sont à l'avance condamnés. Aucun ne peut se libérer ; le temps et la force leur font défaut. La mort est autour d'eux, pas comme un épouvantail. Elle les envahit, et on ne s'étonne plus de leur effroi ; et l'argent, une religion, une morale, la maladie, la guerre, autant de sûrs alliés pour elle.

Cette présence tragique, dans la nuit, emplit le livre. La mort, on la trouve à chaque page, avec le désespoir, le mépris, la haine. Il ne s'agit pas d'une création littéraire. On entend un appel continu, presque inoubliable, dru, âpre, acharné, imagé. On peut lire des pages et des pages, avec passion ; les quitter par épuisement, sur une impression trouble et inquiète ; en reprendre de nouvelles et y retrouver cette même voix saccadée, douloureuse, pitoyable. Il importe bien peu de se demander si l'auteur « vous a eu », et par quelles habiletés, par quels sortilèges, qui ne sont pas tellement mystérieux ni nouveaux ; il importe bien peu d'appeler à soi le souvenir d'autres livres, de vouloir expliquer, de donner des frontières à ce monde qui grouille. On souhaiterait peut-être de l'ombre, des replis, des silences, et retrouver ce pays bien connu où l'on peut disputer, rêver, s'assoupir. Rien de semblable n'est offert. Et c'est tant mieux. Voici une œuvre où la révolte ne naît pas de discussions esthétiques ou de symboles, où il ne s'agit plus d'art, de culture, d'un dieu, mais d'un cri de protestation contre la condition humaine — celle que des hommes peuvent faire à une multitude d'autres hommes, et qui est une dérision et un crime contre la vie.

1er septembre 1933

JEAN COCTEAU

Impressions d'Afrique de Raymond Roussel*

Raymond Roussel fait penser à cette abeille architecte, la seule dans la ruche si je ne m'abuse, qui, d'un coup d'œil, calcule l'édification à l'envers d'une cathédrale quatre fois plus haute que ne le serait la tour Eiffel par rapport à l'homme. *Impressions d'Afrique*, le miel en est délectable, mais qu'il semble peu de chose, une fois le livre lu,

* Ce texte a paru initialement sous le titre « En toute hâte ».

lorsque nous apparaissent toutes les nervures et toutes les alvéoles, la géométrie exquise et terrible du tout ? *Locus Solus*, d'une structure plus secrète, semble, au premier abord, répondre à un système théâtral de Roussel : le système d'enchaînements du rapsode arabe. À la longue les réponses secrètes, l'idiome d'interligne se fait entendre et nous donne cette chair de poule, ce malaise du tam-tam nègre, lorsque commencent les lointains, les sombres, interminables dialogues entre tribus invisibles d'insectes peints, caparaçonnés, couverts d'arbalètes et d'élytres.

Roussel se plaignait amèrement et naïvement de ne pas connaître la gloire d'un Loti. L'Académie, la Légion d'Honneur, toutes ces petites pourpres le fascinaient parce que son âme pure les croyait grandes et leur accordait encore les privilèges qu'elles durent avoir à l'origine et qu'elles n'auraient en somme jamais dû perdre. Il ignorait que telle firme honore et que telle autre dégrade. Il trouvait naturel qu'un poète payât ses éditeurs. Bref, il était vrai, vrai de vrai, le *vrai de vrai* par excellence, celui qu'on ne rencontre ni au bagne, ni à la Légion, ni à Marseille, lieux officiels où le type du vrai de vrai se lègue, s'enseigne et se *joue*.

Son dernier livre[1] déconcerte à force de pureté profonde. Je parle de cette pureté d'âme qui ne décide pas le choix d'un illustrateur, à côté duquel

1. Les *Nouvelles impressions d'Afrique*, ce chef-d'œuvre inénarrable où se conjuguent, par l'entremise d'on ne sait quel système de sommeil, les voix de Marcel Proust et de Stéphane Mallarmé.

tout autre semblerait artiste, par goût suprême, par raffinement subtil, mais parce qu'elle goûte et le trouve bon.

Pour laisser illustrer les *Nouvelles impressions* de la sorte il faut être soit un maître de finesse, soit un loustic, soit « l'esprit pur ».

Pur, pureté, voilà toujours les termes où je retombe si je contemple Roussel l'admirable, Roussel l'étrange ; étrange d'une étrangeté toute droite. L'œil, au point de mire, n'accroche aucun des méandres qui dénoncent habituellement l'étrangeté, pour peu qu'elle n'appartienne pas au génie.

1er mai 1934

DENIS DE ROUGEMONT

Le procès de Franz Kafka

Je ne sais pas si *Le procès* est le chef-d'œuvre de Kafka, mais il est difficile d'imaginer un livre plus profond. On a même l'impression en le lisant, de lire pour la première fois un livre absolument profond. Non qu'il prétende percer les apparences du monde pour s'enfoncer dans un ésotérisme, au contraire : il se borne à décrire ces apparences avec une minutie qui suffit à dénoncer leur absurdité *réelle*, en même temps qu'il se refuse à toute interprétation, c'est-à-dire à toutes les conventions inventées par les hommes pour étouffer le scandale.

Josef K..., fondé de pouvoir dans une banque, se voit arrêté un beau matin par deux inspecteurs. Ces messieurs lui apprennent qu'il est inculpé, mais ils ne savent pas de quoi et n'ont pas qualité pour le savoir. Puis, on le rend à la liberté. Toute l'histoire sera celle, non pas du procès, qui n'a jamais lieu, mais des préliminaires, des démarches que tente l'accusé auprès d'une justice insaisissable, infiniment pédante, corrompue et capricieuse, dont les bureaux sont installés dans des faubourgs ignobles ou des greniers. Jamais K... ne parvient à l'instance suprême ; jamais personne d'ailleurs n'a pu y parvenir. À la fin du cauchemar, on le tue dans des conditions trop déprimantes pour qu'il puisse songer même à résister.

C'est ainsi une *suspension du jugement* qui est tout le drame du *Procès*. Constatation de la réalité telle qu'elle est, et en même temps, au moment où la révolte point, constatation de la vanité absolue de toute appréciation, de toute prise de parti, — de tout acte. C'est ce qu'on pourrait appeler la vision métaphysique. Tous les efforts des hommes — y compris les philosophes — consistent peut-être à échapper à cette vision, qui est l'angoisse même.

Est-ce pur hasard si la théologie chrétienne rend compte de presque toutes les situations de ce livre ? Cette Loi qui nous condamne quoi que nous fassions, ce Juge impitoyable, cette instance suprême qu'on n'atteint jamais, ces avocats qui parlent comme des prêtres, et qui sont de mèche avec la justice, ces prévenus en liberté, cette complicité générale, tout cela, ce n'est pas la « misère de l'homme sans Dieu », mais la misère de l'homme livré à un Dieu qu'il ne connaît pas, parce qu'il ne connaît pas le Christ. « Nul ne vient au Père que par moi. » C'est par le Fils que Dieu devient pour nous le Père ; mais alors, l'acquittement est possible. « Je suis le chemin » — mais alors l'acte aussi est possible. Ainsi, la foi au Christ est la seule possibilité qui soit donnée à l'homme de marcher, d'échapper à l'« arrêt » ; mais c'est aussi par cette foi, et parce qu'elle nous permet de faire un pas et « d'en sortir » que nous connaissons notre état, que nous mesurons le réel, et que nous pouvons l'avouer.

1er juillet 1934

RAMON FERNANDEZ

La pensée et le mouvant d'Henri Bergson

M. Henri Bergson possède au plus haut degré les qualités qui eussent favorisé, la paresse aidant, le développement d'une philosophie contraire à la sienne. Quel logicien pur il eût fait ! Mais il faut s'entendre. On a parlé, à propos de lui, d'intellectualisme désespéré ; rien de plus faux, car il est au contraire un intellectualiste qui a retrouvé foi en l'intelligence. Quand on considère sa philosophie dans son ensemble et d'un peu loin, après l'avoir laissée se décanter dans la mémoire, on s'aperçoit qu'elle est avant tout une reconstitution des fonctions propres de la pensée. L'antibergsonisme repose soit sur une erreur d'interprétation, due le plus souvent à une lecture superficielle, soit sur la méconnaissance des principes mêmes au nom desquels on s'indigne, soit tout bonnement sur une réaction du goût littéraire. Certains sont choqués, en effet, par le vocabulaire de M. Bergson, par ses métaphores. Ils ne supportent pas, par exemple, qu'on puisse joindre *mouvant* à *pensée* comme une condition au conditionné. Et s'arrêtant sur ces mots au lieu de porter leur attention sur l'effort intellectuel qui les soutient, ils jugent le bergsonisme à l'envers, pour ainsi dire.

Le présent ouvrage, je crois, confirmera ces vues. Il contient, outre d'illustres essais tels que l'*Intuition philosophique*, l'*Introduction à la métaphysique* et la *Perception du changement*, deux longues introductions inédites où M. Bergson, dans une sorte de *Discours de la méthode* après la lettre, repasse ses démarches philosophiques en soulignant le mode de création et d'enchaînement de ses idées. Ces essais sont de tout premier ordre, non certes par la nouveauté des thèmes, puisque leur mérite est précisément de reprendre et d'éclairer des thèmes connus, mais par la rigueur, la clarté et la constante maîtrise d'une pensée qui, loin de se dérober comme on l'a injustement prétendu, revient toujours à la charge avec une ardeur nouvelle. Le texte valant surtout par le tissu serré du raisonnement, il est à peu près impossible d'y tailler des échantillons. Je signalerai pourtant les pages extrêmement brillantes où, précisant une idée qui lui est chère, M. Bergson établit que le vrai langage métaphorique, dans les analyses spirituelles, n'est pas celui qu'on prend communément pour tel, mais bien le langage d'une intelligence pliée au spatial et au matériel.

L'impression dominante que laisse la lecture de ce recueil est qu'aucun penseur contemporain n'a pensé plus vigoureusement et plus franchement que M. Bergson ; que sa philosophie, qui est une méthode plutôt qu'un système, conserve sa pleine validité ; et que lorsque nous nous détournons d'elle, c'est par paresse et automatisme, et non pas du tout parce que nous avons trouvé quelque chose de plus solide et de plus riche à penser.

1er février 1935

JEAN GUÉRIN*

Les contes du chat perché de Marcel Aymé

M. Marcel Aymé a eu la bonne fortune de délivrer un chat dont la moustache se trouvait prise

* Jean Guérin est un pseudonyme collectif dont Jean Paulhan fit grand usage.

sous l'écorce d'un arbre. Le chat, pour marquer sa gratitude, a conté quatre histoires à M. Aymé. Cela se rencontre tous les jours.

Ce qui est moins courant, c'est l'air mi-figue, mi-raisin, dont M. Aymé rapporte ces histoires ; son naturel, sa malice et son propre amusement de conteur ; et surtout l'absence de puérilité dans des contes destinés aux enfants.

Le chat de M. Marcel Aymé semble un peu las dans son dernier récit. On en serait affligé, si un nouveau conte ne venait de paraître, qui est excellent et en fait attendre d'autres.

1er décembre 1936

RAYMOND QUENEAU

Tropic of Cancer ; Black Spring d'Henry Miller*

Depuis *Ulysses*, aucune œuvre de l'« expatriation » anglo-saxonne n'avait été autant remarquée que *Tropic of Cancer*, le premier livre d'Henry Miller, publié comme *Ulysses*, à Paris, et pour les mêmes raisons : l'emploi d'un vocabulaire très large et dédaigneux des points de suspension, la présentation d'individus quelconques dans l'accomplisse-

* *Tropic of Cancer* et *Black Spring* ont d'abord paru en France en 1934 et 1936 aux éditions The Obelisk Press. Les traductions françaises paraîtront respectivement en 1945 et 1946.

ment de fonctions naturelles. Les « héros » de Miller sont nos contemporains : c'est-à-dire des hommes jetés dans des situations contemporaines, j'entends : ordinairement avilissantes, et désespérées.

Ce « héros » de Miller n'est pas l'homme en général, mais l'habitant de la grande ville cosmopolite, l'Alexandrin. Car Spengler a pour la compréhension de l'œuvre de Miller la même importance que Vico pour celle de *Work in Progress.* L'homme de Miller (*homo millerianus*) n'est pas tant Lycophron que l'anonyme saisi par la multitude, un entre des millions, abreuvé de commerce et fatigué de guerres, anxieux de son corps, accablé de son esprit, le futur gnostique, ascète ou libertin. L'homme de Miller, c'est le meussieu qui tantôt crève de faim et tantôt se saoule : et jamais ailleurs qu'à Paris (il faut au moins un million d'habitants au goût d'un Alexandrin pour qu'une ville soit vraiment une ville) ; qui se traîne par les rues et qui les comprend et qui traîne partout de furieuses envies de « satisfaire des instincts » (pour employer une expression stupide mais polie : on n'en rencontre point de telles chez Henry Miller), qui travaille en sachant bien que le travail est une punition (Gen. III, 17-19), qui sait parler pertinemment de la peinture de Matisse (cf. *Tr. Of C.*, pp. 170-174) et qui a attrapé plus d'une fois des maladies de grande-civilisation-sur-son-retour.

C'est donc à cette espèce qu'appartiennent les personnages de *Tropic of Cancer*, récit épais et dru, d'une langue violente et précise, où, dans le courant semble-t-il débordant d'une narration d'un souffle continu, chaque mot garde son poids, sa place, signifie son geste, se situe d'aplomb, en pleine phrase, en son temps et en son lieu.

Si les individus qui figurent dans *Tropic of Cancer* ne sont pas des héros, si les situations où ils se démènent sentent le plus souvent mauvais, l'œuvre elle-même se dégage de toute ignominie et de tout avachissement ; c'est l'œuvre d'un fort. Et l'on reconnaît là, même chez l'expatrié, le signe, la marque de la littérature américaine actuelle : le sang et la mort ne signifient pas la déchéance, la boue n'est pas un oreiller.

Le second livre d'Henry Miller manque peut-être de la belle unité qui organisait le premier, unité de ton et de mœurs, j'oserai même dire : de lieu, de temps et d'action. C'est à peine si l'on peut découvrir entre les chapitres qui composent l'ouvrage un lien subtil, « réponses » de récits de faits récents à des récits de faits anciens. Ceux-ci, les souvenirs d'enfance, sont admirables. Il faut lire : *The 14 th Ward,* et *The Tailor Shop.*

Il y a encore le passage sur les urinoirs de Paris et de France, qui est bien émouvant ; et la « genèse d'un chef-d'œuvre », qui satisfera tous les amateurs de peinture, et d'autres. Mais tout le livre n'est pas d'une veine égale.

Black Spring marque cependant un progrès sur *Tropic of Cancer* : la maîtrise verbale d'Henry Miller s'affirme maintenant sans faiblesse, sa langue s'est encore accrue en beauté, précise et forte, puissante. Et nouvelle étape, l'*homo millerianus* n'est plus seulement situé historiquement, mais encore remis à sa place véritable dans le Monde.

Car ce Printemps Noir n'est pas une saison, mais un jour, le Jour du Jugement, lorsque « le monde s'éteindra comme une chandelle romaine ». Et l'homme dans la rue, la vraie rue, l'homme qui se balade « en Chine », cet homme ne se dit jamais seul : « Au pis aller, je suis avec Dieu ! » Et il continue :

« Demain, vous pouvez enfin détruire votre monde. Demain vous pouvez chanter au Paradis au-dessus des ruines fumantes de vos villes cosmopolites. Mais cette nuit, j'aimerais ne penser qu'à un seul homme, à un individu isolé, un homme sans nom ni pays, un homme que je respecte parce qu'il n'a absolument rien de commun avec vous : moi-même. Cette nuit, je méditerai sur ce que je suis. »

1er janvier 1937

PAUL NIZAN

Été 1914 de Roger Martin du Gard

Il y a des romans-problèmes et il y a des romans-bilans : les premiers ne se soucient guère que de chercher des solutions que ne risquent pas d'altérer les considérations de temps, les seconds s'occupent plutôt de dresser le tableau d'un moment révolu. Il arrive que la faculté de poser des problèmes et celle de dresser des bilans soient presque entièrement distinctes, qu'on soit le romancier d'un genre unique, Dostoïevski ou Zola, bien que la rencontre de ces deux dons en un seul artiste puisse parfois s'observer, comme en Tolstoï, qui écrit *Anna Karenine* et *La guerre et la paix.*

Les romans du second genre sont nécessairement historiques, parce qu'ils supposent entre l'événement et l'œuvre un écart et un établissement des perspectives qui permettent les opérations de l'art. Une époque n'accède à la dignité romanesque que lorsqu'elle a subi ces conséquences du temps. La relation du Second Empire à l'œuvre de Zola, celle du règne d'Alexandre à *La guerre et la paix, L'éducation sentimentale* fournissent bien des indications sur les lois de cet écart.

L'avant-guerre est promue à la dignité d'une période historique : il n'en faut plus douter après *Les cloches de Bâle, Les hommes de bonne volonté* et les derniers livres de Roger Martin du Gard. C'est une époque conclue et cette conclusion favorise beaucoup le travail de l'écrivain. Un romancier qui s'en prend aux problèmes du présent, tout l'égare, la confusion des événements, le vague des types humains, les secrets encore gardés, les idées qui ne se sont pas manifestées par leurs suites, l'ignorance de l'avenir : il est dans cette situation que

Dostoïevski décrit dans la conclusion de *L'adolescent,* disant qu'il faut, lorsqu'on veut peindre l'actuel, « deviner et... se tromper ». « Certes, ajoute-t-il, quand l'actualité aura passé et que viendra l'avenir, l'artiste futur découvrira des formes belles même pour figurer le désordre et le chaos passés. »

Été 1914 est la figuration d'un désordre achevé, enfin réductible au traitement de l'art. Qui ne voit que l'art est connaissance ? Ces tâtonnements des héros d'*Été 1914*, ces débats rêveurs où ils se perdent, leurs questions, leurs angoisses sont repris par un romancier qui peut bien feindre avec eux d'ignorer, mais qui sait, et l'issue de cette guerre menaçante et ses plus profonds ressorts : il est dans le secret d'une histoire dont ils ne voyaient que les remous et la possession de ce secret dirige tout le jeu. La connaissance des conclusions historiques est dans ce genre d'ouvrage la condition même de l'art. L'été 1914 fut le temps du chaos, mais pour Roger Martin du Gard, en 1936, ce chaos est un chaos achevé. L'achèvement fut toujours la principale ambition des beaux arts, qui s'accommodent mieux des fins que des commencements, comme on voit par les difficultés de la littérature soviétique.

Cette époque est singulière comme tous les moments de rupture : cette singularité commande chez Martin du Gard, et *Les Thibault,* longtemps poursuivis comme un roman-problème se terminent par un bilan. Je ne crois guère qu'après la rupture produite par la guerre et ce qui la suivit, le roman puisse facilement revenir à son ancien style : il y a peu de chances pour que les grands ouvrages romanesques soient d'ici fort longtemps des romans de la vie privée, comme ils furent. Depuis 1914, toute vie est publique. Cette métamorphose commencée avec la guerre n'a fait que se poursuivre et les aventures privées qui ne sont plus que des fuites paraissent d'une qualité assez basse. Les personnages des *Thibault*, Jacques comme Antoine, Jenny comme Daniel, cessent d'être des personnes privées parce que leur inventeur a saisi que le temps du privé est fini. Personne n'échappe plus au monde, la vie privée a cessé d'y être possible au même titre que la pensée privée qui mesurait le monde d'un seul homme. Il faut en prendre son parti : ces loisirs ne sont pas près de revenir. J'imagine que la mort exemplaire de Jacques Thibault et celle de Meynestrel sont le signe de cette rupture. Ni les pensées privées, ni les amours privées ne sauveront plus une âme. Les penseurs de la vie privée qui régnèrent longtemps peuvent gémir, mais non le romancier qui retrouve dans ces bouleversements le ressort central de la tragédie, la relation de l'homme à un destin.

Été 1914 est très précisément le roman du destin : chaque vie y est soumise à l'action d'un pouvoir invincible et obscur, à une machine de secrets, de traités, de puissances, qui ne dissipe pas son énergie avec moins de rigueur inflexible que la malédiction des Atrides. L'homme qui passe croit discerner dans les états-majors, les politiques, les diplomates, les pouvoirs responsables, parce qu'il faut bien des visages au malheur, le visage de Berchtold, de Sazonov, de Poincaré, au moment même où ces « responsables » se sentent lancés dans une partie qu'ils ne mènent pas, qui est le jeu de l'économie, des grandes ambitions territoriales, des mythologies de l'honneur. Quelques révolutionnaires perdus conçoivent seuls cette machine dont il ne suffit pas de connaître les engrenages pour arrêter le mouvement. Ils aperçoivent seuls le dessin de cette guerre qui fut sans doute la plus pure qu'on ait vue, parce que rien n'y intervint réellement que le jeu capitaliste, le conflit des impérialismes européens qui attendaient tous presque tout du conflit armé.

Marx a écrit dans l'*Idéologie allemande* que le marché mondial est la forme moderne du destin. Comment ne pas admirer les ressources qu'une pareille vision peut apporter à l'art de Martin du Gard ? On en jugera par contraste avec *Les hommes de bonne volonté*, où tout paraît l'effet d'une fabrication concertée, parce que la conception de l'histoire de Jules Romains est une idée pascalienne, autant dire policière, du hasard des événements.

Le nerf de la tragédie d'*Été 1914* est dans cette relation des héros au destin. Chacun d'eux n'intéresse personne par ses drames privés, l'amour d'Anne pour Antoine, de Jenny pour Jacques paraissent soudain des aventures frivoles. L'effet est exactement le même que dans la célèbre description de l'incendie de Moscou par Tolstoï. Le sujet romanesque est tout entier dans l'abandon ou la résistance au destin, dont je me persuade qu'ils sont les uniques objets dignes d'un très grand art ; pas un des personnages d'*Été 1914* qui ne se définisse par son rapport au destin de la guerre. Presque tous s'abandonnent en se préoccupant parfois, comme Manuel Roy, d'inventer un héroïsme national qui n'est qu'une justification du destin. Quelques-uns disent non. Ce n'est pas par hasard que le livre de Martin du Gard qui comporte tant de héros négatifs insiste avec une si grande passion sur les révolutionnaires de Genève, de Bruxelles et de Paris. Dans un univers commandé par l'assaut du destin contre l'homme, les seuls héros qui comptent sont ceux qui lui disent non. Entendons qu'à travers le conflit du réformisme socialiste et de la volonté d'action qui s'achève entre le 28 juillet et le 2 août par l'incroyable faillite de la IIe Internationale s'exprime le conflit entre l'acceptation du destin et la révolte contre lui.

La seule grandeur humaine consista toujours à opposer des résistances à toute dégradation de l'énergie, à transformer ses formes les moins nobles dans des formes plus éminentes, à retarder les effets de la passion, les descentes, les abaissements. C'est pourquoi Roger Martin du Gard s'empare du dernier héroïsme authentique qui est celui de la révolution. Chez Jacques, chez Mithoerg, chez Meynestrel, il ne s'agit jamais que de se dépasser. La considération des chances de succès demeure toujours étrangère, du point de vue de l'art, à la valeur même de ces négations du destin et aux formules par lesquelles les révolutionnaires les expriment. Je vois qu'on reproche à Martin du Gard de trop faire parler ses héros : c'est peut-être que la coutume des dialogues s'est perdue dans le roman ; personne ne parlait plus que les personnages de Balzac, de Dostoïevski. Mais rien ne paraît ici plus pathétique que ces discours sans cesse repris et retournés par quoi les révolutionnaires veulent obstinément expliquer ce qui leur est essentiel, le refus même du destin, au moment où traqués par lui, ils se sentent encore assurés de le vaincre.

Les révolutionnaires apportent beaucoup au romancier qui les peint. Un roman historique comme *Été 1914*, entièrement consacré au bilan d'un âge achevé, pourrait à la rigueur avoir pour dernier mot la mort. Il serait mis au rang de ces livres que l'homme ne peut pas tolérer parce qu'ils lui donnent l'idée d'une rupture radicale du temps. Rien ne bouleverse plus que les défaites, parce qu'elles concluent. Mais le temps ne se rompt jamais pour le révolutionnaire. Au-delà de tous les échecs et de tous les succès aveugles du destin, il ne considère que l'avenir. Presque tous les héros de roman sont les prisonniers du temps qui passe ou du temps passé. Les romans de la vie privée peuvent bien se conclure par une suspension de la durée, personne n'est dupe, on sait bien que les héros mourront. Mais le révolutionnaire se définit, même vainqueur, par sa relation au futur : il est le plus libre des hommes même au moment des défaites. Il me semble que Martin du Gard a entièrement saisi ce caractère de ses héros. Jacques Thibault peut bien mourir, et de la plus basse façon, tout le monde s'en moque. Rien n'est mort des raisons qui le faisaient vivre. Il fallait plus que l'art pour jeter ce pont entre le chaos achevé de la guerre et le chaos de notre temps. On aurait pu ne voir que la faiblesse de l'homme, parce qu'on sait, comme Martin du Gard, quelles furent les réponses de l'histoire aux questions que Thibault se posait avant d'être tué dans une civière par un gendarme affolé par la peur. Mais on ne voit que sa grandeur.

1er février 1938

JEAN-PAUL SARTRE

Sartoris de William Faulkner

Avec quelque recul, les bons romans deviennent tout à fait semblables à des phénomènes naturels; on oublie qu'ils ont un auteur, on les accepte comme des pierres ou des arbres, parce qu'ils sont là, parce qu'ils existent. *Lumière d'août* était un de ces hermétiques, un minéral. On n'accepte pas *Sartoris*, et c'est ce qui rend ce livre si précieux : Faulkner s'y laisse voir, on surprend partout sa main, ses artifices. J'ai compris le grand ressort de son art : la déloyauté. Je sais que tout art est déloyal. Un tableau ment sur la perspective. Pourtant il y a de vrais tableaux et il y a aussi des peintures en « trompe l'œil ».

Cet « homme » de *Lumière d'août* — je pensais : l'homme de Faulkner, comme on dit l'homme de Dostoïevski ou de Meredith — ce grand animal divin et sans Dieu, perdu dès la naissance et acharné à se perdre, cruel, moral jusque dans le meurtre, sauvé — non par la mort, non dans la mort — dans les derniers moments qui précèdent la mort, grand jusque dans les supplices, dans les humiliations les plus abjectes de sa chair, je l'avais accepté sans critique ; je n'avais pas oublié son visage hautain et menaçant de tyran, ses yeux aveugles. Je l'ai retrouvé dans *Sartoris*, j'ai reconnu la « morne arrogance » de Bayard. Et pourtant je ne peux plus accepter l'homme de Faulkner : c'est un trompe-l'œil. Question d'éclairage. Il y a une recette : ne pas dire, rester secret, déloyalement secret — dire *un peu*. On nous confie furtivement que le vieux Bayard est bouleversé par le retour inattendu de son petit-fils. Furtivement, en une demi-phrase qui risque de passer inaperçue, dont on espère qu'elle passera *presque* inaperçue. Après quoi, quand nous attendons des tempêtes, on nous montre des gestes, longuement, minutieusement. Faulkner n'ignore pas notre impatience, il compte sur elle et il reste là, à bavarder sur des gestes, innocemment. Il y a eu d'autres bavards : les réalistes, Dreiser. Mais les descriptions de Dreiser veulent enseigner, sont documentaires. Ici les gestes (enfiler des bottes, monter un escalier, sauter sur un cheval) ne visent pas à peindre mais à cacher. Nous guettons celui qui trahira le trouble de Bayard : mais les Sartoris ne s'enivrent jamais, ne se trahissent jamais par des gestes. Pourtant ces idoles, dont les gestes ont l'air de rites menaçants, ont aussi des consciences. Elles parlent, elles pensent en elles-mêmes, elles s'émeuvent. Faulkner le sait. De temps en temps, négligemment, il nous dévoile une conscience. Mais c'est comme un prestidigitateur qui montre la boîte lorsqu'elle est vide. Qu'y voyons-nous ? Rien de plus que ce qu'on pouvait voir du dehors : des gestes. Ou alors nous surprenons des consciences dénouées qui glissent vers le sommeil. Et puis de nouveau des gestes, tennis, piano, whisky, conversations. Et voilà ce que je ne puis admettre : tout vise à nous faire croire que ces consciences sont toujours aussi vides, toujours aussi fuyantes. Pourquoi ? Parce que les consciences sont choses trop humaines. Les dieux aztèques n'ont pas de ces doux petits entretiens avec eux-mêmes. Mais Faulkner sait fort bien que les consciences ne sont pas, ne *peuvent* pas être vides. Il le sait si bien qu'il peut écrire :

« ... elle s'efforça de nouveau de ne penser à rien, de maintenir sa conscience immergée, comme un petit chien qu'on maintient sous l'eau jusqu'à ce qu'il ait cessé de se débattre. »

Seulement, ce qu'il y a *dans* cette conscience qu'on veut noyer, il ne nous le dit pas. Ce n'est pas qu'il veuille exactement nous le dissimuler : il souhaite que nous le devinions, parce que la divination rend magique ce qu'elle touche. Et les gestes recommencent. On voudrait dire : « Trop de gestes » comme on disait : « *Trop de notes* » à Mozart. Trop de mots aussi. La volubilité de Faulkner, son style abstrait, superbe, anthropomorphique de prédicateur : encore des trompe-l'œil. Le style empâte les gestes quotidiens, les alourdit, les accable d'une magnificence d'épopée et les fait couler à pic, comme des chiens de plomb. À dessein : c'est bien cette monotonie écœurante et pompeuse, ce rituel du quotidien que vise Faulkner ; les gestes, c'est le monde de l'ennui. Ces gens riches, sans travail et sans loisirs, décents et incultes, captifs sur leurs propres terres, maîtres et esclaves de leurs nègres, s'ennuient, essaient de remplir le temps avec leurs gestes. Mais cet ennui (Faulkner a-t-il toujours très bien su distinguer celui de ses héros et celui de ses lecteurs ?) n'est qu'une apparence, défense de Faulkner contre nous, des Sartoris contre eux-mêmes. L'ennui c'est l'ordre social, c'est la langueur monotone de tout ce qui se peut voir, entendre, toucher : les paysages de Faulkner s'ennuient autant que ses personnages. Le véritable drame est *derrière*, derrière l'ennui, derrière les gestes, derrière les consciences. Tout à coup, du fond de ce drame, surgit l'Acte, comme un aérolithe. Un Acte — enfin quelque chose qui *arrive*, un message. Mais Faulkner nous déçoit encore : il décrit rarement les Actes. C'est qu'il rencontre et tourne un vieux problème de la technique romanesque : les Actes font l'essentiel du roman ; on les prépare avec soin et puis, lorsqu'ils arrivent, ils sont nus et polis comme du bronze, infiniment simples, ils nous glissent entre les doigts. On n'a plus rien à en dire, il suffirait de les nommer. Faulkner ne les nomme pas, n'en parle pas et, par là, suggère qu'ils sont innommables, par-delà le langage. Il montrera seulement leurs résultats : un vieillard mort sur son siège, une auto renversée dans la rivière et deux pieds qui sortent de l'eau. Immobiles et brutaux, aussi solides et compacts que l'Acte est fuyant, ces résultats paraissent et s'étalent, définitifs, inexplicables, au milieu de la pluie fine et serrée des gestes quotidiens. Plus tard ces violences indéchiffrables vont se changer en « histoires » : on va les nommer, les expliquer, les raconter. Tous ces hommes, toutes ces familles ont leurs histoires. Les Sartoris portent le pesant fardeau de deux guerres, de deux séries d'histoires : la guerre de Sécession où mourut l'aïeul Bayard, la guerre de 1914 où mourut John Sartoris. Les histoires paraissent et disparaissent, passent d'une bouche à l'autre, se traînent avec les gestes quotidiens. Elles ne sont pas tout à fait du passé ; plutôt un sur-présent :

« Comme d'habitude, le vieux Falls avait introduit avec lui dans la pièce l'ombre de John Sartoris... Libéré, comme il était, du temps et de la chair, [John] constituait une présence bien plus manifeste que ces deux vieillards qui, à jour fixe, restaient là, à se hurler mutuellement dans leurs oreilles de sourds. » Elles font la poésie du présent et sa fatalité : « immortalité fatale et fatalité immortelle. » C'est avec les histoires que les héros de Faulkner se forgent leur destin : à travers ces beaux récits soignés, embellis parfois par plusieurs générations, un Acte innommable, enseveli depuis des années, fait signe à d'autres Actes, les charme, les attire, comme une pointe attire la foudre. Sournoise puissance des mots, des histoires ; pourtant Faulkner ne croit pas à ces incantations : « ... ce qui n'avait été qu'une folle équipée de deux gamins écervelés et casse-cou, grisés de leur propre jeunesse était devenu le sommet de bravoure et de tragique beauté jusqu'où deux anges vaillamment égarés et déchus avaient, en modifiant le cours des événements... haussé l'histoire de la race... » Il ne se laisse jamais tout à fait prendre, il sait ce qu'elles valent, puisque c'est lui qui les raconte, puisqu'il est, comme Sherwood Anderson, « un conteur, un menteur ». Seulement il rêve d'un monde où les histoires seraient crues, où elles agiraient vraiment sur les hommes : et ses romans peignent le monde dont il rêve. On connaît la « technique du désordre » de *Sounds and Fury*, de *Lumière d'août*, ces inextricables mélanges de passé et de présent. J'ai cru en trouver dans *Sartoris* la double origine : c'est, d'une part, le besoin irrésistible de conter, d'arrêter l'action la plus urgente pour placer une histoire — trait caractéristique, me semble-t-il, de beaucoup de romanciers lyriques — et, d'autre part, cette foi, mi-sincère mi-rêvée, dans le pouvoir magique des histoires. Mais, lorsqu'il écrit *Sartoris*, il n'a pas encore mis au point sa technique, il opère les passages du présent au passé, des gestes aux histoires, avec beaucoup de maladresse.

Donc, voilà l'homme qu'il nous présente et qu'il veut nous faire adopter : c'est un Introuvable ; on ne peut le saisir ni par ses gestes, qui sont une façade, ni par ses histoires, qui sont fausses, ni par ses actes, fulgurations indescriptibles. Et pourtant, par-delà les conduites et les mots, par-delà la conscience vide, l'homme existe, nous pressentons un drame véritable, une sorte de caractère intelligible qui explique tout. Qu'est-ce au juste ? Tare de race ou de famille, complexe adlérien d'infériorité, libido refoulée ? Tantôt ceci, tantôt cela : c'est selon les histoires et les personnages ; souvent Faulkner ne nous le dit pas. Et d'ailleurs il ne s'en soucie pas beaucoup : ce qui lui importe c'est plutôt la *nature* de cet être nouveau qu'il nous suggère : nature avant tout *poétique* et magique, dont les contradictions sont nombreuses mais voilées. Saisie à travers des manifestations psychiques cette « nature » (quel autre nom lui donner ?) participe de l'existence psychique, ce n'est même pas tout à fait de l'inconscient car il semble souvent que les hommes qu'elle mène peuvent se retourner vers elle et la contempler. Mais d'autre part, elle est immuable et fixe comme un mauvais sort, les héros de Faulkner la portent en eux dès la naissance, elle a l'entêtement de la pierre et du roc, elle est chose. Une chose-esprit, un esprit solidifié, opaque, derrière la conscience, des ténèbres dont l'essence est pourtant clarté : voilà l'objet magique par excellence ; les créatures de Faulkner sont envoûtées, une étouffante atmosphère de sorcellerie les entoure. Et c'est ce que j'appelais déloyauté : ces envoûtements ne sont pas possibles. Ni même concevables. Aussi Faulkner se garde bien de nous les faire concevoir : tous ses procédés visent à les suggérer.

Est-il tout à fait déloyal ? Je ne crois pas. Ou s'il ment, c'est à lui-même. Un curieux passage de *Sartoris* nous livre la clé de ses mensonges et de sa sincérité :

« Tes Arlen et tes Sabatini parlent tant et plus, et personne n'a jamais eu plus à dire, ni plus de mal à le dire que le vieux Dreiser.

— Mais ils ont des secrets, expliqua-t-elle. Shakespeare n'a pas de secrets. Il dit tout.

— Je comprends, il n'avait pas le sens des nuances, ni le don des réticences. En d'autres termes, ce n'était pas un gentleman, insinua-t-il.

— C'est cela… c'est tout à fait ce que je veux dire.

— Ainsi, pour être un gentleman, il faut avoir des secrets.

— Oh, tu me fatigues. »

Dialogue ambigu, sans doute ironique. Car Narcissa n'est pas fort intelligente, et puis Michael Arlen, Sabatini sont de mauvais écrivains. Et pourtant il me semble que Faulkner y révèle beaucoup de lui-même. Si Narcissa, peut-être, manque un peu de goût littéraire, son instinct, par contre, est sûr quand il lui fait choisir Bayard, un homme qui a des secrets. Horace Benbow a peut-être raison d'aimer Shakespeare ; mais il est faible et loquace, il dit tout : ce n'est pas un homme. Les hommes qu'aime Faulkner, le nègre de *Lumière d'août*, Bayard Sartoris, le père dans *Absalon !*, ont des secrets ; ils se taisent. L'humanisme de Faulkner est sans doute le seul acceptable ; il hait nos consciences bien ajustées, nos consciences bavardes d'ingénieurs. Mais ne sait-il pas que ses grandes figures sombres ne sont que des dehors ? Est-il dupe de son art ? Il ne lui suffirait pas, sans doute, que nos secrets fussent refoulés dans l'inconscient : il rêve d'une obscurité totale au cœur même de la conscience, d'une obscurité totale que nous ferions nous-même, en nous-même. Le silence. Le silence hors de nous, le silence en nous, c'est le rêve impossible d'un ultra-stoïcisme puritain. Nous ment-il ? Que fait-il quand il est seul ? S'accommode-t-il du bavardage intarissable de sa conscience trop humaine ? Il faudrait le connaître.

1er juillet 1938

MARCEL ARLAND

La nausée de Jean-Paul Sartre

On a pu lire deux excellentes nouvelles de M. Jean-Paul Sartre : « Le mur », dans la *Nouvelle Revue Française*, et « La chambre » dans *Mesures*. Rapides et patientes, violentes et denses, elles ne frappaient pas moins par leur contenu psychologique que par la sûreté de leur démarche. La seconde en particulier réalisait ce tour de force de rester constamment vraisemblable, logique et pathétique dans un des domaines les plus dangereux qu'un écrivain puisse explorer, celui de la folie.

La nausée est loin d'offrir une telle réussite : on n'y retrouve ni le mouvement et la progression dramatique, ni la sûreté de touche du « Mur » ou de « La chambre ». Mais l'absence de ces qualités rend plus sensibles peut-être l'inspiration et la figure propre de ce roman. Un roman ? À vrai dire, il faudrait plutôt parler d'un essai, d'une satire, d'une méditation philosophique. Pas un instant nous ne nous laissons glisser hors de nous-mêmes au profit des personnages ou de l'intrigue. Une douzaine de silhouettes peuvent bien y figurer le monde ; à peine évoquées, elles disparaissent ; ce sont des signes empruntés par l'auteur pour exposer son débat. Et de même les traits exacts, les conversations fidèlement notées peuvent abonder :

tout cela, selon la volonté de l'auteur, reste épars, et n'a pas plus de consistance que n'en offre le monde extérieur dans les premiers livres de Barrès. Et tout cela n'est introduit que pour être immédiatement utilisé ; c'est un champ d'expériences, un terrain de manœuvres, où la passion de l'auteur, sa curiosité, son intelligence et ses tendances philosophiques se donnent libre cours. On pourra donc trouver ce livre, et M. Sartre le trouvera lui-même sans doute, trop court et trop long, haché et monotone, plein de redites et de piétinements, insuffisamment élaboré et mené trop volontairement. Ce n'en est pas moins un livre remarquable et qui éclairera longtemps sans doute l'œuvre postérieure de M. Sartre.

Aussi bien le thème central de ce livre n'est-il pas sans rapports avec celui des nouvelles de M. Sartre ; et l'on imagine comment l'auteur, en ramassant son récit, eût écrit une nouvelle aussi dramatique que celles qu'il a publiées, et de même ton, et de même famille. C'est, ici comme là, l'histoire d'un dépaysement ; le héros pénètre dans un monde si particulier qu'il en semble d'abord monstrueux, jusqu'à l'instant où nous nous demandons s'il ne s'agit pas là du seul monde réel.

Rien que de normal n'était arrivé au héros de *La nausée* : voyages, liaison, travail. Le voici pour un temps amené à vivre dans une ville de province, à peu près seul, sans autre *divertissement* qu'une étude historique. C'est alors que commence l'aventure :

« Ma tante Bijeois me disait, quand j'étais petit : “*Si tu te regardes trop longtemps dans la glace, tu y verras un singe.*” J'ai dû me regarder encore plus longtemps : ce que je vois est bien au-dessous du singe, à la lisière du monde végétal, au niveau des polypes. Ça vit, je ne dis pas non ; ... je vois de légers tressaillements, je vois une chair fade qui s'épanouit et palpite avec abandon. Les yeux surtout de si près sont horribles. C'est vitreux, mou, aveugle, bordé de rouge, on dirait des écailles de poisson. »

C'est une métamorphose qui n'est guère moins parfaite, aux yeux du moins de qui la subit, que celle du héros de Kafka. Un homme s'éveille, se regarde et découvre un monstre. Il sent monter en lui une insupportable nausée. Cette main cassée, cette démarche d'automate, cette voix qui ferait honte aux bêtes, c'est moi ? Qui, moi ? Que reste-t-il d'un homme quand il est vraiment seul ?

« Les gens qui vivent en société ont appris à se voir dans les glaces, tels qu'ils apparaissent à leurs amis. Je n'ai pas d'amis : est-ce pour cela que ma chair est si nue ? On dirait — oui, on dirait la nature sans les hommes. »

Encore si une grande action, un passé plein venaient lui dire : Voilà qui tu as été et qui tu es. Ou si du moins quelque passion lui prêtait un instant son nom. Mais rien qu'un homme qui se regarde, surpris, sans grand intérêt et vaguement écœuré, qui assiste à lui-même et cherche vainement à dégager de cette vie élémentaire un visage où il se reconnaisse.

Il sort ; mais le monde extérieur aussi s'est transformé. Il en découvre l'aspect mécanique, le baroque, la niaiserie. Il suit une rue, entre dans un café, dans un restaurant, dans une bibliothèque, il se mêle aux promeneurs du dimanche, surprend une conversation, un geste, une attitude. Et c'est partout la même pantomime misérable de gens qui s'ignorent, tremblent de s'apercevoir et quémandent autour d'eux un mensonge qui les rassure ; ce sont les mêmes lâchetés, la même somnolence, le même regard vague et fixe. À répéter les gestes de la veille, à percevoir les visages et les voix habituelles, ils trouvent une sorte d'assise. La faim, la fatigue, le besoin de rire ou de s'accoupler, les convainquent de leur vie ; le nom qu'ils portent, leur peureuse mémoire, l'agrément ou l'ennui qu'ils dispensent sont des signes assez nets de leur personnalité — « les salauds ! » se répète le personnage de M. Sartre, l'homme dépouillé de soi (ou ramené à soi), l'homme nu. Devant tant de médiocrité et de complaisance, l'amertume et la colère se mêlent au sentiment de sa propre solitude. Si, mi-irrité, mi-attendri, il prête un instant l'oreille aux confidences éperdues d'un sot, c'est pour découvrir que ce bel amour s'adresse d'abord aux jeunes garçons. Il revoit une amie ; elle lui échappe. Il tente de travailler, et sa tâche même se dérobe. Il faut arriver aux dernières pages du livre pour qu'un vague espoir se laisse deviner : peut-être, en écrivant le récit de son aventure, en fixant les étapes de sa dépossession et de son opposition au monde, parviendra-t-il à un commencement d'identité.

C'est, on le voit, le problème de l'être qui se trouve au cœur du livre de M. Sartre et d'ailleurs de toutes les œuvres qu'il a publiées. Par-là ce livre, où l'on perçoit les échos de la philosophie de Heidegger, prolonge toute une série d'entreprises, qui, après la guerre, tendirent à remettre en question le concept de personnalité. On s'en irritera peut-être. Pour moi il me semble bon que de génération en génération une voix s'élève pour demander à l'homme : « Qui es-tu ? » Non d'ailleurs que M. Sartre entende nous proposer son héros pour modèle. Malgré sa lucidité, ce personnage est à peine moins lamentable, à peine moins faux que ceux qu'il méprise. Il rencontre le dernier rejeton d'une race déjà très littéraire : celle des héros de M. Céline, de M. Dietrich ou de M. Calet. Sa détresse même nous touche mal ; nous le soupçonnons de nous en faire accroire ; il est celui qui voit clair, celui qui écrit son journal, celui surtout pour qui le monde est une collection de salauds : voilà sans doute, à défaut d'une grande passion, de quoi tirer quelque sentiment d'individualité et quelque réconfort. En réalité, nous ne le sentons pas comme un personnage vivant ; il est fait d'intentions, d'attitudes et de paroles. Mais il nous contraint à nous interroger, et c'est là sans doute le vrai but de M. Sartre.

Son livre est vrai et, ce qui après tout ne gâte rien, il est utile dans la mesure où il dépiste le mensonge. On dira que le mensonge, il le voit partout, qu'il s'acharne à tout rabaisser, et que tout de lui, monde, personnage central et jusqu'à la forme artistique, est traité sans amour. C'est en effet ce qui le limite. On n'oubliera pas pourtant que ce livre, dans ses pages essentielles, est une œuvre de combat et que l'on ne combat guère qu'au nom de ce que l'on aime.

1er mars 1939

DANIEL-ROPS

Le château de Franz Kafka

Voici, à n'en pas douter, le livre le plus important de Franz Kafka. Important, il l'est d'abord par sa longueur, inhabituelle à l'auteur ; des autres œuvres, on pouvait penser qu'un des éléments majeurs de leur perfection résidait en leur brièveté ; il est maintenant évident que cet art si particulier s'accommode des difficultés du développement et que, loin de lasser l'attention, il la requiert sans cesse davantage. Encore ce livre est-il inachevé, mais, en un sens, ni plus ni moins que l'œuvre tout entière, dont on sait que l'auteur lui-même la tenait pour provisoire et incomplète et qui doit d'avoir paru à la pieuse désobéissance de Max Brod. Il importe peu que l'aventure de l'arpenteur acharné à entrer en relation avec le « château » compte quelques scènes de plus. Ce n'est point par l'enchaînement des épisodes que Kafka nous saisit et nous attache ; on pourrait même dire qu'à partir de l'instant précis où nous entrons dans son univers, tout (et nous-même) s'y trouve figé dans une étrange fixité, en laquelle, sans aucun doute, réside l'explication profonde de l'étonnante tension métaphysique qui y règne.

Mais l'importance du *Château* tient moins à ces conditions purement extérieures qu'aux éléments internes qu'on y discerne, pleinement significatifs de l'art et de la pensée kafkiens. De tous les livres de Kafka, c'est celui qui réalise le mieux ce dessein qui semble avoir été un des plus sûrs de l'écrivain : atteindre au mystérieux, au secret, à l'ésotérique sans céder au fantastique. Il est de ce point de vue, plus « pur » (au sens où l'on parle de « poésie pure », de corps « chimiquement pur ») que la plupart de ses autres récits. Dans *La métamorphose* il y avait encore une donnée arbitraire : qu'un homme pût être changé en un monstrueux cafard ; dans *Le château*, rien de tel ; l'anecdote est d'une totale banalité. Pour prendre un terme de comparaison dans le recueil d'*Histoires extraordinaires* d'Edgar Poe, *Le château* est aussi loin que possible d'une nouvelle comme *Ligeia* où le mystère tient encore à des événements incompréhensibles, et au contraire, assez proche de ce fascinant *Metzengerstein* où il n'y a d'autre mystère que celui dont tous les objets se revêtent par l'effet d'une intérieure analogie.

Dans *Le château* le mythe kafkien naît de rien. Il n'a aucunement besoin de phénomènes surprenants. Il est naturel et cependant chargé d'une terrible signification. On pourrait dire qu'il atteint le plus profond mystère en allant à l'extrême dans le sens du réalisme. Tous les détails sont simples et quotidiens ; et cependant l'écrivain leur fait subir une transmutation qui fait que chacun concourt à nous envelopper d'un lourd secret. En aucun point de son œuvre, Kafka n'a été aussi près de cet idéal qu'il assignait à son art : « l'aveuglement par la vérité ».

D'autre part si ce qu'on peut appeler, en gros, la technique de ce livre est pleinement révélatrice de l'auteur, l'inspiration ne l'est pas moins : on retrouve, en effet, dans *Le château,* les deux thèmes dominants de la pensée kafkienne, l'un et l'autre utilisés avec une force de persuasion singulière. Le canevas qui soutient ces deux cent cinquante pages de récit se réduit à peu de chose : il s'agit seulement des efforts qu'un homme tente pour entrer en contact avec un château inaccessible et les hôtes qui y vivent. Ce château, dont le point de départ dans l'imagination de l'auteur a pu être le Rhadschin de Prague, se trouve défini de façon contradictoire. Suivant le point de vue, il n'est « qu'une petite ville misérable, un ramassis de bicoques », ou bien le lieu des gloires et des certitudes, et alors sa cloche, en sonnant, annonce « l'accomplissement des choses que votre cœur souhaitait obscurément ». Il est donc évidemment le symbole des réalités inaccessibles vers lesquelles tend, sans pouvoir jamais les atteindre, l'*homme*. Car il s'agit bien dans le personnage de *K.* de l'homme tout entier, de celui que Kafka savait être : le nom même dont il le désigne est significatif, l'*arpenteur*, celui qui a pris mesure de tout.

À travers ce schéma apparaissent donc les deux thèmes fondamentaux qu'on retrouve partout dans Kafka. Celui d'une justice extra-humaine rigoureusement incompréhensible, absurde même, qui condamne l'être humain à se considérer toujours, suivant l'excellente expression de M. Bernard Groethuysen, « en prévenu libre ». Moins poussé à l'extrême que dans *Le procès*, ce thème n'en soutient pas moins d'un bout à l'autre *Le château* avec tout un attirail de procès-verbaux, de jugements à rendre, de verdicts à accepter. Il est peut-être même orienté ici dans un sens nouveau : un épisode (celui de Sordini qui voudrait, pour atteindre au *bien*, obliger un être à commettre le *mal*) semble indiquer que Kafka admettait, à la suite de Kierkegaard, la totale hétérogénéité de cette justice surhumaine et de l'humaine morale. « L'arpenteur » aura beau faire, il ne *méritera* pas d'être introduit au château ! Cette entrée est un don, une grâce ;

n'y prétend que celui à qui les puissances les accordent pour rien.

Et c'est la certitude de la vanité de tout effort qui rend si oppressant l'état de l'homme selon Kafka. Second thème essentiel de son œuvre : une condition tout à fait inacceptable et cependant totalement acceptée. Les événements incompréhensibles qui tissent les heures de cette vie, raccourcissant mystérieusement les jours, intervertissant les moments du repos et du travail, bouleversant à tout instant la logique, ne sont en effet que les signes de cette intolérable situation, où cependant chacun tolère de vivre. C'est par là que nous saisissons la plus décisive importance de Kafka et de son œuvre. Beaucoup d'écrivains, aujourd'hui, prennent pour thème l'impossibilité où est l'homme moderne de résoudre l'antagonisme entre la conscience et les forces extérieures ; *La condition humaine* de Malraux est un de ces témoignages. Mais l'œuvre littéraire naît d'ordinaire du choc même entre l'homme et l'obstacle contre lequel il se brise. Kafka est, à mes yeux, le seul qui ait placé son œuvre non au point même de la rencontre, mais au-delà, en plein dans la zone interdite. Il ne cherche pas à résoudre la contradiction, il l'accepte. Il en nourrit son œuvre même. Il écrit, malgré les apparences, plus le roman des forces inaccessibles ignorant l'homme que celui de l'homme cherchant à les vaincre.

Il y avait, dans ce dessein, un immense danger.

Celui de céder à l'attrait d'une sorte de verbiage qui, avec un peu d'habileté, jouerait le mythe. Il l'a évité, d'une part en usant d'un art d'un rare « fini », d'un style de cristal de roche, dont la traduction excellente de M. Vialatte donne, même en français, une correspondance. D'autre part, en conservant toujours ce qu'on pourrait appeler une nécessaire trivialité. Qu'on examine par exemple le rôle qu'il fait jouer à la femme (à Frieda surtout) : à la fois médiatrice, consolatrice, mais fortement animale aussi, elle est celle avec qui les jeux sexuels ressemblent à ceux « des chiens qui grattent désespérément le sol ». Ainsi Kafka se trouve-t-il aussi près du vrai que possible, tout en étant aussi loin du vraisemblable.

À cet univers tout entier dominé par les thèmes les plus hauts qui se proposent à l'homme, que manque-t-il pour que vraiment je me sente lié tout à fait? À y bien réfléchir, il me semble qu'il y manque le sens de la responsabilité. C'est un univers de l'absurde et qui n'est pensable que tel. Mais si nous pouvons accepter de ne pas comprendre le *comment*, nous avons un besoin instinctif de connaître le *pourquoi*. Cet homme toujours menacé par le châtiment et dont les efforts sont toujours vains est comme l'image plate de celui que les chrétiens appellent le pécheur. Mais le dogme du bien et du mal, de la faute et du pardon, donne à l'être une autre profondeur. Kierkegaard, Pascal, partis d'observations semblables, plongent des racines plus loin dans le mystère de l'être. On pourrait dire que le monde de Kafka porte témoignage de cette « misère de l'homme sans Dieu » ou plutôt « sans la possibilité de la grâce ». Mais tel, il est encore tout chargé de promesses, de plus de promesses même que Kafka ne l'a cru. Et Max Brod a eu raison d'écrire de son ami dans le roman où il l'a évoqué avec amour : « Ses écrits apportent aux hommes, errant dans la nuit, le pressentiment du bien supérieur et irremplaçable vers lequel ils tendent... »

1er juin 1939

MICHEL LEIRIS

Mort dans l'après-midi d'Ernest Hemingway

Parmi les sujets les plus dangereux qui puissent s'offrir à l'écrivain, l'on doit compter ceux qui ont déjà donné lieu à une abondante littérature technique. Sujets où tout, évidemment, a de grandes chances de se trouver en porte à faux : du point de vue des spécialistes, la partie littéraire de l'œuvre prendra aisément figure de frivole bavardage ; du point de vue littéraire, ce qu'elle comportera de technique pourra sembler pesant, à moins que l'auteur, soucieux exagérément de dorer au lecteur la pilule, n'élimine délibérément le risque d'être accusé de pédanterie au prix de simplifications grossières, sinon d'entorses données à la technique. Il va de soi qu'un ouvrage consacré par un littérateur à un sujet tel que l'art tauromachique, sur lequel les livres et brochures spéciales aujourd'hui publiés se chiffrent par milliers, n'échappera que bien difficilement à pareil double écueil. Le fait pour un romancier tel qu'Ernest Hemingway de tenter honnêtement de rédiger à l'usage du public lettré une introduction à la tauromachie représente donc une audace qui, à elle seule, mérite la sympathie. Mais encore convient-il de voir comment l'auteur, pour esquiver les deux dangers marqués plus haut, aura su louvoyer.

Quant à son agencement, *Mort dans l'après-midi* se présente comme une suite de considérations touchant à la corrida, à la vie professionnelle et à la personnalité des toreros, coupée de divers intermèdes et suivie de plusieurs appendices. L'édition en langue anglaise comportait en outre un choix de photographies très saisissantes qui, malheureusement, n'ont pas été reproduites dans l'édition française.

D'une manière générale, il semblerait que Hemingway, conscient du risque auquel il s'exposait, ait tenu à réduire au minimum les interférences entre les commentaires personnels et les exposés d'ordre technique. Cette manière de faire, irréprochable en soi, serait à coup sûr excellente, n'étaient certaines facilités auxquelles sa souplesse même incline parfois l'auteur : à côté de morceaux d'une indiscutable beauté, telle l'« histoire naturelle de la mort » (dans lequel Hemingway, faisant appel à son expérience de la guerre, développe ce thème de la mort violente qui est le leitmotiv du livre), telles les réflexions sur l'art d'écrire en tant que formulation de la réalité, et telles aussi les notations sur l'Espagne (substrat terrestre et vivant de la corrida en tant qu'institution), l'auteur se trouve entraîné à admettre des morceaux beaucoup plus contestables, telles les histoires d'homosexuels dont on perçoit malaisément quelle est ici l'utilité. Plus nettement encore, il apparaît regrettable que Hemingway ait jugé bon, pour introduire plusieurs de ces intermèdes ou animer certaines fins de chapitres, de recourir à la fiction d'une conversation entre lui-même et une dame âgée, fantaisie assez médiocre qui diversifie moins le rythme qu'elle ne brise l'émotion. Même inégalité pour ce qui concerne les appendices : à la suite d'un glossaire très clair et très substantiel qui apprendra — sans que jamais l'on s'embourbe dans le jargon — beaucoup de choses au profane, l'on trouve une collection quelque peu arbitraire d'observations relatives aux réactions individuelles de personnes connues de l'auteur devant la corrida espagnole, partie d'un intérêt psychologique assez mince, que remplacerait avantageusement la moindre étude des divers mouvements collectifs que les péripéties de la course suscitent dans l'arène.

En dépit de ces quelques scories et de certaines

opinions tendancieuses (comme le jugement, paraît-il, terriblement indulgent porté sur le matador américain Sidney Franklin), *Mort dans l'après-midi*, littérairement et taurinement parlant, est un livre important. Quand il ne reviendrait à Hemingway que d'avoir défini la corrida comme une tragédie — « la tragédie de la mort du taureau, qui est jouée, plus ou moins bien, par le taureau et l'homme qui y participent, et où il y a danger pour l'homme mais mort certaine pour l'animal » — quand il n'aurait fait que réduire à ses justes proportions le pittoresque de la course (simple écume d'un spectacle en vérité nu et sévère) et déclarer que, seul, le caractère impermanent d'un tel art empêche de le classer parmi les arts majeurs, il aurait contribué beaucoup à dissiper certains malentendus nuisibles à une conception saine de la corrida. D'un point de vue littéraire, le ton du livre — direct et dépouillé — est empreint de cette qualité que, faute d'autre mot, l'on baptisera « humaine », qualité sur quoi repose la valeur particulière de tant d'ouvrages émanés d'auteurs américains et, très précisément, de la plupart des contes et romans de Hemingway. En raison de ce ton très simple, Hemingway atteint à la grandeur chaque fois qu'est mise en jeu dans son livre cette question cruciale de la vie et de la mort, en face de laquelle, si abruptement, nous place la corrida.

Entre la publication de *Death in the afternoon* et celle de sa traduction française, il s'est écoulé six années. Ce n'est pas sans tristesse et malaise qu'on revit avec Hemingway cette belle époque du tourisme espagnol, alors qu'on pouvait vagabonder de fête en fête et goûter librement un genre d'existence qui ne sera bientôt plus qu'un pieux souvenir pour les archéologues.

1er octobre 1941

HENRI THOMAS

Sur les falaises de marbre d'Ernst Jünger

Deux solitaires, qui n'ont pas rompu avec leur passé de batailles et de hasards, mais veulent en dégager dans l'étude la leçon éternelle, vivent au flanc d'une montagne dans la familiarité des plantes et des bêtes. C'est par le détour d'une science concrète qu'ils veulent atteindre l'ordre propre à l'esprit humain, et ils ont choisi pour objet de leur recherche le règne végétal : « Notre labeur était au centuple récompensé par la certitude que mesure et loi ont éternellement leur séjour dans le hasard et les désordres de cette terre… Si dans les germes, la floraison et le déclin se cache le mensonge duquel nul être créé ne s'échappe, nous n'en pressentions pas moins ce que recèle d'immuable l'écrin de l'apparence… Je sentais comme parallèlement à nos études croissaient les forces qui permettent de faire face aux ardentes puissances de vie et de les maîtriser comme on conduit un cheval par la bride... »

Mais le monde humain, qui semble échapper à tout développement harmonieux pour ne se réaliser que dans le déchirement et le drame, ne se laisse pas oublier. Il occupe tout l'horizon que les deux solitaires aperçoivent du haut de leur ermitage montagnard. Sous leurs yeux s'étalent les images de la civilisation, la plaine de la Marina, terre de vignobles, de vie heureuse, de religion pacifique, qu'une zone incertaine de pâturages et de marais sépare des hautes forêts, repaires des hors-la-loi dont le puissant Garde général a groupé les bandes. Entre la Marina riche, tranquille et sans méfiance, et les forêts à la vie cachée, l'équilibre au début du livre n'est déjà plus qu'à peine maintenu, et les deux solitaires pressentent sa rupture imminente. Or, si le monde des hommes, comme le monde végétal, peut être une vision pour l'esprit contemplateur, il est aussi, et tyranniquement, le grand champ d'affinités qui sollicite le cœur et presse l'homme de combattre pour ce qu'il a choisi. Les souvenirs de luttes anciennes menées au côté des hommes de la Marina, et davantage encore l'amour de la haute culture, de la réussite qu'elle représente, dictent le choix des deux solitaires. Mais ils savent comme la force défensive s'est retirée du beau pays à mesure que la vie s'y faisait plus exquise ; ils y ont vu grandir des troubles qui le condamnent d'avance. N'importe. La lutte sera menée, en parfaite connaissance de cause, au côté du plus faible, gardien des plus rares trésors, contre la montée infaillible d'une force qui n'est même pas originelle et n'apporte aucune promesse de création neuve : les bandes du Garde général, escortées de leurs terribles chiens, sont au contraire formées du rebut de la Marina, des éléments vicieux et déjetés. Les étranges combats nocturnes dans les marais, les incendies de richesses ne sont donc pas, pour les deux hommes que leur pensée accompagne dans la lutte, le signe qu'une force plus jeune chasse l'ancienne, mais bien l'apparition du génie de la destruction inéluctable : « Ainsi reviennent toujours dans l'histoire humaine les moments où celle-ci menace de glisser au pur règne du démoniaque. »

Ici, le tragique même de leur situation contraint les deux héros au dépassement de soi-même, et le roman s'approfondit en symbole de la destinée humaine. À l'instant où flambent sous leurs yeux, dans la plaine, les trésors d'une longue civilisation, les deux hommes brûlent volontairement dans leur ermitage le produit de leur travail. De leur longue quête patiente de la certitude, il ne restera rien — sinon l'esprit en eux qui a accompli cette œuvre, l'esprit qui rejette son bien dans la flamme et veut s'aventurer encore dans les métamorphoses. Le roman de Jünger marque une des modernes réapparitions du mythe d'Empédocle qui hante tout le romantisme allemand.

Sans doute faut-il se garder de voir dans ce livre l'expression dernière de la pensée de Jünger sur la vie, la destinée, et la connaissance poétique ; les personnages nettement caractérisés, soulignés de traits épais, forment une fiction qui trouve en soi sa raison d'être. Mais il n'est guère de roman allemand, sitôt qu'il dépasse le roman de mœurs, en qui ne se fasse jour une inquiétude philosophique aux prises avec le chaos du réel. Celle qui est au fond du livre de Jünger ne passe que par éclairs à travers les personnages, mais elle est sensible dans l'atmosphère de désespoir et d'énergie où ils plongent tous. Entre la barbarie, la destruction et la mort, et l'esprit créateur qui les contemple dans leur nécessité, se crée un antagonisme sans fin, comme entre les deux pôles éternels de la réalité, et le livre de Jünger atteint à la beauté lorsqu'il s'éclaire de l'étincelle qui jaillit entre ces deux pôles.

Je ne vois dans les romans français de ces dernières années rien qui fasse songer à cet étrange livre. Il faudrait sans doute remonter au Rimbaud de la *Saison en enfer* pour retrouver, sur le plan d'une poésie plus intense, la même vision du péril où l'existence, la pensée, toute forme créée, se perdent dans la flamme avec une sorte de vertige : «J'ai appelé les bourreaux pour, en périssant, mordre la crosse de leurs fusils. J'ai appelé les fléaux pour m'étouffer avec le sable, le sang… »

À travers l'affabulation romanesque parfois encombrante, c'est bien la vision de la menace élémentaire et peut-être du salut par l'esprit qui fait l'essentiel de ce livre, étonnant témoignage de l'âme de l'Allemagne tragique, cette âme qu'il faut se garder de simplifier, et qui nous réserve sans doute de grands étonnements.

1er janvier 1943

FIESCHI

« Le dernier *Maigret* » de Georges Simenon*

Un écrivain célèbre me disait — quelques jours en çà — qu'il y avait périodiquement un critique assez vain pour se donner le ridicule de découvrir Georges Simenon. Cette remarque m'a confirmé dans mon intention de parler du dernier *Maigret*, puisque aussi bien la critique ne saurait être autre chose que l'organisation du ridicule au profit, ou, parfois, au détriment du lecteur. Quand il s'agit des ouvrages de M. Simenon, nous croyons que tout y est profit, et que le ridicule des redites s'éteint, puisqu'il est toujours question d'un livre assez riche pour qu'on n'ait pas à craindre d'en épuiser l'intérêt.

L'art de M. Simenon marque la fin de plusieurs divorces, des plus fâcheux, dont on souffrait depuis fort longtemps : divorce entre l'épopée et l'art, entre l'épopée et la psychologie. On peut dire que, depuis l'Arioste, par une série de dégrada-

* Ce texte est extrait de l'article « L'événement et le héros ».

tions successives, le roman de chevalerie avait cessé d'être une œuvre d'art pour devenir un simple chatouillement de la fantaisie, qui ne pouvait plus trouver sa profondeur que par un recours involontaire à la comédie. Les exceptions ne manquent pas, mais on ne peut nier que ce caractère exceptionnel, très fréquent, ne leur confère une faiblesse interne. Seul, peut-être, Dumas père avait réussi, dans la perfection, cette conciliation difficile, mais il y avait fallu toute la chaleur, un peu monstrueuse, de son génie, si bien que son succès était affecté, lui aussi, d'une faiblesse, si l'on peut dire, posthume, tant on pouvait être assuré qu'il serait sans lendemain. Après lui, et malgré tout le talent des auteurs, le roman de chevalerie s'est réduit à un roman policier, très court, et gagnant sur le public une faveur, un peu méprisante, fortement compensée par un attrait naïf des penchants, dits supérieurs, vers la psychologie des livres sérieux, et vers des élégances ruskiniennes ou wildiennes, au fond non chevaleresques, c'est-à-dire privées du meilleur.

M. Simenon, avec une maîtrise dont l'évidence sera, de jour en jour, plus sensible, a réussi à réduire ces fractures rebelles, et à réaliser *in vivo* cette synthèse périlleuse.

On l'a beaucoup desservi, en parlant, à son propos et avec les meilleures intentions du monde, de « roman d'atmosphère ». L'atmosphère est, par définition, ce qui est autour, ce qui ne pénètre que par une subtile effraction, et Dieu nous garde des auteurs qui mettent partout de l'atmosphère, comme cet autre mettait de la muscade.

Maigret est d'une vérité beaucoup plus banale, et, partant, beaucoup plus précieuse. Avec sa pipe, son melon et ses gros souliers de « Hambourgeois », il ne saurait être ce héros, trop en avance sur nous-mêmes, qui dessine, en secret, notre *conscience imageante,* quand elle se complaît à elle-même, dans un snobisme confidentiel. Mais il nous tient, plus bassement, au corps — j'allais écrire : il nous prend au corps — et fait justement son héroïsme, le nôtre, de cette seule richesse de lourdeur, de paresse et de fumée, qui nous rend, avec une joie si aiguë, le temps des bistros et des cafés-crème. Nous regrettons beaucoup que les limites de cette chronique ne nous permettent plus de citer, mais qui, plus que Simenon, aura compris l'homme de notre temps, dans sa profondeur et dans sa pureté ? Qui aura mieux vu naître le héros ?

Et, comme les règles de la chevalerie sont plus vivaces que celles de la police, le commissaire Maigret, dont l'impitoyable humanité ne se devrait marquer que par la tristesse, se cache pour donner de la « poudre blanche » à une de ses clientes, parce qu'il la voit souffrir. Les policiers amateurs de la collection du Masque n'eussent jamais osé en faire autant. Je vous disais bien que le héros est toujours et, quelque décent qu'il paraisse, un anarchiste.

1er août 1953

MICHEL BUTOR

Celui qui ne m'accompagnait pas de Maurice Blanchot

La parenté des récits de Kafka et de ceux de Blanchot ne diminue en rien l'originalité de celui-ci, car il poursuit l'exploration, et apporte de la lumière à son prédécesseur, au lieu de se contenter comme tant d'autres d'en recevoir de l'éclat.

Avec *Celui qui ne m'accompagnait pas*, on a d'ailleurs bien l'impression de déboucher sur quelque chose de tout nouveau, à ce point que les méthodes d'approche qui conviennent aux textes de Kafka, se révèlent ici presque inutilisables.

La grande victoire de Blanchot, c'est de nous contraindre, pour parler de ce qu'il fait, à lui emprunter son langage.

En effet nous voyons sur la couverture le terme : « récit », mais *Celui qui ne m'accompagnait pas* n'est pas un récit, du moins pas ce qu'on entend d'ordinaire par là, et pourtant la présence de ce mot n'est pas le résultat d'une erreur, car de tous ceux que notre langage inexact met à notre disposition, c'est celui qui était le moins trompeur.

La première phrase est d'apparence fort anodine : « Je cherchai, cette fois, à l'aborder » ; la suite nous apprendra que chacun des éléments, malgré sa simplicité, nous a beaucoup trop dit. Ils nous ont entraînés à toutes sortes de conclusions prématurées, valables en général, mais pas ici.

Les mots sont toujours trop lourds pour décrire adéquatement ce que Blanchot veut nous communiquer. Aussi va-t-il leur faire subir une atténuation systématique.

C'est l'inverse de la démarche d'un William Faulkner qui va surcharger de sens les mots en les annonçant par toutes sortes de préliminaires, accumulant ainsi d'immenses phrases articulées par des « non seulement…, mais encore…, et surtout… ». Au contraire on remarquera chez Blanchot l'emploi constant du correctif : « du moins ». Blanchot ne cherche pas à donner au langage un sens accru, mais à révéler, en le démontant minutieusement, l'immensité de signification qui y est déjà contenue.

Il parvient à évoquer un double atténué du réel, qui fait éclater par contrecoup à la fois le poids et la gloire de notre monde quotidien, et sa précarité.

En nous montrant qu'il est possible de parler d'un compagnon qui, contrairement à ce que nous croyions nécessaire, ne l'accompagnait pas, il nous fait en quelque sorte pénétrer dans l'antichambre de l'être.

C'est pourquoi il est si difficile de résumer le texte, car il ne comporte pas d'action au sens plein du terme, mais des tentatives qui se déroulent dans un espace et un temps auxquels font défaut certaines caractéristiques très importantes des nôtres.

Le narrateur a perdu la surface ferme du monde, et nage pour la retrouver. Sa tentative ne peut être qu'un retour, car l'être est de toute façon déjà là.

Il dit d'ailleurs à maintes reprises que, pendant tout le cours de son errance, il est aussi ailleurs, et parfaitement immobile. Une partie de lui-même repose dans cette réalité solide qui lui a pourtant échappé.

Il serait vain d'essayer de réduire ce texte à la description d'un état physiologique ou psychologique précis, mais il est clair qu'il n'aurait ni la même portée ni le même pouvoir, si chacun d'entre nous n'était capable de lui découvrir des analogues dans son expérience : insomnie, maladie, ou vertige.

Nous avons tous effleuré cette nostalgie et cette impuissance. Nous avons tous risqué de basculer dans cette vie antérieure démunie. Tous nous avons failli être séparés par de grandes vitres du « petit jardin joyeusement préservé », dont les feuilles « vertes » apportent le seul vestige de couleur dans un avant-monde où même les admirables objets quotidiens, le lit, la table, se dérobent.

1er octobre 1953

DOMINIQUE AURY

Vaincue par la brousse de Doris Lessing

Pour comprendre la force du sentiment d'horreur (non sans quelque fascination) que les Anglo-

Saxons, et particulièrement les femmes, éprouvent à l'égard des Noirs, il faut lire ce roman qui semble écrit tout d'un trait, et se lit de même. Une fille d'Afrique du Sud épouse ce qu'on appelle là-bas un fermier, et va vivre avec lui dans le veldt. Elle complique, par son attitude, une situation déjà difficile, et finit assassinée par son boy. On peut dire qu'elle ne l'a pas volé. C'est moins un roman qu'une longue plainte par laquelle un être laisse échapper sa rancune et son incompréhension, sa souffrance aussi. Elle vaut la peine d'être écoutée.

1er octobre 1953

GEORGES PERROS

L'ivrogne dans la brousse d'Amos Tutuola

Dépassant les procédés d'humour habituel, créant un folklore du fantastique, ce livre cruel, amoureusement traduit par Queneau, dont on salue les grains de sel au passage, ouvre peut-être la série d'œuvres écrites en petit-nègre ; rien là de péjoratif. Je vous recommande l'histoire du très beau garçon qui a loué tous ses membres, à l'unique exclusion du crâne. Si j'étais femme, je me méfierais.

1er avril 1954

FRANÇOIS NOURISSIER

L'été et *Actuelles II* d'Albert Camus

« Avec tant de soleil dans la mémoire, comment ai-je pu parier sur le non-sens ? » Ce souvenir, qui est aussi un recours, Camus lui est fidèle depuis quinze ans. Quinze ans au long desquels ont été écrites les pages réunies aujourd'hui et confondues dans l'espèce de gloire méridienne de leur titre. Cette unité, au reste, n'est sans doute pas artificielle ; le sens que donne Camus à ce recours à la joie balance son nihilisme de naguère, mieux, révèle quel courant secret a nourri l'imagination et la mémoire de l'écrivain depuis ses premiers textes, disputant puis arrachant son œuvre au désespoir, comme les fêtes solaires de la plage et de l'eau disputent l'Oranais à l'ennui minéral de sa ville et le rendent à l'honneur d'être un riverain de la plus vieille mer du monde.

Des plus anciens aux plus récents essais, quelque chose a changé : le ton s'est durci, l'humour a fait place à l'âpreté des rescapés. Au lieu des jeux charnels, des voyages promis au jeune homme d'autrefois, le sort lui a réservé la peur, la honte, une tyrannie dont il émerge à peine.

« Le Minotaure », « Guide pour des villes sans passé » pourraient être des textes des *Noces*. On y retrouve aussi le ton de gouaille tendre et d'indulgence des pages de Montherlant sur Alger. « Il existe encore des paradis » : Camus l'aurait aussi bien dit d'Oran. Jeunes filles en espadrilles, beauté d'une race animale et si mal faite pour le tragique, cocasserie des cinémas populaires ou des salles de boxe : voilà pour le pittoresque. (Je confonds là Camus et Montherlant, tous deux cruels, tous deux joueurs, tous deux amoureux de ces beaux païens ennuyés.) Évoque-t-on Barrès (exclu de la complicité des hommes à l'humeur forte), c'est pour railler « ces voyageurs de la passion (celle des autres) »… Comment Montherlant dirait-il cela ? Il (Barrès) s'est contenté de « renifler la possession des autres ». Au demeurant, on trouve, trois pages plus loin (« Constantine offre moins d'agréments, mais la qualité de l'ennui y est plus fine… »), de jolies paroles que n'aurait pas désavouées l'amateur d'âmes.

Passe la guerre : elle fait un trou d'ombre dans ce recueil de lumière. Arrive alors, avec l'âge d'homme et la mémoire livrée au dégoût, le temps du retour à Tipasa. La pluie est du voyage. Et les dos courbés et luisants. Et la lumière sulfureuse des cafés. Difficilement, mais avec une sorte de joie plus vibrante, celle des miraculés de la guerre et du désespoir, comme renaît d'une semaine de déluge, sur la mer immobile, le premier matin du monde, éclate la certitude que Tipasa tient les promesses de jadis. Rien n'a changé, la qualité de certitude qu'on trouve dans l'éclatement noir du soleil, dans le battement du sang à midi, elle attend là-bas le voyageur de quarante ans, le réchappé des prisons de pierre et de brume : c'est un miracle vieux de nombreux siècles.

Comprend-on pourquoi ce recueil de petits textes est bien plus qu'une géographie sentimentale, qu'une version augmentée des *Noces* de naguère ? On peut trouver courtes cette philosophie butée, cette écriture aux éclats sourds, mais on découvre là une clé de l'œuvre de Camus, une formule qui, appliquée à ses livres, à ses articles, à ses polémiques, en révèle le secret charnel, la constante volonté : c'est en Oranie qu'il a appris la beauté, qu'il a compris Athènes, qu'il a, une fois pour toutes, accepté de vider le ciel de ses dieux et que l'homme soit un animal de la terre « ... Il y a la beauté et les humiliés, (...). Je voudrais n'être jamais infidèle ni à l'une, ni aux autres... » On ne comprendrait pas Camus si l'on n'entendait pas, sous la voix de l'essayiste, ce bruit de vague et de vent, si l'on ne devinait pas quelle mémoire, quelle fidélité fertilisent les notions politiques et morales. J'y pensais sans cesse en lisant, avec *L'été*, les *Actuelles II* qui ont paru voici quelques mois. Comme ces deux livres s'éclairent l'un l'autre ! « Le temps des artistes assis est fini », écrit Camus. Avec patience, avec une espèce d'inlassable lenteur d'artisan, il répète de page en page sa leçon : entre les deux nihilismes qui s'arrachent la dépouille de la liberté, le bourgeois et le révolutionnaire, l'écrivain doit sauver une plus difficile liberté.

Au non-sens des années 1945-1947 a succédé

une espèce de paix, la paix des soldats solitaires, plus difficile que celle des militants mobilisés. On trouvera à la fin du recueil, formulés avec une sobriété exemplaire, les quelques principes auxquels se tient Camus écrivain. « En tant qu'artistes, nous n'avons peut-être pas besoin d'intervenir dans les affaires du siècle. Mais en tant qu'hommes, oui. » Que cette expérience influe sur l'écriture, sur l'œuvre même ? Sans nul doute. « Je ne peux m'empêcher d'être tiré du côté de tous les jours, du côté de ceux, quels qu'ils soient, qu'on humilie et qu'on abaisse. » Quelque jugement qu'on porte sur l'œuvre de Camus romancier ou dramaturge, il me semble que ces deux recueils appellent un jugement d'une qualité différente. On ne peut que respecter cette volonté sans cesse exprimée, précisée, maintenue, de refuser, aussi bien que la servitude, les privilèges trop prestigieux de la bonne cause. Si nous regrettons parfois de nous trouver en face d'une œuvre apparemment arrêtée, immobile, voilà que nous redécouvrons aussi une conscience toujours attentive aux mensonges, une espèce de veille ardente et chaleureuse au fond de laquelle se consolident des vérités menacées, s'élaborent les livres que Camus écrira demain, puisque se taire, ici, serait désarmer. Dans ces livres, on retrouvera « la beauté et les humiliés », Hélène revenue d'exil et Meursault réconcilié avec la terre, le zénith d'Oran et la nuit des prisons — la double fidélité de Camus dont se nourrira jusqu'au bout son œuvre, qu'elle déchire et justifie.

1er juin 1954

MARCEL ARLAND

Bonjour tristesse de Françoise Sagan

« Je me rejetai sur le sable avec violence, j'appuyai ma joue sur la douceur chaude de la plage, je soupirai, je tremblai un peu. La main d'Anne, tranquille et sûre, se posa sur ma nuque, me maintint immobile un instant, le temps que mon tremblement nerveux s'arrête... » C'est charmant. — « Dans la lumière du matin, il était aussi doré, aussi gentil, aussi doux que moi, il me protégeait. Quand sa bouche chercha la mienne, je me mis à trembler de plaisir comme lui, et notre baiser fut sans remords et sans honte, seulement une profonde recherche, entrecoupée de murmures... » Mais c'est charmant ! — « J'aperçus au fond de la mer un ravissant coquillage, une pierre rose et bleue ; je plongeai pour la prendre, la gardai toute douce et usée dans ma main jusqu'au déjeuner. Je décidai que c'était un porte-bonheur, que je ne le quitterais pas de l'été. Je ne sais pas pourquoi je ne l'ai pas perdue, comme je perds tout. Elle est dans ma main aujourd'hui, rose et tiède, elle me donne envie de pleurer. » Quoi ! même un symbole, un symbole poétique : ah ! c'est tout à fait charmant.

Et que d'autres charmes ! Le premier, irrécusable : la jeunesse de l'auteur. L'auteur a dix-huit ans ; c'est une jeune fille qui vient de rater un examen ; les vacances venues, elle s'assied devant sa table, écarte les manuels et joue à l'écrivain. On connaît le jeu : il suffit d'un loisir (trois semaines de plage), d'un trouble (désir d'aimer, mélancolique ardeur) et d'une première phrase, par exemple : « Cet été-là, j'avais dix-sept ans » — toute la profondeur du passé à la lumière du présent, tant de vie vécue, tant de vie à vivre et de possibles *moi* à délivrer ! Bonjour, tristesse ; bonjour, plaisirs et songes ; bonjour, littérature…

Mais enfin, le plus souvent, le jeu tourne court. Or Mlle Françoise Sagan y montre de si heureuses dispositions que, de simple amateur, elle entre d'emblée dans la classe des professionnels. Elle a du talent et de l'aisance. Des lectures aussi. C'est une personne avertie. Elle n'irait point pousser une longue plainte romantique, ni renouveler quelque philosophie de l'absurde ou du surhomme. Non, elle est décente jusqu'en ses petites impudeurs ; et, jusque dans ses écarts, elle reste sage. Elle peut conduire son héroïne jusqu'à l'amant (c'est l'été et la plage), non jusqu'à l'enfant. Bref, elle a le sens de l'économie — surtout dans le cocktail.

Car il s'agit bien d'un cocktail, aussi délicat et vif, aussi complexe qu'on peut le souhaiter d'une jeune fille. D'abord une situation piquante : l'amitié légèrement amoureuse d'un père et d'une fille ; le père hésite entre deux femmes, la fille se sert de l'une pour évincer l'autre et, pour mener la première, se sert de son jeune amant. C'est la nature même. Sur ce programme vous devinez le mélange : un peu de perversité, un peu de feinte candeur, certaine candeur involontaire ; un soupir et un sourire ; un peu de cruauté et un peu de masochisme ; un peu d'érotisme et beaucoup de gentillesse sentimentale ; une pointe de Claudine, une autre de Radiguet (toutes deux légèrement émoussées) ; çà et là, ces petites licences de syntaxe ou d'orthographe par où un jeune auteur entend marquer sans doute qu'il a quitté le collège. Bref, rien n'y manque ; le cocktail n'emporte pas la bouche ; mais que de palais parmi les plus nobles (j'en prends à témoin Robert Kemp, Émile Henriot ou Gabriel Marcel) s'en trouvent agréablement chatouillés !

C'est donc un succès. Après cela, ne soyons pas trop sévères. Si la donnée manque de vraisemblance (plutôt qu'aux rapports d'un père et d'une fille, on songe à ceux d'un frère et d'une sœur), si l'intrigue sent l'artifice, si les personnages sont un peu trop convenus, assez superficiels, assez creux — il n'en reste pas moins que l'auteur nous désarme et que son livre, d'un bout à l'autre, ou presque, se lit avec agrément. C'est un livre léger et fragile. Peut-être attendrions-nous davantage de l'auteur s'il nous eût donné une œuvre plus gauche, où perçât une voix plus exigeante. Mais enfin, entre la propédeutique et la licence, c'est — déjà ! — une réussite.

1er juillet 1954

ALAIN ROBBE-GRILLET

La conscience de Zeno d'Italo Svevo

Zeno Cosini, riche négociant triestin (le Trieste autrichien d'avant la guerre de 1914), rédige pour un psychanalyste les faits principaux de son existence passée. Études universitaires incertaines, mort du père, passion volontairement éprouvée pour une jeune fille, mariage avec la sœur de celle-ci, vie de famille heureuse et confortable, maîtresses, affaires commerciales plus ou moins hasardeuses et généralement déficitaires, rien de tout cela en apparence n'a pour lui de conséquence grave : l'épouse veille avec amour sur le foyer, un fondé de pouvoir gère sagement la plus grosse partie de la fortune. Zeno vieillissant ne porte pas, du reste, à ces événements assez ordinaires un intérêt excessif ; il ne les ressuscite et ne les commente que dans un seul but : prouver qu'il est « malade » et décrire sa maladie. Malgré son aspect, que l'on devine florissant, le nom de *malade imaginaire* ne lui convient pas tout à fait, il sait que la médecine n'a que peu de pouvoir sur ses maux ; avec les docteurs il finit toujours par se quereller, et leurs diagnostics ne servent qu'à lui donner de nouveaux troubles ; s'il collectionne les médicaments — ou même les absorbe parfois, — ce n'est guère dans une intention à proprement parler thérapeutique ; bien entendu, il se moque autant de la psychanalyse que des traitements par l'électricité ou la gymnastique. Dès les premiers feuillets, nous trouvons sa profession de foi : « La maladie est une conviction, et je suis né avec cette conviction. » Quelque chose, en somme, comme la grâce.

La nature exacte et l'importance exclusive de cette conviction, voilà ce que son récit tente d'éclaircir en trois cent cinquante pages de grand format. L'univers dans lequel il nous plonge, à la fois grotesque, fantastique et parfaitement quotidien, atteint d'emblée et conserve jusqu'au bout un degré de *présence* exceptionnel. Zeno est bien *dans le monde*; il n'est la proie d'aucun symbolisme ; il échappe d'une façon aussi totale à la claustration du repliement sur soi. Son état ne peut inspirer ni l'incrédulité ni l'irritation ; il est évident, nécessaire, incurable. À l'inverse de la complaisance morbide, où le malade s'installe dans ses douleurs comme dans une sorte de confort, il s'agit au contraire ici d'une lutte de chaque seconde pour conquérir la « bonne santé », considérée comme le bien suprême, qui s'accompagne en même temps d'une entière sérénité intérieure — harmonie de l'âme, bonté, pureté, *innocence* — et de manifestations externes de caractère plus pratique : l'élégance, la désinvolture, la ruse, la réussite en affaires, la faculté de séduire les femmes et de bien jouer du violon — au lieu de ne tirer de celui-ci que des grincements horribles, comme du reste de l'existence. L'homme sain ne profite d'ailleurs pas de ces dons pour mener une vie dispersée : il s'en tient, par exemple, à une stricte monogamie. Ce n'est pas là une contradiction, car, si pour les uns tout est bonne santé, tout est maladie pour les autres.

Ainsi en va-t-il en particulier des rapports avec le temps. Le temps de Zeno est un temps malade. C'est pour cette raison qu'entre autres calamités il ne peut jouer bien d'aucun instrument de musique : « L'être le plus bas, quand il sait ce que sont les tierces, les quartes, les sixtes, sait également passer de l'une à l'autre… Mais moi, quand j'ai produit une de ces figures, je ne puis plus m'en libérer ; elle adhère à moi, elle contamine la figure suivante et la déforme. » Lorsque, dans une conversation, il prononce une phrase, la plus simple soit-elle, il fait dans le même instant des efforts pour se rappeler une autre phrase, qu'il a dite un peu avant celle-là. S'il ne lui reste que cinq minutes pour accomplir un acte important, il les perd à calculer qu'il n'aurait pas eu besoin de plus pour le mener à bien. Il décide de ne plus fumer, parce que le tabac est cause de tous ses maux ; aussitôt son temps se voit divisé et dévoré par les dates successives et toujours reculées de la « dernière cigarette », qu'il inscrit à l'avance sur les murs de sa chambre — de sorte que, les murs en étant couverts, il doit bientôt déménager. Mais, au milieu de l'engluement, la mort frappe autour de lui amis et parents, et chaque fois il se trouve pris au dépourvu, comprenant soudain qu'il ne pourra plus jamais leur prouver sa bonne volonté et son innocence.

Zeno ne fait pas étalage de sa maladie. Il essaie de ne pas en parler, de se comporter comme tout le monde dans la mesure du possible. Même, il a « pris définitivement les dehors d'un homme joyeux ». De la table familiale, où il arrive à l'heure en bon époux, au bureau, où il tient avec zèle un emploi non rétribué de comptable, du Lloyd à la Bourse, du lit de sa maîtresse à la maison de beaux-parents qui l'estiment, nous suivons avidement les déambulations de ce chasseur qui se traque lui-même sans merci. Et le poids du personnage est tel qu'on le place sans hésiter à côté des plus tragiques ; ce sont bien ici la passion de Michael Kohlhaas à la recherche de ses chevaux indûment confisqués, l'abattement coupé d'inspirations soudaines de Dimitri Karamazov courant après l'argent qu'il lui faut emprunter à tout prix, la démarche saccadée de Joseph K. poursuivant à la fois son avocat et ses juges. Les infirmités dont Zeno est brusquement atteint (raideur du genou parce qu'un ami boiteux lui a parlé des cinquante-quatre muscles de la marche, ou douleur dans le côté parce qu'un autre l'a représenté sur une caricature transpercé par son parapluie), et dont il souffre ensuite pour le restant de ses jours, sont proches parentes de celles du capitaine Achab, qui a perdu sa jambe dans la lutte contre la baleine blanche, ou de Molloy, que la paralysie gagne progressivement depuis le pied. Sa mort, Zeno la connaît d'avance : elle commencera par la gangrène des membres inférieurs. Il n'est pas jusqu'à cette ville « irrédente » de Trieste, où l'on ne parle pas l'italien, mais un dialecte mêlé d'allemand et de croate, qui ne fasse songer au Prague germano-tchèque de Kafka et au Dublin anglo-irlandais de Joyce — patries de tous ceux qui ne sont pas à l'aise dans leur propre langue. « Une confession écrite est toujours mensongère, et nous (les Triestins), c'est à chaque mot toscan que nous mentons ! »

Par surcroît, le narrateur est de mauvaise foi. En présentant son récit, le psychanalyste précise qu'il contient une bonne quantité de mensonges. Zeno lui-même en signale quelques-uns au passage. Mais comment traiter ici quoi que ce soit de mensonge, puisque chaque événement est accompagné d'une longue analyse qui le discrédite et le nie ? Un jour qu'il n'a pas réussi par cette méthode à embrouiller suffisamment la situation, Zeno déclare : « Elle était si claire que je n'y comprenais plus rien. » Après avoir accumulé les indices d'un classique complexe d'Œdipe avec transferts multiples, il entre en fureur contre le médecin qui n'a pu éviter de le remarquer; puis il rajoute exprès, à l'appui de cette thèse, quelques éléments faux. Il opère de façon analogue dans ses relations avec ses amis ou sa famille : « Si je n'avais pas tout défiguré, j'aurais jugé inutile d'ouvrir la bouche. » À la fin, il découvre que son analyse est capable de convertir la santé en maladie ; qu'à cela ne tienne : il décide alors qu'il faut soigner la bonne santé.

Cette bonne santé qu'il veut soigner — ou cette mauvaise santé — cette *conscience* comme l'indique le titre de l'ouvrage, il finit par l'appeler tout simplement la « vie », qui, « à la différence des autres maladies, est toujours mortelle ».

La guerre éclate entre l'Italie et l'Autriche. Paradoxalement le héros prétend découvrir son équilibre dans les transactions commerciales effrénées auxquelles l'extension du conflit ouvre la porte. Et le livre s'achève sur une étonnante note d'« espoir » : un jour, un homme « fait comme les autres, mais un peu plus malade », déposera un explosif d'une puissance encore inconnue au centre de la terre. « Une détonation formidable que nul n'entendra — et la terre, revenue à l'état de nébuleuse, continuera sa course dans les cieux, délivrée des hommes — sans parasites, sans maladies. »

1er août 1954

ALAIN ROBBE-GRILLET

L'espace d'une nuit de Jean Cayrol

Ce nouveau roman semble préciser l'importance qu'il faut accorder à un thème probablement essentiel dans l'œuvre de Jean Cayrol. De récits en poèmes, dans le concert des hautes voix tragiques, une voix d'apparence plus modeste cherche avec obstination à se faire entendre. Perdue au milieu de ces sœurs imposantes qui réclament avec tant de force notre attention, elle paraît d'abord de bien peu de poids, dérisoire même, ridicule par moments ; et, si l'on cherche à la suivre de page en page, on s'aperçoit vite qu'elle est le plus souvent bafouée. Cependant l'insistance qu'elle met à revenir, son *évidence* extrême, la douceur tranquille de ce qu'elle dit, tout cela finit par nous mettre en garde et, sinon nous convaincre (il n'est pas sûr qu'elle ait cette prétention), du moins nous la faire écouter — disons le mot — avec tendresse.

Cette petite voix n'est que celle du simple « bonheur ». Certes il y a là quelque chose de paradoxal, car *L'espace d'une nuit* se rattache malgré tout, par bien des côtés, à ce qu'on pourrait appeler — sans nulle intention péjorative — la tradition du désespoir. Une si grande volonté de conscience lucide ne peut être qu'à l'opposé du « sain » et trop commode aveuglement dont s'accompagne la satisfaction à bon compte, ou toute autre espèce de confort. Mais nous oublions quelquefois, par peur de nous endormir, que le romantisme du malheur est également un des pires ennemis de la sagesse et ne tarde pas à faire déraisonner. Or la folie n'est pas plus une solution que la cécité : on y trouve aussi peu de sérieux, autant de complaisance ; c'est à peine si l'abandon qu'elle constitue est un peu moins infamant.

Donc François, le héros du livre, marche seul par une nuit humide et froide. Il cherche à rejoindre sa propre maison, où il veut passer le jour de ses trente ans auprès de son père. Il est descendu du train une station avant la bonne, exprès, pour découvrir cette campagne environnante qu'il connaît si mal, ayant été plus ou moins séquestré durant toute sa jeunesse. Bien entendu, il ne tarde pas à se perdre. Mais il ne renonce pas pour cela à son projet ; il conserve son calme et sa confiance. Il continue son chemin, il se renseigne, il revient sur ses pas, essaie différentes directions, s'acharne malgré les averses et la fatigue, ne s'arrête que peu de temps en compagnie de ceux qui veulent lui donner asile. Il lui faut atteindre son but. Autour de lui pourtant les signes du désespoir s'accumulent : le mauvais temps, les routes qui bifurquent et se dissolvent au milieu des bois, les arbres morts en travers du passage, les chiens errants, les maisons abandonnées. Quand il découvre des êtres humains, ce sont des enfants qui creusent dans un dessein mystérieux le sol d'une cave sous des ruines, c'est un rôdeur qui le menace et le poursuit, c'est plus tard un chasseur qui croit reconnaître en lui un braconnier. François s'obstine sans perdre courage ; il pense à la jeune femme qu'il aime d'un amour sans histoire, dont il vient de se séparer pour quelques jours seulement : il va la retrouver bientôt, être heureux près d'elle, l'épouser l'année prochaine…

Néanmoins la pluie redouble et la fatigue commence à l'accabler, lui qui n'a guère l'habitude de la marche. À deux reprises il se réfugie dans des demeures restées miraculeusement ouvertes, des « foyers » où il devrait faire chaud et bon… Il y trouve de nouvelles images du drame : la première fois, c'est la discorde, la comédie, la haine ; la seconde fois, c'est la trahison et la mort. C'est sous ce dernier toit qu'il finit par s'endormir, épuisé et fiévreux, entre le corps d'un étranger venu mourir là à l'improviste et une famille en voie de dislocation qui remâche ses angoisses et ses rancunes. Le sommeil de François est haché par leurs cris. Le jour n'a pas encore paru qu'on le fait se relever pour courir à la poursuite d'une jeune fille — partie peut-être pour se tuer, — et l'itinéraire de cauchemar reprend parmi les brumes, les apparitions, les pièges.

Parallèlement se développe le souvenir. François recompose patiemment les images de son enfance — terreur, étouffement, absurdité, — toute une atmosphère de remords systématique et de malheur, savamment entretenue par le père après le décès (suspect ?) de sa femme. Peu à peu, aussi, le paysage de cette nuit perdue s'ordonne et prend son sens : les lieux, les personnages, les scènes entrevues, tout se révèle plus ou moins directement lié à ce passé maudit qui le hante. Enfin, très naturellement, surgit l'ultime découverte : ce père dont la silhouette tragique n'avait pas fini de l'empoisonner, ce père ennemi du bonheur de vivre qui ne pensait qu'à ensevelir son fils sous le vain culte des morts, la mise en scène d'une fausse solitude, le péché vaguement originel, la fatalité, la damnation, ce père inconsciemment détesté, c'est son cadavre que l'on veillait — si mal — dans la maison où il a lui-même dormi.

Il est difficile de parler de ce livre vibrant et libre sans paraître le réduire à des constructions symbolistes que nie la réelle présence des êtres et des choses — même pour les moindres d'entre eux — et dont se moquerait justement la petite voix tendre qui persiste au milieu du vacarme. Il faut au contraire se souvenir que cette *nuit* est un *espace*; il faut y pénétrer comme dans un poème et, sans aucun doute, il faut l'aimer.

1er septembre 1954

JEAN GROSJEAN

Du mouvement et de l'immobilité de Douve d'Yves Bonnefoy

Le petit poème de cristal dense s'est mal acclimaté en France. Notre langue analytique, même aux mains de Mallarmé, n'empêche pas certains distiques de basculer dans la platitude. Si nous avons par ailleurs la nostalgie des marées épiques et des tornades lyriques, leur étendue se paie de trop de monotonie. Car notre vers classique ou romantique n'a pas les ressources de la prosodie et si peu celles de l'allitération. Baudelaire, qui craint ce déploiement, fuit la contraction extrême. « Père, prenez garde à droite ; père, prenez garde à gauche. » Débordé d'exigences contraires, chaque poète français fait sa propre trouée. Yves Bonnefoy a tenté la sienne avec *Du mouvement et de l'immobilité de Douve,* suite de courts poèmes assez fortement liés par leur mouvement, leur ton et leur sujet pour faire un seul poème.

Si la meilleure poésie était celle qui résout des problèmes littéraires, nous serions devant un livre majeur. Je ne doute point que tout ce qu'il y a d'esprits alexandrins à notre époque ne saluent l'avènement de *Douve,* et que les manuels de littérature en leur cœur de manuels ne se réjouissent d'une telle fin. Le mouvement et l'immobilité, dit le titre, la vie et la mort, dit l'épigraphe empruntée à Hegel, un grand amour, dit le texte, mais immergé sauf en ses sommets éloquents, une violence concrète dont les circonstances rongées par le temps subsistent comme allusions (*la tête quadrillée, les mains fendues*), une sorte de Bible selon une mode hellénistique (qui en est la négation), la variété d'une bibliothèque (*Théâtre, Derniers gestes, Douve parle, L'Orangerie, Vrai lieu*) dans l'unité d'un style noble (*Je nommerai désert ce château que tu fus*), la vision surréaliste même ayant pris cette allure (*La jambe démeublée où le grand vent pénètre*), un messianisme philosophique (*L'odeur du sang sera ce bien que tu cherchais*), une rénovation cabbalistique d'une mythologie usagée (Phénix, Salamandre, Cerf, Orangerie, Cassandre), comment se défendre d'admiration devant tant d'astuce ? Comment ne pas s'y ennuyer un peu ? Car, avec tant de passion et de pensée réduites à ce marbre antique, nous côtoyons parfois Géraldy (*C'était jour de tes seins Et tu régnais enfin absente de ma tête. — Je te voyais me sourire*).

Ce poème n'est-il point le vieux roi David ? On le couvrait de vêtements sans pouvoir le réchauffer. « Qu'on cherche pour mon seigneur une jeune vierge qui couche dans son sein et mon seigneur se réchauffera. » On trouva Douve, la Sunamite. Elle était fort belle. Elle soigna le roi et le servit, mais le roi ne la « connut » point. Elle est fort belle (*Et la bouche souillée des dernières étoiles*). Elle sert le roi magnifiquement (*Ô dressant dans l'air dur sou-*

dain comme une roche Un beau geste de houille), mais le roi ne peut en être réchauffé, car Douve a de ces froideurs (*Être défait que l'être invincible rassemble. — Le ravin pénètre dans la bouche maintenant. — Statue verte épousée par l'écorce. — Parole, jetée matérielle Sur l'origine et la nuit. — Comme un prisonnier fuit dans l'ozone majeur*). Elle soigne le roi : le ton narratif composé d'explosions lyriques reprend comme une épopée en filigrane (*Je vois Douve étendue. — Le lieu était désert. — Ainsi jusqu'à la mort...*), la répétition incantatoire soutient les cris passionnels (*Plutôt le lierre, disais-tu, l'attachement du lierre aux pierres de sa nuit... Plutôt ce vent...*). Pourtant le roi ne la « connaît » pas, il est trop refroidi, trop vieux, et Douve, en venant de Sunam, a traversé trop de boudoirs et d'universités.

N'insistons pas sur les influences subies. Que ce soit Scève, Valéry, Henri de Régnier, Jouve, Char, sans compter quelques poètes moins avouables, c'est évidemment la partie morte de cette œuvre. Bonnefoy soulève ses envoûtements : ils semblent lourds. Laissons-lui le temps de dire quelle est sa race.

C'est peut-être le passage de la prose et du verset aux vers, la variété des mètres et leur musique néoclassique qui, voulant signifier une forte sève, nous convainquent le moins. Ce qui se veut taillé dans le roc n'est souvent qu'empesé aux jointures.

Tant de procès faits à ce livre ne sont, comme souvent dans la vie, qu'un signe d'attachement. Le ton propre de Bonnefoy, cette voix neuve mérite la plus sévère attention, et je ne pense pas gêner sa maturation en la désirant plus elle-même, plus libérée de ses langes.

1er juillet 1955

DOMINIQUE FERNANDEZ

Le bel été de Cesare Pavese

Les beautés de ce livre échapperont presque certainement au lecteur mal informé de l'univers pavésien. Il n'apercevra qu'un exercice de style néo-réaliste, là où de toute part éclate le drame spirituel. Un roman de Pavese est toujours un roman sur la solitude intérieure de l'homme, comprise comme paralysie du cœur, inhibition sociale et sexuelle, incapacité au rapport humain, haine et peur de la vie. Le réalisme, ou le néo-réalisme, n'a été pour l'écrivain Pavese qu'un moyen d'entrer en relation avec autrui, à travers la peinture objective d'autrui. Ce n'est jamais le réel qui importe à l'auteur du *Bel été,* mais le rapport manqué entre l'homme et le réel.

Le volume se compose de trois courts romans : *Le bel été* proprement dit, *Le diable sur les collines, Entre femmes seules,* tous les trois peignent des êtres en proie à l'isolement, qu'aucune expérience d'amitié ou d'amour n'arrive à délivrer. Chaque tentative pour établir une communication avec autrui se termine par un désastre. Dans l'univers pavésien, il n'y a pas de souffrances d'amour, il n'y a que des souffrances de manque d'amour.

Pour la jeune héroïne du *Bel été*, la découverte de l'amour se réduit à la découverte du corps humain, du corps nu, et le nu signifie opacité irréductible, le nu est symbole du cloisonnement des consciences. *Le diable sur les collines*, roman plus tardif et plus complexe, manifeste (comme *La maison sur la colline*, qui a paru en français dans le volume *Avant que le coq chante*) la double tentation qui a déchiré Pavese : désir de justifier sa solitude quand il ne la pouvait briser ; désir de briser sa solitude quand il ne la pouvait justifier. Pour justifier sa solitude, Pavese a créé une mythologie de la colline, de la campagne, de la vie à la campagne : la solitude dans les collines est une solitude heureuse ; l'homme qui contemple le champ de blé n'a point à regretter d'être exclu des rapports humains. Pour briser sa solitude, Pavese a recherché les expériences d'amour et d'amitié. Inutile et fatal effort : découvrir autrui, c'est se heurter au déploiement d'une existence brute et opaque. Entre homme et femme surtout, le seul rapport est un rapport d'agression. Si la vie solitaire dans les collines était praticable par chacun, chacun serait sauvé ; tant que nous sommes condamnés à tenir compte d'autrui, notre vie est un fardeau et un enfer.

L'idée de salut est au centre de l'univers pavésien. On pourrait dans *Le diable sur les collines* relever une double série de symboles qui expriment l'impossibilité du salut. Il y a les symboles violents : le feu, le sang, le plein soleil, l'alcool, le corps nu ; des symboles-choses, objets à l'état pur, dressés hermétiquement devant la conscience qui vient battre dessus. Il y a les symboles doux : la rue, la plage, le bal, le café, l'automobile : cadres habituels des romans pavésiens, la rue, la plage, le bal, le café, l'automobile symbolisent la vaine disponibilité, le vagabondage sans issue ; non le heurt, mais le parallélisme des consciences. Tragédie égale : les rapports de camaraderie laissent chacun dans une solitude aussi complète que les rapports d'agression. Entre les symboles violents et les symboles doux, elle-même symbole à la fois violent et doux, il y a la femme. La femme c'est le corps, le corps nu, objet de lutte et de possession, et c'est aussi l'amie parallèle et inaccessible, la vaine compagne des promenades et des parties de plaisir, celle aux côtés de qui l'homme parle, danse et boit, éprouvant jusqu'au désespoir sa propre solitude.

Entrechoquement des volontés antagonistes ou supplice des camaraderies inutiles, le monde de la ville et des rapports humains est le monde maudit. Le salut c'est de vivre à part, replié sur soi. En même temps que la mythologie de la colline et de la solitude heureuse dans les collines, Pavese a créé (ou repris aux Grecs, à Proust, à Joyce, à Conrad) une mythologie de l'enfance, du souvenir, du retour au passé. Retrouver nos impressions d'enfance signifie échapper au monde extérieur et à autrui, rentrer en nous-mêmes, trouver la paix qui n'est possible qu'en marge du monde et d'autrui. Ce thème du retour dans le temps est habituellement chez Pavese lié au thème du retour dans les collines et dans la solitude des collines. *Entre femmes seules* fait exception. Clelia, native de Turin, retourne à Turin, après qu'elle a vécu longtemps dehors : à travers ses souvenirs d'enfance, c'est elle-même qu'elle désire retrouver. Mais la terrible cohérence de l'univers pavésien écrase même Clelia. Parce que ses souvenirs d'enfance sont des paysages de rues et d'hommes, il n'y a pas de salut possible pour Clelia. Clelia a commis la faute de revenir dans une ville et de retourner vers autrui. D'autrui ne peut naître que la haine ou la futilité. Il faut choisir sans espérer un compromis : ou bien la colline, la solitude, le repli sur soi et l'attente de la paix intérieure, ou bien la ville, le rapport humain, l'enfer, auquel il n'y a pas d'autre issue que le suicide.

L'adhésion de Pavese au néo-réalisme américain (qu'il a fait connaître en Italie) doit être entendue correctement. Pavese était par nature beaucoup plus un Grec qu'un Américain. Ses chefs-d'œuvre sont les volumes de nouvelles et d'essais (et *La lune et les feux*, son dernier roman), œuvres lyriques tendues vers la découverte d'une vérité intérieure et intemporelle. Se faire romancier, et romancier réaliste, écrire *Le bel été*, a signifié pour Pavese échapper à lui-même, chercher au-dehors une libération qui lui apparaissait chaque jour plus nécessaire. Imaginez un Proust qui aurait refusé d'être proustien, un contemplatif qui ne croirait plus à la contemplation. Négation violente de sa mythologie familière, effort désespéré pour s'accorder avec autrui, le volume du *Bel été* est le livre le plus *critique* de Pavese : de l'avoir écrit, et vainement écrit, allait le rejeter pour toujours sur les voies intérieures du silence et de la mort.

1er février 1956

ROBERT ABIRACHED

Tristes tropiques de Claude Lévi-Strauss

M. Claude Lévi-Strauss, ethnographe, déteste les voyages et il tient l'aventure pour une servitude de son métier, comme il considère que le pittoresque est une scorie de la vérité. Cette haine des explorateurs et cette défiance à l'endroit du romanesque des expéditions modernes nous valent un livre admirable, chargé de richesses, excitant pour l'intelligence et, malgré la réserve du ton, plus d'une fois pathétique. M. Lévi-Strauss a déposé le masque sous lequel un professeur est bien obligé de s'avancer toujours, et ces *Tristes tropiques* sont, en même temps qu'une enquête sur les civilisations et une interrogation passionnée devant elles, bien plus qu'un recueil de réflexions politiques ou sociologiques, bien au-delà d'une autobiographie professionnelle conduite avec austérité, un témoignage sur l'ethnographe lui-même, les démarches de sa pensée, ses angoisses et ses victoires : c'est dire l'embarras qu'on éprouve à classer ce livre. Renoue-t-il avec la tradition du *voyage philosophique*, comme le suggère le prière d'insérer, ou retrouve-t-il spontanément la manière de Montaigne ? Le débat est assez vain, puisque l'originalité de M. Lévi-Strauss consiste précisément à avoir inventé une forme originale, qui procède par « travelling mental », comme il le dit lui-même, en effaçant les contours du temps et en supprimant toutes les conventions de la succession chronologique. M. Lévi-Strauss confond en un vaste et unique voyage toutes les routes qu'il a parcourues, et rien ne l'empêche de rattacher directement le Brésil à l'Asie du Sud, l'Islam au Bouddhisme, en une phrase qui, insensiblement, engendre plusieurs chapitres et se retrouve poursuivie une cinquantaine de pages plus loin. Ainsi rencontrons-nous, en cours de lecture, des poèmes, des réflexions politiques, de petits récits d'aventures, de courtes comédies, des parallèles inattendus et passionnants : si bien que, pour parler de ce livre, la meilleure méthode consiste peut-être à ne retenir que l'essentiel et à laisser au lecteur, le plaisir de découvrir tout au long de sa lecture les mille surprises des *Tristes tropiques*.

L'ethnographe, selon M. Lévi-Strauss, est celui

qui contemple les civilisations et qui refuse d'être le complice d'aucune d'entre elles ; déclassé par rapport à sa propre civilisation, il est incapable de s'intégrer complètement aux autres : tel est son drame, telle est aussi la voie ouverte à ses modestes triomphes. Enquêteur et savant, il est en même temps celui qui scrute et compare, qui essaie passionnément de se situer par rapport au monde, et de situer le monde par rapport à lui. Et après avoir sillonné les Amériques et l'Asie, après avoir fréquenté diverses tribus indiennes du Brésil (ce qui nous vaut des aperçus fort intéressants sur différents types de société), M. Lévi-Strauss en arrive à la conclusion que l'on peut bâtir un « modèle théorique de la société humaine », établir donc le programme des expériences qui, selon Rousseau, « seraient nécessaires pour parvenir à connaître l'homme naturel » : tel est le rousseauisme de M. Lévi-Strauss, qui veut que l'état de nature soit immanent à l'état social, et non point « antérieur, ni extérieur » à la société.

Une fois cette vérité reconnue, qui nous aide à nous détacher de notre forme de civilisation et à retirer tout prestige immodéré aux autres, une fois admis que *toute* société comporte inévitablement une part de bien et une part de mal, que, depuis le fond des âges, l'homme n'a fait que se répéter, l'ethnographe n'est-il pas conduit à nier ou à négliger l'idée de progrès (et ce livre, en même temps que de Rousseau, se réclame de Marx), et à croire avec résignation que la vérité, si elle existe, ne nous est point accessible ? M. Lévi-Strauss se rend bien compte du risque qu'il court (et, dans *La Nouvelle Critique*, M. Maxime Rodinson a bien vite dénoncé cette attitude antiprogressiste), mais il affirme qu'en une deuxième étape l'ethnographe pourra dégager « les principes de la vie sociale qu'il sera possible d'appliquer à la réforme de nos propres mœurs, et non de celles des sociétés étrangères ». S'il est vrai que « la pensée qui guide l'action conduit à la découverte de l'absence de sens », il est également vrai qu'en pratique, sollicités par la souffrance et l'injustice subies par les hommes, entraînés par notre condition de membres d'une société, nous oublions toujours l'absence de sens et nous nous évadons sans cesse, en vivant, de cette contradiction sans cesse renouvelée.

Nec minus ergo ante haec quam tu cecidere, cadentque : en définitive, ce vers de Lucrèce que M. Lévi-Strauss a placé en exergue au début de *Tristes tropiques*, suggère à la perfection la tonalité de ce livre. Tout orgueil intellectuel est désormais impossible, et il ne reste plus à l'homme que de rares joies procurées par la contemplation et par ces instants privilégiés où nous rencontrons l'être inconnaissable dans un parfum, dans le regard d'un chat ou dans la beauté d'un minéral. Bouddha est le troisième maître de M. Lévi-Strauss, et c'est peut-être celui qui lui a apporté les plus précieuses et les plus hautes leçons.

1er juin 1956

JEAN GROSJEAN

Éthiopiques de Léopold Sédar Senghor

Ternaire et binaire tour à tour imprévisiblement, spontané dans l'alternative inéluctable, oui, le mètre de Senghor d'emblée est une connivence avec l'homme vrai, l'homme des grands scolastiques, celui dont le libre arbitre ne joue qu'à l'intérieur du destin, comme une danse délimitée par le dessin du sol. L'homme, fût-il poète, n'a point la liberté de Dieu, celle seulement d'affronter diversement (les savants le savent) l'empire des lois inflexibles que nos générations d'ancêtres ont plus ou moins bien reconnu à tâtons.

On songe aux chantres grégoriens, c'est vrai, mais ici l'obsession en plus, dès ce troisième verset tout entier binaire avec le jeu du renversement des temps forts, l'emploi de la consonne complexe et la rime saxonne :

Arrière inanes faces de ténèbre à souffle et mufle maléfiques.

Dommage peut-être, et plus d'une fois, l'adjectif, mais on sent qu'il les lui faut pour reprendre souffle et nous forcer à l'articulation.

… proférer le mot explosif teddungal !
Teddungal ngal du Fouta-Damga au Cap-vert.

Finis les zézaiements grecs. Boileau, sur ce point du moins, avait raison : que notre poésie ne supporte pas l'hiatus mais son contraire.

Il serait stupide de parler d'exotisme. Il n'y a plus, à notre époque, d'exotisme possible dans la poésie française (sauf par la maladresse peut-être d'une poésie brute, antérieure à tout art). Toutes les images du monde se sont acclimatées chez nous et Senghor chantant le Congo nous est aussi intime que Rimbaud rimant les routes des Ardennes et beaucoup plus que Musset avec son Italie de convention.

Une poésie antérieure à tout art, ce n'est pas le cas. Cette jeune vision par laquelle le poète est contemporain d'Adam et regarde naître le monde est dominée par la phrase, communiquée par le rythme, contagieuse par les « charmes ». Ses procédés incantatoires, il ne les invente pas tous, mais personne. S'il en emprunte parfois trop du côté de Saint-John Perse ou de Claudel, on comprend bien pourquoi. On se prend pourtant à regretter, comme chez beaucoup de nos contemporains, une désaffection, non des troubadours mais des trouvères (jusqu'à Rutebeuf, jusqu'à Turold). Moins de s'en déprendre, que de ne mesurer pas comme deviennent une pointe de condiment, ces déments qui forgèrent notre langue dans les ténèbres.

Éthiopiques est un beau titre. On pense moins d'ailleurs aux pâles amours de *Théagène et Chariclée* qu'à ce que Frobenius y ajouta. Oui, l'amour tient une grande place chez Senghor, mais il y est souvent plus épique qu'élégiaque et il n'y a pas lieu de s'en plaindre.

Ah ! tu crois que je ne l'ai pas aimée
Ma Négresse blonde d'huile de palme à la taille de plume,
Cuisses de loutre en surprise et de neige du Kilimanjaro,
Seins de rizières mûres et de collines d'acacias sous le vent d'est…

C'est Chaka le *Zoulou, le plus-que-peste et feu-roulant de brousse* qui se justifie.

Une basse-cour cacardante, une sourde volière de mange-mils, oui !
Oui des cent régiments bien astiqués…
J'ai porté la cognée dans ce bois mort…

Tout ce magnifique dialogue des morts, sur le destin, serait à citer, à réciter.

Il va donc nous quitter ! Comme il est noir ! C'est l'heure de la solitude…

On ne s'en détache pas.

Ainsi se forment des constellations en Afrique avec une certaine présence arabe dans le ton parfois et jusque dans les mots sémitiques (quand on ne les a pas trop déportés vers les îles). Regarde, Europe, à ta droite, tes frères du Sud, ces *benjamins,* cet immense *Yémen* noir de l'Afrique. Ils ont comme toi reçu des semences du même vent d'est, du même arbre de connaissance de l'Éden, des choses qui se sont dites à Médine, qui s'étaient dites à Solyme, et, avec leur cœur à eux, regarde ce qu'ils en ont fait. Tu n'entendais pas leur langage, mais tu ne peux plus ne pas l'entendre maintenant qu'ils te parlent en français. Écoute leurs joies qui ne sont pas tout à fait les tiennes peut-être, et leurs espoirs qu'ils te doivent un peu, dis-tu, et leurs souffrances qu'ils te doivent aussi en bonne partie sans doute, et cette justice que tu sus quelquefois clamer, l'accent qu'elle prend dans leur voix.

Cette langue française, Europe, tu la connais. Quand tu te barricadais contre les Arabes, les Mongols, les Turcs et d'autres, c'est elle souvent qui parlait avec eux par-dessus tes murettes et t'empêchait d'être une petite fourmilière à l'écart des hommes. Et maintenant ce Cham à l'âme insatiable, ce vrai fils d'Adam et d'Ève, ce curieux de l'origine qui osa regarder l'ivresse nue du père Noé, tu voulais croire qu'il se taisait. Et voilà qu'il sait le français dans ses plus subtils dédales et l'emploie à se faire reconnaître, à la fin.

Dirons-nous à Senghor et à d'autres comme lui ce que nous leur devons en ces jours ? Notre langue ne peut plus être l'apanage de l'État français et de quelques groupes (ou, comme un temps, des cours d'Europe) ; elle devient une grande patrie mentale où dialoguent à hauteur d'homme des nations de toutes couleurs.

1er juillet 1956

MAURICE BLANCHOT

Madame Edwarda de Pierre Angélique*

Il se pourrait que le plus « beau » récit contemporain ait été publié en 1941 par un auteur dont le nom, Pierre Angélique, est demeuré inconnu. Il en parut alors cinquante exemplaires; cinquante encore en 1945; aujourd'hui un peu plus. Le titre en est *Madame Edwarda,* mais quand, la lecture achevée, on s'arrête à la dernière couverture, on trouve, identique au premier, cet autre titre : *Divinus Deus.* J'ai mis entre guillemets le mot beau. Non pas que la beauté en soit cachée : cela est évidemment beau. Mais ce qui est beau ici, nous rend responsables de notre lecture d'une manière qui ne nous permet pas de la rémunérer avec un tel jugement. Qu'est-ce qui est en jeu dans ces quelques pages ? « Si tu as peur de tout, lis ce livre, mais, d'abord, écoute-moi : si tu ris, c'est que tu as peur. Un livre, il te semble, est chose inerte. C'est possible. Et pourtant, si, comme il arrive, tu ne sais pas lire ? devrais-tu redouter ?... Es-tu seul ? as-tu froid ? sais-tu jusqu'à quel point l'homme est « toi-même » ? imbécile ? et nu ? » Du récit, je voudrais citer la première phrase : « Au coin d'une rue, l'angoisse, une angoisse sale et grisante, me décom-

* *Madame Edwarda* est l'œuvre de Georges Bataille, publiée sous pseudonyme.

posa (peut-être d'avoir vu deux filles furtives dans l'escalier d'un lavabo) », et enfin le dernier paragraphe : « J'ai fini. Du sommeil qui nous laissa, peu de temps, dans le fond du taxi, je me suis éveillé malade, le premier... Le reste est ironie, longue attente de la mort... »

Entre ces limites, ce qui s'inscrit est-il scandaleux ? Sûrement. Mais c'est la vérité du récit de nous heurter par un scandale évident que nous ne savons pourtant où situer. Nous aimerions pouvoir incriminer les mots : jamais ils ne furent plus stricts ; ou les circonstances, le fait que Mme Edwarda est une fille de maison close, mais cela pourrait être rassurant, au contraire ; ou encore que certains détails qu'on doit dire obscènes le soient avec une nécessité qui les anoblit, les rendant tragiques, non pas inévitables par l'art seul, mais par une contrainte peut-être morale, peut-être fondamentale. La contradiction a certainement un grand pouvoir scandaleux ; et que des choses très basses, des gestes dont il n'est pas dans l'ordre de parler s'imposent tout à coup à nous comme portant les valeurs les plus hautes, cette affirmation, dans l'instant qu'elle nous atteint, d'une évidence contrariante, incontestable et intolérable, nous touche scandaleusement, quelle que soit notre liberté à l'égard de ce que la coutume nous donne pour très bas et très haut. C'est que nous nous sentons dans cet instant affirmés totalement, et une cohérence extrême mais faite d'une extrême contrariété, que nous ne pouvons pas accueillir, ni refuser, ni relâcher, encore moins laisser se perdre en une confusion abjecte — abjecte ? serait-ce là le scandale ? une fusion confuse ? une identité qui n'en est pas une ? le point d'extase où le vide est plénitude, ou bien encore l'instant presque tranquille de la conciliation où tout est gardé, tout est suspendu dans un mouvement qui est repos ? Nous voyons là toutes les attitudes humaines s'affronter dans leur exigence pareillement absolue. Mais cela ne nous arrange en rien. Les efforts que nous faisons pour isoler théoriquement le point où le scandale nous touche — faisant par exemple appel à ce que nous savons du sacré, objet de désir et d'horreur — ressemblent au travail des globules pour rénover la partie blessée. Le corps se rétablit, mais l'expérience de la blessure demeure. On guérit la plaie, on ne peut guérir l'essence d'une plaie.

« Je balbutiai doucement : « Pourquoi fais-tu cela ? — Tu vois, dit-elle, je suis DIEU... — Je suis fou... — Mais non, tu dois regarder : regarde ! » Un tel dialogue, dans les circonstances où il a lieu, peut passer pour aberrant, peut aussi paraître ce qu'il y a de plus facile à écrire. Mais, même si nous n'y adhérons pas — et, d'une certaine manière, l'auteur ne cherche pas notre adhésion qui est impossible ; de même, la sienne a un sens qui se dérobe à lui : ainsi est le scandale, de telle nature qu'il nous échappe, alors que nous ne lui échappons pas — même si nous n'y répondons que par le rire, l'ironie, le malaise ou l'indifférence, il y a, dans la situation que le récit affirme devant nous, une certitude si simple, quoique tout à fait incertaine, liée à une vérité si exclusive et si étendue que nous sentons bien que notre attitude, quelle qu'elle soit, en fait déjà partie et la confirme. Il n'est pas une manière de réagir à cette histoire qui n'y soit impliquée et comprise, rendant aussitôt témoignage de sa nécessité. C'est par là que le livre nous tient, puisqu'il ne saurait nous laisser intacts, livre proprement scandaleux, si c'est le propre du scandale qu'on ne puisse s'en préserver, et qu'on s'y expose, d'autant plus qu'on s'en défend.

En cela, l'auteur n'est sans doute pas autre que tout lecteur. On ne peut même pas dire que lui, ayant été atteint par l'événement dont le récit seul nous touche, serait ainsi plus près du centre de l'histoire. De quelque manière que les choses se soient passées, c'est dès l'instant qu'il les raconte que tout devient grave pour lui, de même que pour Phèdre tout commence lorsqu'elle accepte de rompre le secret en faveur d'Œnone, devenant coupable non pas à cause de sa monstrueuse passion innocente, mais coupable de la rendre coupable en la rendant possible, en la laissant passer de la pure impossibilité du silence à la vérité scandaleuse de sa réalisation dans le monde. Il y a dans tout écrivain tragique cette nécessité de la rencontre de Phèdre et d'Œnone, ce mouvement vers le jour de cela qui ne peut pas être éclairé, l'excès qui ne devient dépassement et scandale que dans les mots. Que le livre le plus incongru, comme le qualifie Georges Bataille dans sa préface, soit finalement le plus beau livre, et peut-être le plus tendre, cela est alors tout à fait scandaleux.

1er août 1956

MIRCEA ELIADE

Aspects de la fonction guerrière chez les Indo-Européens de Georges Dumézil

Dès 1938, dans une de ses conférences à l'École des Hautes Études, Georges Dumézil a dégagé les grandes lignes de ce qu'on s'accorde à reconnaître aujourd'hui comme une des plus importantes découvertes de la sociologie et de l'histoire des religions indo-européennes : il a constaté que les conceptions socio-religieuses des Indo-Européens s'articulent dans un système et constituent une idéologie parfaitement cohérente. À la division de la société en trois classes — prêtres, guerriers, éleveurs-agriculteurs — correspondait une idéologie religieuse trifonctionnelle : la fonction de la souveraineté magique et juridique, la fonction des dieux de la force guerrière, enfin celle des divinités de la fécondité et de la prospérité économique. Exposée pour la première fois dans *Mitra et Varuna* (1940 ; 2e éd., 1948), et *Jupiter Mars Qui-*

rinus (1941), cette découverte capitale a été depuis complétée, améliorée et amplement illustrée dans une quinzaine de volumes.

Georges Dumézil s'est appliqué surtout à étudier l'économie interne de chacune des trois fonctions. Mais, comme il le reconnaît dans la préface de son dernier ouvrage, ce n'est que pour la fonction de la souveraineté religieuse qu'« il a été possible d'obtenir un tableau simple et entièrement cohérent. Cette réussite isolée tient sans doute à la matière : c'est sur la souveraineté magique et juridique que les réflexions des théologiens et des philosophes semblent avoir été le plus poussées ; plus abstraite, dominant de plus haut la réalité, elle se prêtait mieux à une systématisation complète, qu'il a été assez facile de dégager ». Quant à l'idéologie de la fonction guerrière, « ou bien (elle) n'a pas été à ce point "pensée", ou (elle) l'a été en même temps de plusieurs manières. Après bientôt vingt ans d'observation, il paraît qu'elle livre à l'analyste mois une *structure* que des *aspects* ».

Ces aspects sont pourtant solidaires. Déjà, dans *Horace et les Curiaces* (1942), l'auteur avait montré que les traditions mythologiques des Indo-Européens (à Rome — comme on devait s'y attendre — fortement « historicisées ») conservent avec suffisamment de consistance la figure du Héros, le récit des épreuves spécifiques de son initiation et la fonction qu'il remplit dans le cadre de la société. Fidèle à sa méthode, Georges Dumézil a continuellement rectifié et amélioré les résultats de cette première enquête sur la morphologie et les articulations de la fonction guerrière. On trouvera la liste de ces travaux ultérieurs dans son petit livre *Les Dieux des Indo-Européens* (1952, p. 38-39) et dans *Aspects de la fonction guerrière.* Ce dernier ouvrage comprend deux études : 1° La geste de Tullus Hostilius et les mythes d'Indra ; 2° Les trois péchés du guerrier. Tout résumé risquerait de donner un aperçu trop approximatif de la démarche de Georges Dumézil, si attentif aux nuances, maître incomparable d'une exégèse qu'il mène conjointement sur plusieurs plans. Disons seulement que, dans la première étude, on trouvera un complément utile de *Horace et les Curiaces*, notamment en ce qui concerne les rituels des Horatii et des Aptya ; dans la seconde étude, une admirable analyse des « péchés » que sa fonction même entraîne le guerrier à commettre. Or un des résultats les plus précieux de cette recherche est que les trois péchés d'Indra trouvent leurs homologues, en Scandinavie, dans la geste du héros Starcatherus et, en Grèce, dans la mythologie d'Héraclès. Plus encore, ces trois péchés se commettent en référence aux trois fonctions, se situant, en effet, « dans les domaines de l'ordre religieux, de l'idéal guerrier, de la fécondité réglée » ; c'est dire que la solidité de l'hypothèse trifonctionnelle se trouve, une fois de plus, vérifiée. Ajoutons que l'identification d'un motif indo-européen commun, et donc archaïque, dans la mythologie d'Héraclès nous semble, à elle seule, d'une importance capitale.

Aspects de la fonction guerrière se range donc dans la série déjà imposante de publications où s'est développée, dans ces derniers dix-huit ans, la théorie de la tripartition indo-européenne. Saluée, surtout à l'étranger, comme la seule découverte majeure dans le domaine de la religion et de la mythologie indo-européennes depuis un demi-siècle, la seule, en tout cas, qui puisse renouveler les études des religions romaine, celtique, germanique, iranienne, — la théorie de Georges Dumézil accule pourtant l'auteur à une grave alternative : ou bien il consacrera ses forces à l'améliorer sans cesse, et alors il sera obligé de remettre indéfiniment la présentation d'ensemble de l'histoire des religions indo-européennes, qu'il est, à l'heure actuelle, le seul capable de mener au terme ; ou bien il entreprendra cette histoire en renonçant à la « défense et l'illustration » de la théorie trifonctionnelle, et alors il risquera de voir certains aspects de sa théorie mal compris par les spécialistes des disciplines particulières, mal compris justement parce que non intégrés dans l'ensemble culturel indo-européen.

Il ne nous est pas permis de conjecturer la décision future de Georges Dumézil. À la vérité, quel que doive être son choix, la partie de son œuvre à laquelle il renoncera reste irremplacée. Et c'est à quoi ses lecteurs, ses admirateurs, aussi bien les indo-européanisants que les historiens des religions, n'arrivent pas à se résigner...

1er mai 1957

JEAN GUÉRIN

Fin de partie de Samuel Beckett

Hamm, aveugle et paralytique, est cloué à son fauteuil. Pour se faire obéir, il siffle. Ses père et mère, les « maudits progéniteurs », agonisent à côté de lui, chacun dans sa poubelle. Clov, le fils ataxique, après bien des tours et des retours, décide de s'en aller.

Il n'ira pas loin. Au-dehors, tout le monde est mort. Au-dedans, tout le monde va mourir. Il s'agit, dit Hamm, « d'une vieille fin de partie perdue ».

Ce drame un peu noir a rencontré à Londres le contraire d'un succès d'estime : la critique est sévère, mais les spectateurs attentifs.

1er décembre 1957

DOMINIQUE AURY

La modification de Michel Butor

Un homme, marié et père de quatre enfants, prend le train pour Rome, un matin d'hiver ; il va retrouver sa maîtresse, lui dire qu'une situation l'attend à Paris, que lui-même quittera sa femme, et qu'ils pourront vivre ensemble. Cette Cécile romaine est son dernier espoir de jeunesse, sa dernière occasion de renouveau. Depuis trois ans, il passe avec elle quelques jours deux ou trois fois par mois, chaque fois que ses affaires l'appellent à Rome. Elle est tout ce qui lui rend aujourd'hui la vie supportable. Comment se fait-il qu'au terme du voyage il ait renoncé à son projet et décidé de reprendre le train sans même avoir vu Cécile ? Comment s'est produit, dans son esprit et dans son cœur, cette *modification*, et pourquoi ? La réponse au second point (pourquoi), lente à venir, révèle ce qui fait l'originalité profonde de Michel Butor, et constitue le thème de son roman. On n'y arrive que par étapes. Mais ce sont ces étapes qui constituent, elles, l'objet du récit. Étrange récit, savamment enclenché, enroulé, déroulé, minuté, au rythme extérieur marqué par la course et par les arrêts du train qui va de Paris à Rome (un jour et une nuit), rythme auquel obéit le monologue intérieur fait de réflexions et de souvenirs, ceux-ci évoqués en contrepoint, à l'inverse ou à l'opposé du temps. On est surpris dès le départ par le ton. Le narrateur, à l'ordinaire, s'il n'est pas le héros et ne s'exprime pas à la première personne, parle à la troisième personne, comme un spectateur qui n'y est pour rien, et qui seulement enregistre un spectacle. Dans *La modification*, le narrateur parle à la deuxième personne. Entendez qu'il s'adresse à son personnage : « Vous avez mis le pied gauche sur la rainure de cuivre… Vos yeux sont mal ouverts… Vos tempes crispées… », etc. Cette curieuse manière d'apostropher le héros, qui permet aussi bien le monologue intérieur que la description, cède à de brefs refrains impersonnels, placés à intervalles rigoureux dans le déroulement des réflexions et des souvenirs, pour marquer l'heure et rappeler le lieu (comme une indication scénique), et cède encore, vers la fin du récit, quelques pages seulement ici et là, au lyrisme du cauchemar, dans le faux sommeil de l'aube. À ces exceptions près, l'apostrophe se soutient de bout en bout. Elle a pour singulière conséquence de rendre le lecteur solidaire de celui qui est apostrophé, comme si le héros était mis en accusation — alors qu'il est simplement, si l'on peut dire, mis « en description » — et qu'on fût prêt à se sentir accusé avec lui. On s'embarque donc avec lui (dont on ignore le nom, et le prénom, on ne l'apprendra qu'incidemment), on remonte avec lui le cours du temps, on fait avec lui, en souvenir ou en songe, une fois, deux fois, cinq fois, ou même six (on perd le compte) le voyage Paris-Rome et Rome-Paris. Car les artifices du roman, aussi démoniaques que ceux de la mémoire, font qu'une image présente évoque l'image qui dans le passé lui répond ; la vie d'un homme peut refluer tout entière à son cœur, et l'étouffer, dans ses allées et venues du wagon-restaurant au compartiment de troisième où il a marqué sa place avec un livre qu'il ne lira pas, entre Dijon et Modane, entre Modane et Turin. Dans la vie de ce quasi-anonyme, pourquoi les voyages de Rome tiennent-ils une si grande place ? On touche ici à la clé du roman — mais patience. Il faut remarquer d'abord qu'on est mené, de la première à la dernière page, par une violente curiosité, et que cette curiosité est en porte à faux. Car elle ne concerne ni le héros, ni l'existence qu'il mène, ni véritablement le problème qu'il se pose, et résout malgré lui si l'on veut, mais enfin résout, avec une si parfaite maîtrise. À vrai dire, cet homme n'éveille aucune sympathie, aucune antipathie. Pas davantage sa femme Henriette, qu'il veut abandonner pour Cécile. Pas davantage Cécile. Pourtant la curiosité ne faiblit pas, et suit fidèlement chacune de ses démarches intérieures. C'est que cet homme est un élément neutre, indifférent, mais à travers lequel est rendue présente, sensible, visible, une chose mystérieuse, et qui le dépasse. Tout comme on pourrait dire qu'il est pris à partie par la vie : par la vie, par l'amour, par l'espoir et le désespoir, et par le mystère plus rare qui est au centre du roman, qui lui donne sa vibration et sa raison d'être.

Ce mystère, thème de prédilection de Michel Butor, est celui des rapports entre l'homme et un lieu privilégié : la grande ville. Dans le précédent roman de Michel Butor, *L'emploi du temps*, une grande ville industrielle anglaise (sans doute Manchester, rebaptisée Bleston) figurait le personnage principal, mythique et gigantesque, maléfique et tout-puissant. Bleston envoûtait, fascinait, ensorcelait de morne détresse héros et lecteurs. C'est par la puissance de cette fascination que *L'emploi du temps* s'imposait. Dans *La modification*, Michel Butor a pris ses distances, il a rendu lucides ses victimes. Car le long ressassement du souvenir fait apparaître à son voyageur la vérité : il ne poursuit pas une femme, un amour de chair et de sang, mais un songe passionné, un secret ouvert à tous, à tous essentiel. Le principal personnage de *La modification* n'est pas un homme, et n'est pas même une ville, mais l'*idée* d'une ville entre toutes, première dans notre temps, première dans nos légendes et nos mythes : Rome. Cela est si vrai, et si net, que tout comme on s'attache à l'habitude dans un roman aux gestes des personnages ou bien à leurs sentiments, on s'attache ici, sans relâche, aux itinéraires, fussent-ils dix fois repris, aux noms de lieu, dix fois, vingt fois répétés. Les pas remis dans les pas, les sonorités ressassées (par exemple, les trois gares : Roma Trastevere, Roma Ostiense, Roma Tuscolana) ont une valeur d'incantation, par quoi l'on accède à ce mystère amoureux comme à un culte sans dogmes, mais encore riche de rites efficaces. Que peut donc une ville, que peuvent le sol, l'air, la lumière, les pierres d'une ville, que peuvent les souvenirs d'une ville sur l'âme d'un homme ? Rien ne le dit, et tout le montre : ce qui parle à la raison est aussi parfaitement inexpliqué, cependant aussi puissant que ce qui parle au cœur ; cet émerveillement, purement intellectuel, est contagieux. On ne sait pourquoi, sinon pour la simple raison que seules les passions vraies sont communicatives, et que la vraie passion du héros de

Michel Butor était bien une ville, et non pas une femme. Mais l'énigme demeure : pourquoi cette passion-là, pourquoi les sentiments que lui inspire Rome sont-ils plus puissants sur le cœur du héros que son amour pour Cécile, et plus déterminants dans l'orientation de sa vie que le passage de l'amour pour sa femme à l'amour pour sa maîtresse ? Nous ne le saurons pas. La conclusion est d'ailleurs singulière : on voit le héros, au terme de ce livre qu'on est en train de lire, décider d'écrire un livre. (On se dit que le voilà, justement, on est en train de le lire.) L'énigme n'est pas éclaircie pour autant, au contraire. S'agissait-il, par ce processus bizarre, qui met en balance les lieux et les êtres, d'amener au jour un écrivain ? Alors, au bout du compte, le titre est trompeur : il n'y a pas eu modification, mais révélation, le voyage faisant le même office que le bain où l'on plonge les clichés photographiques, révélant ce qui avait toujours existé. Mais le talent ne trompe pas, ni la maîtrise dont ce livre témoigne : dans sa construction, où s'équilibrent avec une rigoureuse aisance le présent, le passé et le songe ; dans son langage neuf et sobre, varié, subtil et fort, qui sait trouver un rythme, le briser, le reprendre, marquer le silence, restituer le rêve. Sans doute, Michel Butor a lu Joyce, et les classiques comme les surréalistes ; pourquoi non ? Mais il invente pour son propre compte, mais il mène une barque qui est à lui seul.

1er octobre 1958

JEAN GUÉRIN

Parabole de William Faulkner

Nous sommes au printemps de 1918, sur le front français, en pleine mutinerie triomphante. Il a suffi pour paralyser la guerre de l'action patiente, forte et douce d'un caporal et des treize hommes qui l'ont suivi. Or ce caporal se trouve avoir pour père le vieux maréchal qui s'apprête à mettre à mort les coupables. Ce qu'il fait d'ailleurs, après avoir tenté de sauver son fils. Non, le fils refuse : il sera fusillé entre deux assassins, non sans avoir souffert la trahison d'un de ses disciples, le reniement d'un autre disciple et même une curieuse Cène. Plus tard, son cadavre disparaîtra. On voit tout de suite de quoi il s'agit.

Reste la ressource de lire *Parabole* bêtement, sans y rien comprendre. Alors le lecteur retrouve Faulkner avec son admirable don d'évocation, son amour de l'homme patient, modeste, opprimé — de l'homme, et des animaux : la merveilleuse histoire d'un cheval de course volé, dont un pasteur noir et un palefrenier anglais tentent de protéger la dignité, fait heureusement oublier le bon Dieu, Jésus-Christ, Judas, la guerre et le reste.

1er janvier 1959

DOMINIQUE FERNANDEZ

La Semaine Sainte de Louis Aragon

Six cents pages drues. *La Semaine Sainte* va des Rameaux à Pâques 1815. Le dimanche des Rameaux, un jeune mousquetaire du roi, Théodore Géricault, se prépare pour la revue que Louis XVIII a commandée. Le Désiré tient à montrer, en grande pompe, qu'il ne craint pas l'Ogre débarqué depuis peu en Provence et déjà, selon les rumeurs qui circulent, en marche sur Paris. Un Paris extraordinairement animé, bruyant, constellé d'uniformes et d'amours romanesques, et tout sonnant de noms propres, noms de généraux, noms de princes, noms de mousquetaires, jetés pêle-mêle comme une fanfare, la musique, la magie des syllabes insolites et cliquetantes, chère à Hugo, comme au poète du *Crève-Cœur*.

Quand Louis abandonne sa capitale, avec son escorte et son armée, la Semaine Sainte commence, la retraite du roi vers la Belgique, la fuite bientôt, la Passion de ce vieillard podagre, encombré de ses rhumatismes et de ses graisses, la trahison des généraux, l'anarchie dans les rangs, la grande misère des beaux soldats éparpillés sur les routes du nord de la France, parmi les villes noirâtres, les boues, les marais et l'étendue morne des plaines.

On peut parcourir *La Semaine Sainte* à bride

abattue comme un Alexandre Dumas. Tout y est : anecdotes, aventures, péripéties, personnages illustres et messagers secrets, héroïsme et galanterie, précipitation, verve, panache, et même un style de chevauchée, au galop et à la diable. Mais on éprouvera un plaisir de meilleure qualité si, après avoir pris quelque recul devant l'œuvre, on s'approche d'elle comme on irait, au pied d'une immense toile de bataille couvrant un pan de mur, regarder à loisir les détails d'une composition trop vaste pour être contemplée globalement. Plutôt qu'un roman historique, *La Semaine Sainte* est un panneau d'histoire militaire, peint dans la manière du Caravage, éblouissante et confuse. Aragon n'a point choisi en vain le jeune Théodore pour héros. Les creux et les pleins du roman correspondent aux sautes de l'éclairage, tumultueux et inégal comme chez les maîtres baroques. En certains points de la toile, la lumière tombe à vif, et l'obsession du détail visuel s'exprime dans un vocabulaire technique extraordinairement précis relatif aux pièces du costume, aux armes, aux métiers. Dans les zones où la lumière tremble et le dispute à l'ombre, apparaissent des silhouettes, des visages arrachés à la demi-ténèbre, tantôt des chairs de femmes, belles en elles-mêmes, des sourires mystérieux, des morceaux nus qui brillent, tantôt de jeunes cavaliers pris en de fières attitudes, et des chevaux cambrés au poitrail luisant, tantôt des corps croulants de vieillards et d'infirmes, saisissants, comme les portraits de Louis XVIII ou du vieux maréchal amoureux, par le modelé des pâtes. Une facture sérieuse et brillante, une main expéditive mais ferme, avec des touches de génie.

Mais, dans les pans latéraux où règne l'obscurité, où l'œil se perd, parmi les amas d'ombres d'où émergent des formes indécises, je reconnais la manière la plus personnelle d'Aragon. Fantômes du souvenir, limbes de la rêverie. Comme Géricault sur son coursier noir, le poète regarde avec hauteur, distraction et mélancolie le spectacle de l'univers à ses pieds. Vision fugitive d'un amour sublime, comme celui qui a uni le vieux et laid Berthier à Giuseppina Visconti… Élégies sur le passé, hymnes à l'avenir… Il arrive même qu'Aragon pose sa plume, se déclare las d'écrire un roman, et, avouant son âge, raconte quelque épisode de son histoire personnelle, la découverte du monde ouvrier aux aciéries de Vœlklingen en 1922, ou la retraite de 1940 : dans ces mêmes plaines des Flandres, ce même piétinement hagard…

Fier livre, d'agréable lecture, qui peut plaire comme un exercice de haute école, une éloquente leçon de clair-obscur, ou émouvoir, si l'on n'a point de prévention envers l'auteur, comme les premières lueurs d'un crépuscule empourpré.

1er avril 1959

GEORGES PERROS

Zazie dans le métro de Raymond Queneau

On se disait, comme ça, depuis qu'il s'occupe de l'Histoire Universelle, il délaisse un peu la gravité quotidienne, Queneau. Le général ennui. On avait tort de se méfier. V'là Zazie.

La chose commence par une sentence d'Aristote, toute seule, au coin d'une grande page blanche. Ça fait impression, surtout quand on ne comprend pas la langue grecque. Mais ces petites lettres élégamment biscornues, qui ont charrié tant de fortes pensées, on se sent toujours un peu bête devant. Ému. Puis Aristote, tout de même, c'est une référence. On se demande ce qu'il a bien pu vouloir dire en si peu de mots. Alors on continue. On débouche gare d'Austerlitz, où Gabriel a des ennuis d'odorat. Il trouve que les gens sentent pas bon. En attendant Zazie. C'est sa nièce, Zazie. Elle débarque de Saint-Montrond avec sa maman, qui vient passer deux jours dans la capitale, histoire de rire un peu avec son jules. Zazie, c'est une jitroua. Genre Arletty en culotte petite bateau. Elle a plus de père, Zazie. Sa maman l'a tué. Un coup de hache. Vu qu'il lutinait Zazie, sa propre fille. Maintenant elle sait à quoi s'en tenir sur les hommes, la petite. Rien dans la poche, ni la langue ni le reste. Faut pas lui en raconter. Elle a même trouvé un truc épatant pour clouer le bec de l'interlocuteur. Une expression. Même que Napoléon en fait les frais. Ce qu'elle veut devenir ? Institutrice. Pourquoi ? « Pour faire chier les mômes. Ceux qui auront mon âge dans dix ans, dans vingt ans, dans cinquante ans, dans cent ans, dans mille ans, toujours des gosses à emmerder... » Vous voyez le numéro. Ce qu'elle veut voir à Paris, c'est le métro. C'est son rêve. Malheureusement les perforateurs souterrains font la grève. Bernique métro. On lui montrera Paris. Son oncle profitera même d'un petit moment passé au Sacré-Cœur pour prononcer des paroles rien moins qu'historiques. Je m'en voudrais de vous les cacher : « L'être et le néant, voilà le problème. Monter, descendre, aller, venir, tant fait l'homme qu'à la fin il disparaît. Un taxi l'emmène, un métro l'emporte, la tour n'y prend garde, ni le Panthéon. Paris n'est qu'un songe, Gabriel n'est qu'un rêve (charmant), Zazie, le songe d'un rêve (ou d'un cauchemar) et toute cette histoire le songe d'un songe, le rêve d'un rêve, à peine plus qu'un délire tapé à la machine par un romancier idiot (oh pardon). Là-bas, plus loin — un peu plus loin — que la place de la République, les tombes s'entassent de Parisiens qui furent, qui montèrent et descendirent des escaliers, allèrent et vinrent dans les rues et qui tant firent qu'à la fin ils disparurent. Un forceps les amena, un corbillard les remporte et la tour se rouille et le Panthéon se fendille plus vite que les os des morts trop présents ne se dissolvent dans l'humus de la ville tout imprégné de soucis. Mais, moi, je suis vivant et là s'arrête mon savoir, car du taximane enfui dans son bahut locatoire ou de ma nièce suspendue à trois cents mètres dans l'atmosphère ou de mon épouse la douce Marceline demeurée au foyer, je ne sais en ce moment précis et ici même je ne sais que ceci, alexandrinairement : "les voilà presque morts puisqu'ils sont des absents". » Oui. Un méditatif, un poète, l'oncle Gabriel. Chekspirien sur les bords. Et puisqu'il a parlé de Marceline, que je vous la présente. C'est sa femme, Marceline. Un ange. Une dame comme on voudrait en avoir une. À la maison. Une vraie petite lampe de tendresse. À vous faire venir les larmes aux yeux. L'avant-dernière page nous la présente sous un jour quelque peu différent, mais je vous laisse goûter la surprise. (Le mot jour est impropre et la surprise un peu grosse.)

La famille au complet, passons aux étrangers. Un drôle de type, d'abord, qui change d'identité comme de moustaches, tantôt l'un, tantôt l'autre ; qui vient même se brûler à la lampe ci-dessus mentionnée. On le rencontre sur le banc des squares, dans la rue — déguisé en flicmane, — dans les cafés — en chef de gang. Obscur comme l'évidence, immortel comme le mal. Il fait vaguement peur à tout le monde, sauf à Zazie, qui en a vu d'autres. Puis Charles, le taximane, le copain de Gabriel. T'es un con, qu'ils se disent mutuellement. Mado p'tits pieds, sa promise. Turandot, qui se prend pour son perroquet, l'impayable Laverdure, qui proverbise régulièrement, et très à propos : « Tu causes, tu causes, c'est tout ce que tu sais faire. » Il a bien raison, Laverdure. Fédor Balanovitch, à l'accent très parisien, qui trimbale les touristes dans les beaux endroits. Tous ces regards sur le monde actuel échangent leur misère, leur sottise, leur fatigue, leur amour, au gré d'un verbe qui les laisse tels qu'en eux-mêmes la vie ne les change, brimbalés, perdus, dans la maigre lumière conique du réverbère existentiel.

Pendant ce temps-là, Zazie au pays du cinémascope s'est endormie. Elle est fourbue, Zazie. Le métro refonctionne, mais c'est trop tard. Sa mère l'attend à la gare. La fête est finie. Elle lui parle, sa mère, elle lui demande : « Alors, tu t'es bien amusée ? — Comme ça. — T'as vu le métro ? — Non. — Alors qu'est-ce que t'as fait ? — J'ai vieilli. »

1er mai 1959

DOMINIQUE AURY

Lolita de Vladimir Nabokov*

En août 1955, paraissait à Paris, en anglais, sous couverture verte à filets blancs et noirs, en deux volumes, un roman qui allait devenir célèbre : *Lolita.*

* Ce texte a paru initialement sous le titre « Le scandale de Lolita ».

L'auteur, émigré russe, connu en France, en Angleterre et en Amérique, avait adopté la langue de son dernier pays de refuge, où il enseignait à l'université Cornell, à Ithaca, dans l'État de New York. Vladimir Nabokov est un écrivain âpre et baroque, brusque et raffiné, dont on a dit qu'il y avait en lui Voltaire en lutte avec Dostoïevski. Sa notoriété est déjà solide lorsqu'il propose à ses éditeurs le manuscrit de *Lolita.* Cependant, comme jadis James Joyce avec *Ulysse,* comme Henry Miller avec *Tropique du Cancer* et *Tropique du Capricorne,* il n'en trouva aucun, ni en Angleterre, ni en Amérique, pour publier *Lolita* : le sujet était trop scandaleux. Le premier malentendu quant à la nature de ce roman commençait. La seule maison d'édition qui eût en France les moyens d'éditer un texte anglais jugé a priori scandaleux était *The Olympia Press,* qui publiait des textes interdits outre-Manche, et particulièrement des érotiques. Ici intervient le deuxième malentendu. Cette publication originale par *The Olympia Press* aggravait le caractère scandaleux du livre, aussitôt assimilé aux érotiques que les Anglais s'y procuraient faute de pouvoir les trouver chez eux. Pour protéger la vertu de leurs ressortissants, qui non seulement achetaient ici mais introduisaient en Angleterre ce « dangereux » ouvrage (dont la réussite a été comme une traînée de poudre), les autorités anglaises intervinrent pour qu'il fût saisi. Il le fut en effet, mais cette courtoisie de police à police souleva de violentes protestations, et la mesure fut rapportée.

Voilà donc *Lolita* en liberté. Pendant ces batailles, des Américains achetaient, eux aussi, les deux volumes à couverture verte, et, immédiatement convaincus d'avoir affaire à une œuvre de premier ordre, des critiques littéraires publiaient en Amérique des articles si enthousiastes dans leur pondération même que la situation se renversait. *Lolita* n'était pas un livre pornographique, mais, scandaleux ou non, un roman américain d'une rare beauté, dont on privait indûment le public des U.S.A. Sur quoi un éditeur américain négocia avec l'éditeur français les droits d'édition en Amérique. Sitôt paru, le livre fut un best-seller. Quelques grandes librairies le refusaient, un sénateur en réclama l'interdiction. À part de violentes critiques, enthousiastes ou révoltées — mais en majorité enthousiastes — il n'y eut pas d'autres remous. Et des mères de petites filles de douze ans encombrent les lignes téléphoniques d'Hollywood pour proposer leur Lolita au producteur qui a acheté les droits de cinéma. La traduction française, par chance remarquable, paraît aujourd'hui. L'édition anglaise va paraître, mais l'Angleterre, dernier bastion de la respectabilité, se livre encore à des controverses sur l'opportunité de la parution. Le libéral *Observer* discute la question sur trois colonnes, mais ne conclut pas. Pourquoi, et quelle est la question ?

La question est de savoir si la littérature est ou n'est pas dangereuse. Là-dessus, on peut encore s'accorder. Si la littérature est efficace, il semble qu'elle devrait aussi être dangereuse, comme l'alcool, ou l'aspirine, ou une paire de ciseaux, ou un courant électrique. Ce premier point étant posé (mais il est discutable), il faut décider quelle sorte de littérature peut être dangereuse. D'avance, il semble qu'on devrait laisser de côté les deux formes de littérature généralement considérées comme les plus pernicieuses (sans préjudice de leur qualité : il y en a d'excellente, et même de géniale ; il y en a d'exécrable, et de la dernière vulgarité) : ce sont les érotiques et les policiers. Ils ne cherchent à tromper et ne trompent effectivement personne : contes de fées pour grandes personnes, aventures de Tintin pour adultes, ils relèvent probablement de la psychanalyse, comme le rêve éveillé ; ils éclairent pour chaque époque le contenu des mythes collectifs, mais quelle incidence ont-ils sur le réel ? Ce n'est pas pour avoir lu Sade que Jack l'Éventreur massacrait les prostituées de Londres. Les gangsters américains n'ont pas attendu de lire Chase et Cheyney pour mitrailler leurs compatriotes. Ces remarques devraient être banales, comme appeler « littérature de défoulement » ces rêves organisés qui offrent une inoffensive dérivation aux instincts secrets de luxure et de meurtre des plus paisibles citoyens.

Quant à la littérature proprement dite, c'est bien autre chose. La vieille définition du roman indique assez ce que cherche la plupart du temps l'auteur, ce que cherche toujours le lecteur : le roman est le miroir qu'un magicien promène à travers le monde ; la vie s'y reflète, la sienne, celles des autres, celle de chacun. De miroir à modèle, il n'y a peut-être pas loin. On offre à quelqu'un une image où s'identifier. Mais celui qui ne se reconnaît pas encore, et que l'image surprend et séduit, s'il allait vouloir ressembler à cette image ? Ici se fait jour l'équivoque, ici naissent le scandale, la fureur, l'horreur, ici interviennent au besoin les lois. La société offensée prétend jeter aux oubliettes le tentateur qui a donné par l'écriture et l'imprimé, par le prestige du talent et du style, une sorte de laissez-passer à des conduites jusque-là impensables ou tenues pour telles, même s'il démontre qu'elles sont funestes, ou s'il les condamne ouvertement. Le meilleur exemple de ce mécanisme est l'exemple des *Liaisons dangereuses.* Sitôt son roman publié, les portes des salons parisiens se fermèrent devant Laclos. On voyait en lui le traître coupable d'avoir dit la vérité. En 1783, toutes les villes de garnison eurent leur Vicomte de Valmont et leur Marquise de Merteuil, qu'on désignait à l'étranger de passage. En 1789, au Club des Jacobins, Laclos se faisait un titre révolutionnaire des *Liaisons* : « Les fictions atroces ou scandaleuses à l'aide desquelles les écrivains combattaient et dévoilaient les caractères infâmes qu'ils mettaient en scène étaient encore au-dessous de la vérité », dit-il dans le *Journal de la Constitution.* La Révolution accomplie, la raison du scandale serait donc abolie. Cependant, *Les liaisons dangereuses* ont été aussitôt refoulées dans les librairies clandestines, et de 1815 à 1875 interdites par toutes les polices. C'est que l'exemple de Mme de Merteuil terrifie. Nous ne laisserons pas nos femmes et nos filles fréquenter une créature aussi perverse, aussi perdue, disent les maris et les pères, et les préfets de police.

Ils ont dit la même chose, en 1857, pour *Madame Bovary*. La bourgeoisie s'est voilé la face devant la scène du fiacre, comme si prendre un fiacre pour alcôve était une aggravation de l'adultère, inventée tout exprès par Flaubert pour saper les bases de la société. Mais les bases de la société n'étaient pas mises en péril par l'inconduite de la pauvre Emma. Il aurait mieux valu se méfier, dix ans plus tôt, d'un inconnu nommé Marx, qui venait d'écrire le *Manifeste du Parti communiste*. Ce *Manifeste*, on peut être sûr que pas un des juges qui ont condamné Flaubert ne l'avait lu.

Le premier élément d'un scandale, c'est qu'une chose estimée choquante, ou honteuse, existe. Le second élément, c'est qu'on en parle. Aucun pays d'Occident ne s'est aussi farouchement défendu contre ce scandale de la parole que l'Angleterre depuis Victoria. Tout se passe comme si le public anglais, muet par vocation, confondait expression et autorisation : puisqu'une chose est dite, il est permis de la faire. L'argument de Philip Toynbee, dans l'*Observer*, à propos de *Lolita*, repose sur cette confusion : s'il existe un seul cas, dit-il, où l'on puisse démontrer que, pour avoir lu *Lolita*, un adulte a séduit une petite fille, il faut interdire le livre. Comment se fait-il que les célèbres ligues féminines américaines n'aient pas eu la même réaction ? Peut-être les femmes, américaines de surcroît, savent-elles ce que le naïf compatriote de Lewis Carroll n'oserait imaginer : que l'enfance n'est pas le pays des merveilles, et qu'il existe des petites filles plus dangereuses que des vamps. En outre, la conduite du séducteur de Lolita est par lui-même et tout au long du livre violemment condamnée. En outre encore, on n'y rencontre aucun de ces termes indécents, dont l'emploi a fait interdire certains livres d'Henry Miller. Les apparences de la décence et de la morale étant sauves, la naïveté, ou l'hypocrisie, ou le bon sens des Américains — comme on voudra — ont laissé la voie libre à *Lolita.* Mais on peut aussi se demander si toutes ces explications raisonnables ont quelque valeur au regard d'un phénomène autrement puissant, et quasi magique : un phénomène d'enchantement.

Lolita est l'histoire d'un homme de quarante ans, amoureux d'une petite fille de douze. Il l'enlève, il la séduit, elle lui échappe. Tout finit dans le sang, la prison et la mort. Mais cet homme atrocement possédé, honteux et enivré de sa passion, heureux dans son malheur et martyrisé dans sa joie, cet homme qui raconte lui-même, avant de mourir, sa vie et l'amour de sa vie, fait une peinture de l'amour si forte, si violente et si juste, dans son égoïsme le plus horrible, dans sa plus sublime générosité, que peu en importent les prétextes, ni les effets. Le bien et le mal s'effacent. Seule rayonne la vérité de cet amour. Devant leurs pages noires et blanches, les lecteurs d'Amérique se sont trouvés saisis par le même mystère qui rassemblait les foules au spectacle de Clytemnestre assassinant Agamemnon : dans leur pays et dans leur temps, le spectacle de l'amour maudit, triomphant, meurtrier. Foules multipliées par mille et dix mille et cent mille, voilà qu'on leur apporte la tragédie dans leur univers familier, avec une héroïne de leur race, perverse et fragile, coupable et pourtant victime. L'Amérique, que Nabokov a parcourue longuement pendant de nombreuses vacances, chassant les papillons et l'ombre de Lolita, lui a donné ses lacs, ses motels, ses cinémas au bord des routes, un folklore tout neuf, criard et tendre, et le spectacle de mille Lolita dévorant des ice-creams. En retour, Nabokov a donné à la beauté de l'Amérique un langage. C'est ce langage qui fait passer le fait divers au plan de la tragédie, ou du poème en prose. Personne ne saura dire comment un écrivain russe, abandonnant sa propre langue, a pu forcer à son génie particulier une langue étrangère, et la plier à ses propres fins avec un succès aussi extraordinaire.

Pour écrire *Lolita*, Nabokov s'est, dit-il, lancé dans une histoire d'amour avec la langue anglaise. La langue anglaise le lui a bien rendu. Maintenant, H. H., le narrateur de *Lolita*, ce criminel, ce malheureux, ce grand écrivain, va pouvoir se glisser dans toutes les autres langues ; emportant avec lui la sûreté du regard et du mot, la nostalgie, l'ironie, l'humour le plus amer, et cette flamme de passion qui le brûle nuit et jour. Car le roman de Vladimir Nabokov a la beauté des grandes œuvres, susceptible de toutes les métamorphoses. Parce qu'elle est née sur leur terre et participe un peu d'elle, elle a pris les Américains à la gorge ; mais elle dépasse l'anecdote et le lieu, elle est d'autant plus universelle qu'elle est mieux située. C'est elle, et cet enchantement qui par la représentation du malheur arrache au malheur son venin, c'est elle qui anéantit le scandale. À la vérité, il n'y a jamais à la fois littérature et malheur, littérature et scandale. Les Ballets Roses et les perversions existent depuis que le monde est monde. Le scandale, qui a lieu tous les jours, n'a rien à voir avec la littérature, qui ne surgit que par miracle, *Lolita* n'est pas un scandale, c'est un chef-d'œuvre.

1er juillet 1959

DOMINIQUE AURY

Le planétarium de Nathalie Sarraute

Alain et sa jeune femme Gisèle parviendront-ils à persuader la tante Berthe de leur céder son appartement ? Et le jour viendra-t-il où la famille bourgeoise de Gisèle accordera quelque peu d'estime à Alain, qui a le tort d'être un « intellectuel » ? D'ailleurs son père lui-même le trouve impossible.

Seule Germaine Lemaire, écrivain célèbre, lui montre de l'amitié. Et encore, est-ce bien sûr ? On ne le saura pas.

Ce que l'on apprend, à mesure que chacun des personnages entre en scène, chacun en proie à son délire intérieur, dépasse de loin l'anecdote, le drame, ou même la peinture de caractère. Nathalie Sarraute tente ici une fois de plus ce qu'elle poursuivait déjà dans ce *Portrait d'un inconnu*, que J.-P. Sartre avait préfacé, et qui l'avait imposée il y a une dizaine d'années, dans *Martereau*, ou dans *Tropismes*. Il s'agit pour elle de saisir, et de décrire, sans les fausser, les rapports entre les êtres et les rapports de chacun entre l'univers qu'il habite et lui-même. Car personne n'habite le même monde (qui pourtant nous est commun) et personne n'est le même pour personne. Chacun forme, transforme, déforme le réel, à l'intérieur même de la conscience. Les divers moments de ce flot de conscience qui nous traverse sans répit — et que traduit le monologue intérieur — il faudrait les capter à l'état naissant, et cependant leur laisser leur fluidité. Tout se passe comme si la vérité était ce qui va surgir, ce qui brille par éclairs au bout du labyrinthe de miroirs — mais qui nous échappe au dernier moment. Dans cet univers de reflets, où l'image qu'on se fait de soi est sans cesse confrontée à l'image de soi qu'on imagine chez les autres, on ne peut se fier à rien, ni à personne. Tout, jusqu'aux objets, nous trahit. Les contraires se fondent l'un dans l'autre et renaissent de l'identique.

On dit une chose pour une autre, et les silences eux-mêmes sont trompeurs. La vérité est pourtant cachée quelque part, dans la forêt des masques et des mensonges. Elle est peut-être dans l'incroyable constance qui nous fait commettre toujours les mêmes erreurs et frémir toujours des mêmes doutes. Si objectif qu'on se veuille, il est évident que l'objectivité n'existe pas et que *Madame Bovary* sera toujours Flaubert. Alain, Gisèle, la tante Berthe, le père d'Alain et Germaine Lemaire, ne sont aussi vivants, aussi passionnants, aussi convaincants, que parce qu'ils vivent du souffle de Nathalie Sarraute. Elle leur a donné avec le souffle le malaise et l'inquiétude, l'angoisse devant les autres et le besoin des autres, elle les fait vivre comme bien peu essaient de vivre : sans carapace de protection.

Il ne faudrait pas croire que ce livre difficile à décrire soit difficile à lire, que ce livre plein d'angoisse et de mystère soit obscur. Il est clair, direct, émouvant. Il entraîne et retient. Subtil, mais solide, singulier, mais écrit dans le langage le plus simple, sans ombre d'afféterie ni de complaisance, voilà le meilleur livre, à ce jour, de Nathalie Sarraute. Il est tel qu'il devrait entraîner son auteur hors du cercle étroit des écoles littéraires et l'établir au grand jour, à sa vraie place, parmi les premiers romanciers de son temps.

1er juin 1960

ANDRÉ PIEYRE DE MANDIARGUES

Le baron perché d'Italo Calvino

Félicitons-nous, pour une fois, que l'on n'ait pas traduit littéralement le titre : « Le baron rampant », « Perché » n'est pas trop mal, quoique le baron ne se tienne pas du tout immobile en haut de quelque perchoir. « Grimpé » aurait peut-être été mieux. En réalité, c'est d'un baron arboricole qu'il s'agit, à l'instar de ces jolis serpents verts dont la plus venimeuse espèce se trouve en Malaisie ; et, dans son domaine de frondaisons, le gentilhomme se meut avec une prodigieuse agilité, sautant de branche en branche, mangeant, aimant, dormant dans les ramures, allant d'un bout à l'autre du pays boisé sans jamais mettre pied à terre. Le 15 juin 1767, alors qu'il avait douze ans, nous dit l'auteur, le jeune Côme Laverse du Rondeau, rebuté par l'aspect d'un grand plat d'escargots que sa sœur avait cuits et parés de façon théâtrale, choisit de monter sur un arbre plutôt que d'y goûter. En habit vert, culotte mauve, guêtres de peau, poudré, coiffé au petit nœud, l'épée au côté, voici le baron dans son domaine aérien. Il devait y rester jusqu'au moment d'être ravi par l'ancre d'une montgolfière, tandis qu'il se trouvait à l'agonie, à plus de soixante-cinq ans, tout en haut d'un noyer planté sur la place du village, et puis de tomber à la mer. Je n'entreprendrai pas de raconter sa vie, ses amours et ses aventures fantastiques, comment il fit la rencontre de nobles Espagnols confinés aussi dans le feuillage par un décret royal, celle du brigand Jean des Bruyères, qui fut pris et pendu pour avoir trop goûté la lecture de *Clarisse Harlowe*, comment il se battit contre des pirates barbaresques et contre un jésuite, comment il entra en relation avec les encyclopédistes français, correspondit avec Diderot, écrivit, imprima (branché toujours) et devint célèbre à Paris au point d'y avoir son portrait dans les almanachs. La notice que Calvino prête à ceux-là sur son héros (*L'homme sauvage d'Ombreuse, République génoise. Vit seulement sur les arbres*) nous aide à comprendre son dessein.

En effet, c'est un mythe bien connu, et qui eut autant d'influence sur les arts que sur le roman ou la poésie, que celui de l'« homme sauvage », ou, comme disent les Allemands, du *wildermann*. Mais l'homme sauvage de Calvino est un personnage à double aspect, comme le montre l'habit de page ou de petit marquis qu'il porte au moment de grimper sur l'arbre, et, s'il devient une sorte de génie sylvestre, une force de la nature, il a commencé par s'imposer en dominateur dans un espace qui n'était pas le sien. Autrement dit, il réunit les personnages de Tarzan et de Robinson en un personnage unique, moins artificiel et beaucoup plus captivant. Tout en s'étant écarté de la terre des hommes, il continue à vivre en étroit rapport avec eux, aimant plusieurs femmes (et l'une d'entre elles à la passion), protégeant les faibles, châtiant les présomptueux, inscrivant son nom dans l'histoire au point de recevoir la visite de napoléon, qu'il traite « de haut » (bien entendu). Un peu à la façon d'un bandit romantique (incarnant la loi naturelle), il est satyre aussi (comme Nietzsche voulait qu'on soit), superbement moqueur. Je le soupçonne de devoir quelque chose encore au personnage de *Gianburrasca*, héros d'un admirable livre d'enfants que Calvino aura lu comme tous les petits Italiens.

Ce qui est pleinement enchanteur dans ce livre, à mon avis, c'est l'esprit et le ton de Calvino, un humour aussi parfaitement irrespectueux que celui de Swift mais dépourvu d'amertume, une aisance dans la divagation fantastique qui n'est pas coutumière aux écrivains italiens (Landolfi excepté), une cruauté simple et joyeuse qui porte la marque du plaisir de conter et qui n'a rien de morbide. Avant *Le baron perché*, Calvino avait publié un premier récit, *Le vicomte pourfendu*, qui fut très remarqué dans son pays et qui a de grandes qualités, mais que je placerai moins haut, cependant, parce qu'il est un peu trop docile à la règle du conte philosophique selon l'usage du XVIIIe siècle. Tandis que le *Baron* échappe à toutes les règles et n'appartient à aucun genre anciennement défini ; sous son vêtement d'une autre époque, il a de l'originalité autant ou plus que les œuvres les plus prétentieusement modernes de celle-ci. Un troisième roman de la même espèce, *Il Cavaliere inesistente*, sera bientôt traduit, nous l'espérons. Il faudra découvrir aussi des contes brefs, qui sont d'une veine généralement fantastique et bouffonne.

Quoi qu'il soit d'une génération plus âgée, Landolfi est le seul écrivain italien que l'on puisse rapprocher de Calvino, et il n'est pas interdit de réunir ces deux-là dans une commune admiration, sans vouloir parler d'« école » à leur sujet. Leur art de la narration est chargé d'intelligence et de poésie au plus haut potentiel, deux forces qui sont peut-être les pôles essentiels de l'esprit humain. Le roman n'est illuminé que par la grâce de ces forces et de l'étincelle.

1er juin 1960

JACQUES BENS

La chambre des enfants de Louis-René des Forêts

La chambre des enfants se compose de cinq récits, dont le premier (« Un malade en forêt ») se place un peu à l'écart des autres. Il raconte une aventure vécue, survenue à la fin de la dernière guerre, et montre surtout la dimension dramatique que peut prendre, au sein d'une situation exceptionnelle (ici, un camp de parachutistes anglo-saxons dans une forêt cernée par les Allemands), un événement aussi banal que la maladie.

Les cinq récits ont été, nous dit-on, placés dans l'ordre chronologique de leur composition. Or c'est bien l'ordre le plus *logique* qui soit. En effet, les quatre derniers (« Les grands moments d'un chanteur », « La chambre des enfants », « Une mémoire démentielle » et « Dans un miroir ») manifestent des préoccupations semblables. Le chemin le plus rigoureux pour les atteindre est, naturellement, celui que l'auteur a suivi. C'est pourquoi, contrairement à ce que nous faisons d'ordinaire, il me paraît essentiel de lire *La chambre des enfants* (je parle du volume) dans l'ordre même où il est présenté.

En effet, chacun de ces récits pose une série d'interrogations, découvre un ensemble de mystères qui se rejoignent les uns les autres, qui se recoupent, qui se complètent.

Dans « Les grands moments d'un chanteur » par exemple, où l'on voit un ténor étonnant interrompre une brillante carrière par une représentation volontairement (c'est ce qu'il semble) ratée, l'auteur cherche à retrouver les raisons secrètes de l'artiste. Les réponses de celui-ci, naturellement évasives ou trop simples, ne peuvent satisfaire personne et engagent l'esprit dans une nouvelle série de questions.

« La chambre des enfants » met en scène un observateur qui écoute, à travers la porte de leur chambre, la conversation des enfants. Cette conversation le déroute, jusqu'au moment où il comprend qu'elle n'est que le reflet de ses propres préoccupations.

« Une mémoire démentielle » met en doute (jusqu'à l'angoisse) la fidélité du souvenir.

Enfin, « Dans un miroir » va plus loin et, au-delà de l'authenticité de la mémoire et du témoignage, pose la question du langage et de la communication.

On voit sur quelle matière subtile et fluide Louis-René des Forêts a fait porter ses réflexions. Tout se passe dans ce domaine secret de l'esprit où l'ombre et la lumière cohabitent, où rien ne semble pouvoir les différencier : cherchant une réponse à des questions singulières (mais essentielles), il en vient à douter du sens même de ses questions, ou de leur forme, ou de leur expression.

Il naît, de ces récits, en apparence simples et innocents, une sorte d'angoisse : voici que cet esprit, dont nous sommes généralement si contents, se met à nous trahir — à se trahir lui-même. L'esprit le plus rationnel, le plus sûr de lui, ne l'est que parce qu'il tient pour résolues toutes les questions qui le débordent. Que ces questions soient de nouveau posées, et le voici qui s'effondre.

Je ne me fais aucune illusion : s'il est si difficile d'appréhender *La chambre des enfants*, c'est, précisément, parce que Louis-René des Forêts a réussi à contester tout témoignage, tout récit, tout compte rendu. De son livre, il ne reste que cette longue suite d'interrogations dont on sent bien que leur réponse nous échappera toujours.

J'aimerais parler du style de ce livre. Il est riche et varié : passionné dès que les personnages mis en cause défendent quelque chose qu'ils considèrent comme leur vérité, il devient froid, parfait, scientifique, quand l'auteur observe et transcrit ce qu'il voit et ce qu'il entend. Il était nécessaire d'en arriver à cette dureté : dans le cas contraire, la pensée eût été trahie, une fois de plus, et tout se fût, sans doute, écroulé dans le désespoir.

Je crains fort de n'avoir rendu que d'une manière très maladroite toutes les richesses de *La chambre des enfants*. C'est un livre important parce qu'il nous oblige à reconsidérer le monde qui nous entoure et l'interprétation confortable que nous en donnons. C'est aussi un beau livre, dense et émouvant, qui touche, au plus profond de nous-mêmes, quelque fibre sensible et irritée.

1er juillet 1960

ANDRÉ PIEYRE DE MANDIARGUES

*Emmanuelle**

Comme les histoires policières ou de science-fiction, les récits érotiques, on le sait, sont généralement prisonniers d'un cadre, d'un système et de

* L'ouvrage *Emmanuelle* a paru sans nom d'auteur. Il est attribué à Emmanuelle Arsan.

règles qui tiennent à leur catégorie. En outre, ils visent à un but assez précis, pour quoi on les achète. Mais il y en a qui sortent de ce cadre, qui brisent ce système ou ces règles et pour lesquels ce but est accessoire. Portant la marque spirituelle de leur auteur, ils sont originaux et font partie de la littérature. Je crois qu'*Emmanuelle* est de ceux-là. On peut l'ouvrir, en tout cas, sans avoir « peur de s'ennuyer », comme devant la plupart des romans nouveaux…

Le premier chapitre, qui conte l'étrange aventure d'Emmanuelle deux fois séduite au cours d'un voyage en avion de Londres à Bangkok, est admirable. Il rappelle à la fois, par la tension et par la puissance de surprise, les meilleurs épisodes charnels de Balzac et ces « sommets du récit » qui dominent superbement les romans de Lawrence Durrell. La suite, évidemment, n'est pas de la même qualité, quoiqu'elle nous fasse apercevoir certains dessous de la capitale siamoise qui ne sont pas moins fiévreux et troubles que ceux d'Alexandrie. Dans la dernière partie, l'intérêt se déplace. C'est que l'auteur, jeune femme asiatique, paraît-il, a chargé l'un de ses personnages, un pédéraste italien nommé Mario, d'exprimer ses propres idées sur l'érotisme et sur le rôle qui lui est dévolu par rapport à l'homme et à l'avenir du monde. Un peu appliqués et enfantins (charmants à cause de cela aussi, peut-être bien), ces discours ouvrent curieusement la fenêtre sur des horizons où la nature est écrasée par le triomphe de l'esprit moderne. Ainsi l'auteur d'*Emmanuelle* fait-elle la contrepartie de ce que nous avons lu chez Lawrence, par exemple, et là elle se rapproche de certaine attitude de Baudelaire. Elle s'éloigne pareillement des idées que nous expose souvent Georges Bataille. Sa conception de l'érotisme est optimiste, radieuse, rayonnante, à l'image d'un édifice affirmant la gloire de l'homme dégagé de la glèbe et des servitudes anciennes. Que je sois d'accord avec elle en tout cela, non, mais sa jeunesse et son bel élan sont bien sympathiques, et sa culture (elle cite même Hobbes, que peu de gens ont lu et qu'il est plaisant de rencontrer au seuil d'une partouze...) mérite assurément qu'on la distingue parmi les auteurs réputés de mauvaise compagnie.

1er avril 1961

CLAUDE ELSEN

Je suis d'ailleurs de H. P. Lovecraft

Il y a dix ans encore, le nom de Lovecraft n'était connu en France que d'un petit nombre d'amateurs de littérature « fantastique », qui avaient lu son œuvre dans le texte. C'est une assimilation sommaire et hasardeuse de cette œuvre à celle des auteurs anglo-saxons de « science-fiction » qui attira sur elle l'attention des éditeurs français et les incita à publier les admirables nouvelles qui composent *La couleur tombée du ciel* — dans le même temps qu'ils « découvraient », avec vingt ans de retard, le Lovecraft flamand, Jean Ray, dont nous étions quelques-uns, il y a quatre ou cinq lustres, à tenir *Les contes du Whisky*, *Le grand nocturne* ou *Malpertuis* pour des espèces de chefs-d'œuvre dans leur genre. Mais il semble bien qu'une « malédiction » pèse sur les conteurs « fantastiques » et qu'ils y échappent rarement, nonobstant le précédent Edgar Poe. Hâtivement classé parmi les romanciers d'anticipation pseudo-scientifique (dont il n'est pas plus que Poe ou que Jean Ray), l'auteur de *L'abomination de Dunwich* et du *Cauchemar d'Innsmouth* ne pouvait que décevoir les frustes amateurs de robots, d'astronefs et de chevauchées interplanétaires, sans pour autant s'imposer à l'attention des autres. Il est désormais peu probable qu'on s'avise jamais de voir en Lovecraft ce qu'il est vraiment : un poète halluciné, le créateur d'une assez obsédante mythologie « fantastique » dont les structures et les personnages s'imposent à l'imagination malgré et parfois à travers une écriture qui n'est pas sans maladresse, beaucoup de redites et même de naïvetés.

L'intérêt des nouvelles réunies sous le titre *Je suis d'ailleurs*, et dont plusieurs apparaissent comme des ébauches ou des brouillons des « grands » récits de Lovecraft, réside en ceci qu'on y trouve à l'état brut ou naissant quelques-uns de ses thèmes familiers, de ses obsessions les plus constantes

— ceux ou celles, par exemple, de la « maison maudite », de la marche interminable (fuite ou exploration) dans un paysage ou un décor de cauchemar, de la créature « innommable » tapie dans quelque recoin de notre monde quotidien. La psychanalyse ferait son miel de cette hantise, chez Lovecraft, des souterrains obscurs, des caves, du métro même — car loin de se tourner vers les espaces interplanétaires, l'auteur du *Modèle de Pickman* subit bien davantage l'attirance et la fascination des abîmes souterrains. Freud eût sans doute reconnu là quelque complexe « intra-utérin » — et, de fait, le conte intitulé *Je suis d'ailleurs* n'est pas autre chose que le récit d'une atroce « naissance », au terme d'une gestation obscure, étouffante, laborieuse et débouchant directement sur la pourriture de la mort (c'est d'ailleurs la meilleure — et la plus courte — de ces onze nouvelles).

Si Poe n'existait pas, reconnaîtrait-on en Lovecraft le plus grand des mythologues de la Peur ? Moins original et moins grand écrivain que l'auteur des *Histoires extraordinaires*, il n'est pourtant pas exclu qu'il ait *cru*, plus que Poe, à ses propres mythes ; d'où vient que même une certaine naïveté, une certaine maladresse douloureuse de son art exercent sur son lecteur une assez curieuse fascination, comme si elles attestaient la *réalité*, aux yeux de Lovecraft, de cette « indicible horreur » qu'il s'efforce d'exprimer, tant bien que mal, dans ses fables noires.

1er août 1961

PHILIPPE JACCOTTET

Le Gardeur de troupeaux de Fernando Pessoa

On sait que Fernando Pessoa, poète portugais (1888-1935), eut le goût des pseudonymes ; et que, des divers personnages en qui il s'incarna, Alberto Caeiro, l'« auteur » des poèmes fort bien traduits dans le présent volume par Armand Guibert, fut son préféré. C'est en mars 1914 que naquit ce personnage, en même temps que la suite de poèmes qu'il dit être nés sous sa plume au sein d'une extase tout inattendue, et indescriptible. Ces poèmes sont à la fois émouvants et un peu décevants. Émouvants parce que nous percevons en eux une voix très proche et très distincte, qui est en effet comme celle d'un berger parlant pour soi seul dans le bonheur d'une vie pleine de confiance, de sérénité, de naturel, en parfait accord avec le jour et la nuit. On ne peut rester insensible à ce ton si juste, si cordial, si calme :

Lorsque je m'assieds pour écrire des vers,
ou bien, me promenant par les chemins et les sentiers,
lorsque j'écris des vers sur un papier immatériel,
je me sens une houlette à la main
et je vois ma propre silhouette
à la crête d'une colline,
regardant mon troupeau…

Alberto Caeiro devait enseigner à Fernando Pessoa que penser gêne la poésie. « Aimer, c'est l'innocence éternelle, et l'unique innocence est de ne pas penser. » De cette « pensée » opposée à la pensée, le poète tire quelques conséquences assez évidentes contre la morale, la métaphysique, l'idéalisme, l'humanitarisme, contre le savoir et même le souvenir ; prises de position qui conduisent toutes à célébrer exclusivement l'*évidence du visible*, d'un monde sans intériorité, sans secret, sans au-delà, aussi parfaitement serein que l'homme qui peut l'accepter sans réserves.

La déception provient alors de ce que, loin de s'abandonner à ce pur regard, Alberto Caeiro (comme beaucoup de bergers de livres, d'ailleurs) soit un peu trop sentencieux. La place que prend dans sa poésie l'affirmation de sa doctrine de la « non-pensée » eût été occupée avec plus de profit pour le lecteur par les récoltes du regard (qui ne sont pas ici tellement riches en fin de compte). Partout où à l'affirmation de son choix sont liées des images, Alberto Caeiro convainc et révèle :

Sur toute chose la neige a posé une nappe de silence.
On n'entend que ce qui se passe à l'intérieur de la maison.
Je m'enveloppe dans une couverture et ne pense même pas à penser.
J'éprouve une jouissance animale et vaguement je pense,

et je m'endors sans moins d'utilité que toutes les actions du monde.

Partout ailleurs, il ne fait que se répéter.

1er mars 1962

ROGER JUDRIN

Le Pavillon d'Or de Yukio Mishima

C'est l'histoire, mais plus subtile, d'un autre Érostrate. Le Grec n'avait brûlé le temple d'Éphèse qu'afin de se rendre illustre par un grand sacrilège. Ce furieux amour du bruit, cette lumière de lune, sont tournés vers le public. Si le Japonais met le feu au Pavillon d'Or, c'est qu'il en veut au plus gracieux des monuments d'être lui-même le moins gracieux des hommes. Enfant, couché dans un lit que partagent son père, son oncle et sa mère, il ne confond pas le flux et le reflux des vagues avec les mouvements marins de l'adultère. Voilà, pour toute une vie, un garçon bègue et un esprit bègue. Une fille, dont il s'éprend, se moque d'un bredouilleur. Il devient novice parmi les bonzes de ce Pavillon d'Or dont il sera enfin l'incendiaire.

Observons d'abord que le héros du roman n'est pas plus que le Sorel de Stendhal un héros de roman. Vingt gazettes d'il y a dix ans peuvent en témoigner. L'auteur s'est contenté d'éclairer la vérité du fait par la vraisemblance du récit que le séminariste est censé avoir écrit. La fidélité extérieure est si bien nouée à la réflexion que leur trop parfait arrangement me gâte un peu l'ouvrage. C'est le beau défaut de M. Mishima, et celui peut-être du Japon, que l'excès de composition. Julien Sorel a des distractions ; Mizoguchi n'échappe guère aux ténèbres, quelquefois heureuses, du ressentiment. Tant d'obstination dans le mal ajoute au relief du personnage et à la force de sa vengeance. Mais la grossière habileté du trait convient mieux au spectateur qu'au lecteur. Un fou n'est pas opiniâtre de cette façon-là et la rancune a une autre manière d'être présente.

Il reste à prendre le bœuf par les cornes. Cet Hayashi, qui a brûlé le temple, en 1950, a fini par déclarer qu'il haïssait le prieur et non pas l'édifice. On abhorre un supérieur ; on ne déteste pas une belle chose, à moins qu'on ne soit un artiste. Il arrive qu'un peintre médiocre soit jaloux d'un chef-d'œuvre jusqu'à le détruire. On conçoit même que Paul Valéry, poète excellent, ait songé à couper la tête de Mallarmé. L'envie n'est que le poison de l'émulation. Mais Mizoguchi n'est pas architecte, et, d'ailleurs, il préfère au Pavillon d'Or sa maquette. Au surplus, le feu devient inutile dans un monde où la Varsovie d'aujourd'hui reproduit exactement la Varsovie d'autrefois. Le Pavillon d'Or lui-même a été reconstruit. Aussi l'homme d'à présent, s'il naît vindicatif, ne doit-il supprimer que l'homme. C'est le plus périssable qui est le plus inimitable.

Voilà, à mon gré, la principale faiblesse d'un livre où l'esprit de religion s'évanouirait dans la mer, dans l'arbre ou dans les fleurs si, justement, la piété de l'Extrême-Orient ne consistait à les réunir. On respire ici la pierre et les dieux, la fumée des cascades et la peau des prostituées, le saut d'une grenouille et la flûte d'un prêtre, dans leur adorable illusion.

1er juin 1963
ROBERT ANDRÉ
La confession impudique de Junichirô Tanizaki

Dans le domaine de l'érotisme, l'art suprême serait sans doute celui de la litote ; c'est du moins ce que suggérerait ce récit, si l'on était certain de pouvoir le classer dans un genre défini. Érotique, il l'est dans la mesure où tout roman du couple le devient si l'on garde la lumière allumée, mais, bien que le professeur ait confessé dès le début son fétichisme du pied et sa demi-impuissance, le style minutieux, tatillon même, où perce quelque chose de vaguement universitaire, reste chaste. En fait, la lumière qui inonde ce lit est d'une intensité chirurgicale. Elle éclaire un combat et le dénouement de noces entomologiques. Le lent et subtil festin d'Iku-Ko, voilà le spectacle auquel on nous convie.

L'analogie avec l'union mortelle de quelque mante ou scorpionne est renforcée par la référence incessante à la fatalité dont l'action rappelle la démarche somnambulique de l'instinct : nature insatiable d'Iku-Ko masquée par son éducation, cruauté, mais finalement innocence : « Dans mon cas, qui était celui d'une femme de bonne éducation, élevée dans les anciennes traditions féodales, est-ce que… je ne possédais pas, dès l'origine, une nature effrayante ? »

L'habileté du livre est de ménager jusqu'au bout une ambiguïté vécue par les personnages. Voulait-elle la mort de son mari, en dépit des apparences ? Elle ne le sait pas elle-même. Le professeur ne sacrifiait-il pas en réalité sa vie à la satisfaction de son vice ? L'un et l'autre s'interrogent en vain. La réponse varie selon l'éclairage projeté sur ce qui reste le secret fondamental : « l'infracassable noyau de nuit » de la conscience.

La forme du roman renforce le mystère. Chacun tient un journal que l'autre a la possibilité de lire. Le lecteur prend connaissance des confessions parallèles.

La psychologie est faite de notations dans l'ensemble familières, de l'ordre du demi-aveu ou de la fausse spontanéité : « … du fond d'une conscience nébuleuse, j'ai murmuré Kimura, tout en pensant : "Je dis des paroles épouvantables !" D'une part, j'étais remplie de honte d'avoir prononcé ce nom devant mon mari, mais d'autre part, j'éprouvais une certaine satisfaction à savoir qu'il l'avait entendu. »

Plus étonnante pour nous est une absence totale de compassion dans les rapports humains.

1er novembre 1963

ANDRÉ MIGUEL

Les armes secrètes de Julio Cortázar

Un homme regarde des axolotl et bientôt il est l'une de ces larves batraciennes qui pensent comme un être humain et dont l'immobilité est la volonté d'abolir les conditions et les lois de la vie. Une femme rencontre son double sur un pont, en Hongrie, et elle se fond à lui.

Dans chacune de ces nouvelles, un être se dédouble, soit que, mort, il sente et agisse comme un vivant, soit que, jouant un rôle dans des circonstances très réelles, cette comédie lui paraisse soudain plus vraie que tout ce qu'il a vécu, soit qu'il se mette en quête de son double vieilli et malheureux et prenne corps en ce fantasme, soit qu'il devienne insensiblement aux yeux d'un autre une personne que celui-ci a connue tragiquement dans un passé éloigné.

Qu'est-ce que le temps ? Qu'est-ce que le monde

hors de nous ? Pour quelques-uns des personnages de Cortázar, pour le « je » de *Axolotl*, pour Alina Reyes de *La Lointaine*, pour le photographe des *Fils de la Vierge*, le monde et le temps composent un espace très fluide où les consciences peuvent subir des transformations extraordinaires sous l'effet d'un choc émotif, d'une attention passionnée ou d'une mystérieuse force à laquelle il n'est pas attribué de valeur morale. D'autres personnages, comme Johnny Carter, le saxophoniste de *L'homme à l'affût*, sont travaillés par l'obscure intuition de cet espace dans lequel ils ne parviennent pas à s'introduire, ce qui excite leur dépit et leur révolte.

L'imagination de Cortázar se meut dans l'évidence d'un merveilleux qui, comme celui des surréalistes, est la vraie vie. Cependant, chez l'écrivain argentin, l'étrangeté n'est pas due à une crispation de la faculté créatrice ; il ne cherche pas par la provocation de l'image à causer un trouble libérateur dans le réel. Le réel, tout au moins pour les esprits voyeurs, coule invinciblement vers sa fin de merveilles.

C'est parce que ce merveilleux est évident qu'il n'exige pas les longues précautions et les cheminements pleins d'embûches.

Ces trois sœurs qui font tour à tour une statue, près de la voie du chemin de fer, lorsque le train passe, afin d'amuser et peut-être de toucher le cœur d'un jeune garçon, ne sont-ce pas les figures de l'attente déçue du miracle ? Quant à Johnny

Carter, il meurt insatisfait et, on le présume, désespéré. Cet Artaud du saxophone est déchiré par l'impossibilité de jouer une musique parfaite, celle qui vous expulsera de votre peau, parce que vous aurez ouvert la porte du temps.

1er décembre 1963

GEORGES ANEX

Le procès-verbal de J. M. G. Le Clézio

Au cours de sa patiente aventure, le héros de ce livre éprouve le désir de fuir chez les fourmis, d'échapper à l'espèce humaine. « Vous étiez tous des hommes et des femmes, et je n'avais jamais autant ressenti jusqu'alors combien vous représentiez une race. » Il écrit un texte, qu'il perd ensuite, dont il ne se rappelle que le titre : *Procès-verbal d'une catastrophe chez les fourmis.* À vrai dire, ce texte disparu est celui que nous propose l'auteur, qu'il essaie tout au moins de reconstituer en nous racontant son personnage ou en le faisant parler lui-même. L'événement n'a plus lieu chez les fourmis, mais chez les hommes, et la catastrophe est trop évidente pour qu'il soit nécessaire de la désigner expressément. Comment s'agirait-il d'autre chose ? Elle fait partie de la matière et du mouvement mêmes de l'œuvre, de sa destinée comme de celle d'Adam Pollo qui en est le centre, pareille à une menace éternellement suspendue et quotidiennement agissante. Une catastrophe minutieusement élaborée par un homme qui se donne le temps de la réflexion, qui ne se refuse l'examen d'aucune réalité, la plus simple, celle qui tombe sous les sens, et la plus vaste, celle qui est accessible aux esprits violents et subtils. L'écriture les unit, elle assure le passage de la banalité superficielle, du constat méticuleux et apparemment nul à une inquiétude fondamentale, des « turbulences anodines » de la vie à la majesté calme des visions bouleversées, jusqu'à « la stupéfaction immense » de la mort. L'auteur entreprend une sorte d'autobiographie épique et légendaire par le moyen d'Adam Pollo, créature de hasard mais très singulière, artiste involontaire et scrupuleux, obéissant à un délire exemplaire qui le sépare progressivement des autres hommes et le rattache à une forme spontanée et totale de l'existence, à une vie globale, immobile, silencieuse, où les choses et les êtres coïncident dans une permanente extase. « Ce sera alors le règne de la matière intemporelle ; tous seront en tous. Et il n'y aura plus guère qu'un homme, plus guère qu'une femme au monde. » Adam Pollo est déjà cet homme, cette femme, il s'affirme le seul être vivant, capable de se créer lui-même, « détaché de la mort du monde », tendant vers la fixité fabuleuse des blocs de bronze tordus, des sculptures faites directement avec le feu, dont il rêve : « J'espère qu'on ne reconnaîtrait plus rien de moi dans cette momie gercée. Parce que je voudrais bien vivre tout nu et tout noir, définitivement brûlant... » (Une première rédaction, qui subsiste ici sous une rature, ajoutait ces mots : « définitivement créé ».)

Le personnage de Le Clézio poursuit une rêverie dont les épisodes sont marqués de plaisir et de souffrance, d'ennui et de vivacité, d'intérêt et d'abandon, fruits d'un désœuvrement actif, d'une attente sans objet et sans répit, produits d'un vertige paisible et démesuré, d'un écœurement et d'une fascination devant la réalité qui l'écrase de son hébétude familière ou s'éloigne et fuit dans un tournoiement d'astres. Son langage rigoureux et cohérent porte des images égarées, errant comme des soleils assujettis aux lois d'une invisible gravitation. Homme têtu et désemparé, Adam Pollo s'abîme dans ses pensées qu'entraîne un flux de paroles et de silence, de même qu'il s'absorbe dans la contemplation des choses, s'efforçant d'être ce chien dans la rue, ce noyé sur une grève, ce rat blanc qu'il tue à coups de boules de billard, la chaleur sur la plage, les loups tournant dans leur cage, sable ou rocher, ou cette fille qu'il recherche à travers les cafés et les bars, ces passants attroupés qu'il harangue sur la promenade du bord de mer. Soumis à l'obligation étroite et infinie d'être soi, il enveloppe le monde dans son drame comme dans un grand songe oisif et combattant où l'humour et le sérieux se répondent avec justesse. Illuminé et indifférent, étranger et complice, survivant d'un univers détruit et toujours recommencé, à la fois vieillard et enfant — « une drôle d'espèce de vieillard, séculaire et innocent » — ce premier homme a des ancêtres reconnaissables, une origine proche, il recueille un héritage, prolonge une voie morale et poétique ouverte par d'autres. Il n'en paraît pas moins libre par sa manière de conduire une expérience unique, d'obéir à une suggestion inconnue, en quête de mots et de rythmes nouveaux, par son regard brisant, d'une admirable densité.

1er juin 1964

ANDRÉ PIEYRE DE MANDIARGUES

Le festin nu de William S. Burroughs

Les premiers mots qui viennent sur vos lèvres, ou au bout de votre plume, quand vous voulez donner quelque idée de ce livre assez monstrueux et très beau, sont ceux de « saison en enfer ». Une nouvelle *Saison*? Peu de lecteurs y contrediront, malgré l'écrasante sonorité du terme, et voilà déjà un éloge qui ne peut s'appliquer qu'à une œuvre hors de pair, puisque la plupart des écrits contemporains seraient par lui précipités dans le ridicule. L'on demandera pourtant de quel « enfer » il s'agit. À la vérité, nous en apercevons plusieurs.

L'un d'eux, qui est assez ostensiblement présenté pour que beaucoup de gens voient en lui le sujet principal, sinon le seul, du *Festin*, est l'enfer du drogué, ou, comme dit plus souvent Burroughs en argot (traduit), du camé. Question de drogue, l'érudition de Burroughs est presque stupéfiante (sans jeu de mots), et je crois qu'il en pourrait remontrer à plus d'un toxicologue et à de nombreux psychiatres. Mise à part sa pratique des toxicomanies, il est familier de la médecine au point que l'on penserait qu'il en fit l'étude. Un (grand) pied dans le camp des malades, un (petit) pied dans le camp des guérisseurs, voilà comment il se tient, mais en outre c'est un esprit violent chez qui la clairvoyance ne va jamais sans révolte, et dans les deux camps il ne cesse de ruer qu'il n'ait tout bousculé, tout mis en pagaille, et que de la confusion des commandements des maîtres et des gémissements des captifs ne se soit élevé une sorte de chant d'innocence. Connexe à cette géhenne est celle de la sexualité, ainsi que nous en voyons l'exemple dans beaucoup de villes de l'ancien continent et du nouveau. Burroughs est un esprit trop subversif, cela va sans dire, pour ne pas préférer aux usages du sexe qui sont dans la simple nature ceux que les bonnes gens jugent anormaux, pourtant le sentiment amoureux ou les sens sont par lui soigneusement exclus de ses fantaisies priapiques, et quand il se laisse aller aux plus grands débordements c'est à Lautréamont plus souvent qu'à Jean Genet que dans son délire il nous fait penser. Quoi qu'il écrive, il reste cérébral et pur. Les mots orduriers dont il use comme de projectiles ont ceci d'admirable qu'ils ne tombent pas au ruisseau mais rebondissent et s'éparpillent comme un bouquet de chandelles romaines et de fusées sur un ciel aussi idéalement noir que l'atrabile.

Ce n'est pas tout. William Burroughs, en son *Festin nu*, illustre et condamne aussi de façon magistrale un certain enfer de la vie moderne qui est présent un peu partout quoiqu'il soit peut-être pressant dans la société américaine avec plus d'hypocrisie et de brutalité qu'ailleurs. Par là, son livre rejoint assez curieusement le *Voyage au bout de la nuit*; il s'en distingue à mon avis, par un caractère d'élégance ou de dandysme conservé jusque dans les pires horreurs qui est tout à l'opposé de la posture de « pauvre type » que l'on voit si chère à Céline et qui m'a toujours empêché d'avoir de la sympathie pour ce dernier écrivain. De l'enfer des temps modernes à celui du monde futur, la distance est courte. Burroughs saute le pas avec une aisance allègre (il faut souligner, je crois, cette allégresse dans l'épouvantable, qui n'est pas le moindre sujet de nous plaire et de nous étonner que nous ait fourni l'Américain). Alors il nous conduit à sa suite dans un univers tyrannique et dément, qui parfois ressemble à celui qu'avait imaginé Huxley et qui parfois s'apparente à celui de la science-fiction la plus audacieuse en sa logique absurde.

Le festin nu, à la manière un peu de *Maldoror*

(dans les derniers chants), contient des scènes de roman (discontinues), des personnages de roman (au rôle intermittent et bref), mais c'est bien moins un roman qu'un poème. L'insolence et le goût du scandale qui d'un bout à l'autre y règnent sont habituels à la poésie des modernes beatniks. La rapidité et la variété du langage dont il se sert, l'éclatement de ce langage en paroles démasquées ou défigurées, le renouveau des mots jaillis du songe et de l'hallucination, ont quelque chose de fantasmagorique, sinon de prodigieux. Aussi doit-on considérer la traduction de ce livre comme un tour de force, qui serait comparable, n'était que le *Festin* est beaucoup plus court, à ce que l'on fit pour *Ulysses.* Hommage en soit rendu à M. Éric Kahane, qui sait de *slang* autant que d'argot et qui déjà nous avait enchantés par sa traduction de *Lolita.*

1er juillet 1964

ROBERT ANDRÉ

Le ravissement de Lol V. Stein de Marguerite Duras

Il faut d'abord souligner la relation entre la durée brève qui consomme le « ravissement » de Lol et la période de dix ans qui s'écoule avant le retour dans sa ville natale. C'est sur les lieux mêmes qui furent témoins de son accident qu'elle va vivre, c'est là que le récit des circonstances est entrepris par l'homme qui tombe amoureux d'elle. Le lecteur comprendra alors que la folie n'est peut-être qu'une sorte de kyste temporel. Logé dans la conscience de Lol, il lui interdit, en dépit des apparences, toute participation au flux banal du temps. Elle a beau se marier, vivre avec discrétion, avoir des enfants, en réalité elle n'est plus qu'une ombre. Pour la comprendre et la délivrer, il faudrait remonter le cours de ces dix ans, jusqu'au moment où les choses se sont brisées, ouvrir l'enveloppe durcie qui enferme la vision paralysante. Or, la médiation d'un témoin est le seul recours. On ne peut rien sans une tierce conscience, celle de Tatiana.

Ici les rapports entre les êtres deviennent très subtils et quelques éclaircissements sont nécessaires.

Le kyste de temps contient la fin d'un bal. Lol a été fiancée, a aimé un certain Richardson. Celui-ci s'est épris, cette nuit-là, d'une étrangère. À l'aube il quittera le casino avec elle. C'est l'écroulement et la crise… Lol hurle et tombe en convulsions.

Tatiana Karl, son amie d'enfance, a assisté à la scène fatale. Ainsi, qui veut connaître Lol, doit passer par elle, devenir son amant. Tatiana, dépositaire, c'est d'une certaine manière Lol, et, pour Lol, victime de sa paralysie mentale, la conscience de cette amie se confond avec sa mémoire obscure. Elle ne peut donc que favoriser l'union d'un couple où, malgré elle, on l'a glissée.

Cachée entre les tiges d'un champ de seigle, elle épie la chambre où les silhouettes des amants, sa propre silhouette apparaissent. Leur étreinte est la suite de ce temps brisé dont elle poursuit le rêve inconscient.

Le récit est fait de ce jeu d'ombres, d'imitation, d'ambiguïtés. L'amant de Lol-Tatiana s'y épuise et s'y enlise. Ce kyste est un impossible mystère, un rien terrible qui ruinera à la fin leurs efforts consciencieux, à tous les trois.

On lit sans doute l'œuvre la plus complexe, la plus subtile (trop peut-être car le mot vient sans cesse à l'esprit) de Marguerite Duras, la plus désespérée aussi. Au fond tout cela, bal de jeunes filles, déception sentimentale, ménage à trois dans une petite ville américaine, ce n'est rien, n'est-ce pas? Certes, ce n'est rien, la folie. On ne peut pas comprendre.

1er janvier 1965

JEAN DUVIGNAUD

*La République des animaux** de George Orwell

De ce récit, cette « fable » comme l'intitule George Orwell, il circulait une traduction sur mauvais papier. Max-Pol Fouchet l'avait, je crois, publiée

* Actuellement disponible sous le titre *La ferme des animaux.*

après la guerre, sans grand succès. Et le public qui a lu passionnément *1984* ignorait le mieux venu des livres d'Orwell, mort d'ailleurs avant sa gloire.

Cette fable dense et brève a pris, avec le temps, une vérité d'autant plus saisissante qu'elle déborde les circonstances politiques où elle a vu le jour : dirigée contre le stalinisme triomphant des années de guerre, elle a trouvé, et trouve encore chaque jour, des confirmations éclatantes : combien de « jeunes nations », récemment indépendantes, pourraient illustrer l'aventure de la Ferme du Manoir ?

Voici donc les animaux d'une paisible entreprise agricole anglaise réunis certain soir autour d'un porc vénérable, chargé de gloire et d'années. Le vieux Major a rassemblé ses congénères pour leur annoncer la grande nouvelle dont il a reçu en songe le message : les animaux vont secouer la tutelle des hommes et revendiquer leur liberté.

Cette prophétie appelle évidemment une action concertée, bientôt une révolution. Deux autres porcs, César et Snowball, se signalent par leur ingéniosité et leur intelligence. Ils entraîneront le reste de la ferme dans une lutte violente, rapide, décisive, qui met en fuite M. Jones, légitime propriétaire du Manoir.

Sitôt la victoire acquise, commence la période d'« illusion lyrique », propre à toutes les révolutions. On invente un hymne exaltant, on édicte des préceptes généreux et universels, on prépare la libération des animaux du monde entier.

Pourtant, peu à peu, un changement s'effectue :

les porcs qui ont joué un rôle décisif dans la lutte victorieuse gardent le contrôle de la ferme, Snowball et César sont les « leaders » incontestés du mouvement. Du moins, l'enthousiasme et le courage ont-ils raison de M. Jones et de ses valets, venus reprendre d'assaut la ferme.

Les divergences commencent. La « classe dirigeante » se divise. Conflits idéologiques, dirions-nous. César et Snowball s'opposent jusqu'au jour où César, au cours d'une discussion vive, lance contre son camarade une meute d'énormes molosses qu'il a élevés en secret. César reste seul maître. L'ordre règne aisément sous la menace des chiens.

On se jette donc en de vastes entreprises, toujours démesurées... Ainsi, les animaux construiront un moulin. Difficile travail. Les vivres sont rationnés, la journée de labeur plus pénible qu'au temps de M. Jones, la surveillance plus rigoureuse aussi. Mais qui proteste ? Les moutons bêlent avec acharnement pour célébrer la gloire de César qui se sacrifie douloureusement à ses rudes tâches de chef d'État.

Les choses tournent-elles mal ? César a tôt fait d'expliquer les causes du marasme : Snowball, réfugié chez les hommes, conspire contre la Ferme du Manoir. D'ailleurs, il a des complices cachés qu'il faut démasquer, traquer, contraindre aux aveux et égorger sur-le-champ. Quant à César, entouré du groupe des porcs bien nourris, il ouvre des négociations avec les hommes, vend les œufs des poules (crime insensé !...), échange le cadavre d'un vieux cheval respecté, héros de l'indépendance, contre de l'alcool, troque les produits de la ferme pour des espèces sonnantes et trébuchantes.

Les années passent. Les principes s'oublient. César triomphe. Les fermiers d'alentour se risquent à visiter cette entreprise-modèle où les animaux travaillent davantage et mieux qu'ailleurs, puisqu'ils sont certains de travailler pour eux. Un soir, on organise un banquet. Timidement, les animaux se glissent sous les fenêtres du logement des porcs : ils peuvent voir leurs maîtres attablés avec les hommes, jouant aux cartes et buvant de la bière. « Déjà, l'on ne pouvait plus distinguer lequel était un porc, lequel était un homme. »

L'intelligence se livre ici à des jeux exacts. La satire fantastique est un genre anglais auquel Swift a donné ses lettres de noblesse. On y cherche moins la vraisemblance que la logique, logique passionnée à laquelle Orwell prête son acidité d'esprit. Il est aisé de comprendre sa rigueur : n'appartient-il pas à une génération d'écrivains qui, deux fois en quelques années, au moment de la guerre d'Espagne et de la guerre mondiale, ont été saignés dans leurs convictions profondes et l'authenticité de leurs engagements ? Le temps, qui efface l'événement, n'a pas supprimé la valeur du témoignage : *La République des animaux* survit comme l'indication d'un cataclysme et le souvenir d'illusions à jamais perdues.

1er janvier 1966

JEAN FOLLAIN

Les choses de Georges Perec

Ce court récit nous donne à voir l'existence quotidienne d'un jeune couple issu des classes dites moyennes et aussi bien ses rapports avec les choses. Il apparaît que la vie nonchalante du garçon comme de la fille se poursuit dans un rêve simplifié que conditionnent les données de la mode et les tabous du jour. Il s'y ajoute un goût de l'instabilité, une nonchalance, un refus d'entrer dans les automatismes du personnage arrivé pourvu d'un confort standardisé. Ils en viennent pourtant fatalement à jouer le personnage, à s'installer dans ce jeu sans trop de mal, pourvus du confort moyen, avec l'appoint des souvenirs.

Que deviennent dans la vie des deux jeunes gens ces choses qui donnent le titre à l'ouvrage ? Ils s'y asservissent sans leur prêter de consistance. Le mocassin à la mode perd sa qualité de chaussure pour n'être plus que colifichet. Concernant les nourritures, « ils aiment tout ce qui nie la cuisine et exalte l'apparat » et « la vue d'une charcuterie, parfois, les fait presque défaillir parce que tout est consommable tout de suite ». Un nom anglais donné à une étoffe suffit pour eux à lui donner du prestige, la rendre enviable. Tout objet faussement anobli par l'astuce de l'antiquaire s'en valorise d'autant.

Tout compte fait, cet univers de jeunes dans lequel Georges Perec nous introduit avec une grande rigueur de style, reste celui de la fuite, qui est aussi « celui miroitant de la civilisation mercantile ». Il y subsiste un particulier désarroi. Pas de quête vraiment ardente, mais l'aspiration à une sorte de bonheur de surface, fait de présences fugitives, de plaisirs fugaces, de l'usage du cinéma à western et des bars de la rue Daunou. Le passage du couple en Tunisie reste finalement aussi peu consistant que sa vie à Paris et vient comme en surimpression.

Pourtant, ces deux jeunes connaissent des états de grâce et, dans une rue quelconque de Paris, goûtent à certains moments privilégiés la griserie d'exister.

1er février 1966

JEAN DUVIGNAUD

Rashômon et autres contes de Akutagawa Ryûnosuke

Akutagawa Ryûnosuke s'est tué en 1927, en avalant du cyanure. Peu de temps après, le faible libéralisme nippon s'effondrait devant la dictature.

Il fut sans doute un des plus grands écrivains japonais d'aujourd'hui et, du recueil de ses œuvres complètes, on publie, dans une remarquable traduction, quinze de ses récits. On dit de Ryûnosuke qu'il a subi l'influence d'Anatole France et de Mérimée. Il serait toutefois intéressant de savoir comment l'œuvre de ces écrivains mineurs a été « reçue » et interprétée : ces rencontres provoquent le plus souvent des créations originales car Ryûnosuke paraît plus proche de Gogol que de l'auteur de *L'île des pingouins.*

Voici l'histoire d'un peintre qui prépare un paravent où il représentera les souffrances de l'enfer. Il travaille pour un maître cruel, mais il est cruel lui-même : ne tourmente-t-il pas ses proches afin d'observer directement les effets de la douleur…

Mais le peintre a une fille qui loge dans le palais de son protecteur, servante-maîtresse, probablement. Une fille qui aime son père et qui, un jour, entre deux portes, se donne ou se laisse prendre par un inconnu. Peu de temps après, l'artiste supplie son seigneur de lui montrer un incendie afin de mieux connaître les prestiges de l'enfer. On lui offre, dans une maison de campagne, le spectacle de sa fille enchaînée dans une voiture et brûlant lentement sur un tas de fagots. Du moins, le peintre de « Figures infernales » achèvera-t-il son paravent avant de se pendre.

Ce récit donne la mesure d'un art méticuleusement et attentivement cruel. Avec une sorte de pudeur, l'écrivain paraît éviter de dire ce qui est. Il ne nomme jamais, il s'abrite derrière sa main pour désigner ce qu'il suggère. Qu'il voyage dans le passé de l'histoire nippone, qu'il improvise un séjour imaginaire chez les « Kappa » (qui rappellent un peu trop les hommes d'*Erewhon* de Butler), il paraît minimiser l'événement qu'il relate. Travail de réduction qui s'accompagne d'une invisible poésie, d'un lyrisme trouble. Et qui tend au mythe.

Nous voilà jetés dans le monde fantastique d'un Japon net et précis comme un dessin. Aucun résumé ne peut rendre la fulgurante beauté de ces rapides évocations. C'est là ce Japon attendri et cruel qu'on rencontre quelquefois dans certains quartiers de Tokyo, à Osaka quand on flâne au bord de la rivière, parfois à Kyoto. Malgré les touristes, malgré la « culture de masse ». Malgré les Japonais eux-mêmes et leur manie de ressembler aux Américains, du moins en public. Le seul Japon, en somme, que l'on puisse aimer.

Mais les deux plus belles de ces nouvelles, « Rashômon » et « Dans le fourré », ont été rassemblées voici quelques années par un metteur en scène au talent puissant dans un film qui porte ce nom. Ces deux récits confondent le réalisme le plus exact et le délire fantastique toujours mesuré au dessin qui désigne une forme véritable.

Ici, un brigand mourant de faim, sous la pluie qui tombe, erre autour d'une vieille porte en ruine, dans les caves de laquelle on jette les cadavres qu'aucune famille ne réclame. Dans le charnier où il se penche en frémissant, une ombre s'éveille, celle d'une vieille femme venue dépouiller un corps frais. Le brigand engage le combat au milieu des cadavres, arrache les vêtements de la mégère et lui fait avouer qu'elle venait voler les cheveux des jeunes femmes mortes, pour se parer.

Est-ce le même brigand qui, dans la forêt, entraîne à l'écart un voyageur et sa femme dont il a entrevu rapidement la beauté ? Il attache l'homme, viole la femme. Mais alors que se passe-t-il ? Le voyageur est tué. Ryûnosuke juxtapose toutes les versions de cette mort : celle du brigand, celle de la femme, celle d'un bûcheron, même l'ombre du mort vient donner *sa* vérité, celle qui flatte son humiliation et sa souffrance. Mais peut-être est-ce la femme qui a provoqué tout cela, cette femme mystérieuse entrevue rapidement sous un voile et qui aura mené tout le monde à sa perte ?

Le romancier ne conclut pas. Nous n'avons rien à savoir de plus. Il y a seulement le bruissement des arbres, la pluie qui tombe et la nuit, une nuit singulièrement trouble qui pèse sur tout ce qu'écrit Ryûnosuke.

La collection « Connaissance de l'Orient » que l'Unesco publie sous la direction d'Étiemble a déjà fait connaître d'autres ouvrages japonais. Aucun d'eux ne rayonne comme celui-ci. Il ne serait pas surprenant que le succès, assurément discret, mais profond, de *Rashômon et autres contes* rappelle celui de *Fictions* de Borges, en raison de sa précieuse modernité.

1er juin 1966

JEAN FOLLAIN

L'iguane de Jean Blanzat

Nous ne sommes plus ici dans le domaine d'un fantastique habituel et facile. *L'iguane* participe de la poésie la plus exacte, d'une méditation élaborée où la nature mêle et démêle ses espèces, où le rationnel et l'irrationnel se dispersent, se confondent, s'unissent, dominés par tout un jeu de valeurs. L'esprit humain y apparaît parfois vacant, traversé d'amorces de paroles, de bribes de songes.

On ressent la présence d'un espace touffu, clairsemé, éperdu, celle aussi du temps tantôt gauchi par la rêverie, tantôt transparent dans son insaisissable vérité.

Jean Blanzat fait état de la présence d'une puissance qui l'amène au doute, le hait, veut sa mort, mais les choses sont dites de telle façon qu'on se demande si cette puissance maléfique ne va pas basculer pour faire place à quelque état de grâce.

Blanzat évoque l'univers « cohérent » de l'enfance, mais cette cohérence ne vient-elle pas de ce que l'enfant vit réellement l'éternité ? Garder partie de l'esprit d'enfance sans pouvoir vivre — sinon accidentellement — l'éternité amène fatalement cette espèce d'angoisse somme toute nourrissante, fécondante, que ce livre fascinant rejoint. Il donne à voir ce que beaucoup ne veulent pas voir, que même ils camouflent par une brillante poésie seconde pour submerger cette poésie première habitant nos profondeurs et retraits.

Les paysages de Blanzat me font penser à certains lieux de mes campagnes d'origine, où se trouve, seule sur une route, une auberge désaffectée, n'ayant plus lieu de subsister depuis qu'on ne mène plus à pied et à la nuit les bestiaux aux foires. Pareille auberge, souvent, n'est plus qu'à peine habitée par un couple ancien ou seulement par le veuf ou la veuve de ce couple. Ces paysages sont ardus, minéraux ou argileux, porteurs de chemins dont se perd le tracé mouvant. Ils contiennent des passages et détours obscurs, propices à la mémoire active où reparaît le corps d'une jeune fille entrevu jadis ou naguère, mais toujours immensément présent.

Dans cet ouvrage, fond et forme, le plus strictement qu'il soit, se confondent. Il est fait d'une matière mate, accueillante au moindre et fugace reflet. Il y a malgré tout dans le style une modulation pacifiante. Point de cette épaisseur ou de cette fluidité littéraire, l'une ou l'autre souvent faciles.

Livre de terrien sensible au vent, aux tournants du chemin, aux subites embellies. Par à-coups, on nous y parle pourtant plus ou moins directement de *l'éternité que la présence et l'étendue de l'océan nous aident à concevoir.*

« Je hais, dit Blanzat, l'imaginaire qui n'a pas son équivalence dans la vie réelle. » Nous voyons bien tout ce que cela signifie à la lumière irradiante d'une pareille œuvre qui, participant du poème en prose et de la fable, déborde insolitement ces deux genres et les concilie.

1er février 1967

CLAUDE MICHEL CLUNY

Le Llano en flammes de Juan Rulfo

Des gravures à l'eau-forte, qui nous offrent un Mexique noir et blanc, où l'on retrouve comme un reflet de ces admirables films, *Que Viva Mexico !* ou *Viva Zapata !* Des femmes en voiles noirs défilent à l'aube, dans le bruit de chauve-souris de leurs châles, pour aller prendre de l'eau à la source... Les pierres qu'on entasse sur les morts pour que rien ne les vienne déterrer... Un simple d'esprit qui rêve au goût de magnolia du lait de la servante dans les ténèbres de sa chambre... C'est tout, mais ces brèves nouvelles ont de la force par tout ce qu'elles laissent imaginer de la réalité à partir de ce qu'elles font voir, et une beauté âpre qui a banni tout pittoresque pour ne laisser place, brutalement, qu'à la violence et à la misère. Juan Rulfo, dont on connaît déjà en France *Pedro Páramo*, a recueilli dans la province de Jalisco, où il naquit en 1916, les anecdotes qui sont à l'origine de ces récits. Ce n'est peut-être pas le Mexique qu'on cache, mais certainement celui qu'on montre moins volontiers que les palaces d'Acapulco — et puis ce petit peuple de paysans qui vit les yeux baissés sur un sol d'où ne monte le plus souvent que la poussière, il faut aller le découvrir là où il est… Ce que nous restitue Juan Rulfo, c'est tout autre chose que des reportages propres à être empilés dans les archives de l'Unesco et davantage les morceaux de bravoure d'un écrivain « réaliste ». Ils pourraient l'être, mais l'écrivain ici dépasse le témoignage et nous donne, grâce à son art de conteur, de courtes histoires cruelles libérées du lieu, du temps, et qu'on pourrait lire dans l'Ancien Testament tant elles expriment la pérennité de l'abandon à la peur et à la violence chez les êtres frustes. L'immobilité du paysage, le vent et le soleil lancinants, dévastateurs, ajoutent comme une malédiction que rien ne peut rompre. (La cadette d'une pauvre famille va devenir une fille de joie comme ses sœurs parce que le torrent en crue a emporté la vache qui lui aurait permis de trouver un mari…) La misère noue le nœud des vieux instincts et la mort seule vient interrompre la sarabande : « C'est que là-bas, le temps n'en finit pas. Personne ne compte les heures ni ne se préoccupe de la façon dont les années s'accumulent. Les jours commencent et s'achèvent. Ensuite vient la nuit. Jusqu'au jour de la mort qui, pour eux, est une espérance. » La loi, c'est celle du plus fort, du plus astucieux ; ou la superstition. Il y a quelque chose de poignant dans cette fidélité à l'immobilisme, cette vocation au renoncement : « Mais si nous partons, qui s'occupera de nos morts ? Ils vivent ici et nous ne pouvons pas les laisser seuls. » *Le Llano en flammes* est un livre grave, et singulièrement sobre dans son art, ce qui est assez rare, pour ce dernier point, dans la littérature latino-américaine.

1er octobre 1967

JEAN GROSJEAN

Problèmes de linguistique générale d'Émile Benveniste

Aux esprits séduits puis déçus par les grammaires, Benveniste révèle cette âme du génitif latin que cachaient les recettes empiriques. Aux Français qui trouvaient bien arbitraires les catégories d'Aristote, il les montre admirables en les réduisant aux catégories grammaticales du grec. Les philosophies ne s'exportent donc pas d'une langue à une autre ; ni sans doute les théologies qui dépendent d'un verbe être dont les formes et les emplois sont moins généralisés qu'on ne pense. On savait que la poésie était plus transposable que traduisible ; les grandes religions savaient qu'elles n'étaient évidentes que dans leur langage d'origine. Mais on a rêvé d'un fonds de pensée humain dont chaque langage ne fournirait que des expressions maladroites. Or quelle pensée ne tient d'un langage sa consistance ? Les langages n'ont-ils pas entre eux plus d'indépendance qu'on ne croit ? Au lieu de fonder sur des bilinguismes approximatifs un universalisme hâtif et pauvre, réduit aux équivoques de l'art ou aux abstractions de la science, ne serait-il pas plus fécond de confier aux seuls linguistes comme à des spécialistes d'affaires étrangères le soin d'examiner les parentés et les différences ? Ce sont quelques-unes des nombreuses réflexions que nous suggère ce merveilleux recueil d'études de Benveniste, livre important et opportun.

1er octobre 1967

DOMINIQUE NOGUEZ

L'écriture et la différence de Jacques Derrida

Ces quelques lignes sont un avant-dire sur un livre dont on ne mesurera probablement pas l'importance *réelle* avant un certain temps. Peut-être parce que ce livre tourné vers le passé de la métaphysique et appliqué à en délimiter la clôture est un livre *en avance*. C'est aux philosophes ou à ceux qu'on appelle encore ainsi qu'il appartient de peser le vrai poids d'une pensée qui pense après (à côté de) Hegel, Nietzsche, Husserl et Heidegger et dont les concepts (trace, différence ou différance), précisément parce qu'ils tentent de faire parler nouvellement la métaphysique d'un lieu encore indécis mais situé hors de son orbe, ne sont pas à véritablement parler des concepts. Sans attendre, il convient de signaler ici, et parce qu'ils *concernent* la littérature, les morceaux de ce livre qui ont pour centre et prétexte des textes de Jean Rousset, Edmond Jabès, Antonin Artaud et Georges Bataille.

1er mars 1968

DOMINIQUE AURY

Tombeau pour cinq cent mille soldats
de Pierre Guyotat

« Fils du vent, jetés sur le fumier, pressés dans les bordels, dépouilles, pourrissez, brûlez… » Je suis un fils du vent, dit celui qui parle, mais *qui* parle ? Ce *Tombeau pour cinq cent mille soldats* est construit comme un immense choral à plusieurs voix, où se mêlent, dans les orgies de massacres, de tortures, de viols, d'accouplements monstrueux, les cris des victimes et les hurlements des bourreaux. Mais les voix sont interchangeables, et personne ne peut en décerner à coup sûr une seule qui serait indemne de complaisance à l'horreur ou au désir, libre de frénésie ou de douleur : qui serait la voix d'un juste témoin. Peut-il y avoir dans la guerre un juste témoin, tous, le temps qu'elle dure, ne sont-ils pas contaminés? En outre, il s'agit ici de la guerre, si l'on peut dire, à l'état brut, de la guerre en soi (et pour l'aggraver, coloniale) qui se déroule dans un temps mythique et dans un pays légendaire. Les guerres contemporaines ont fourni armes et équipements, avions, hélicoptères, fusils mitrailleurs, jeeps, et half-tracks, treillis, rangers et autres pataugas; la guerre d'Algérie a situé le paysage, le bord de mer, les défilés de montagne, les eucalyptus, les cactus, les villas blanches, les noms des lieux-dits; quelques incursions dans la mémoire des combattants permettent de renvoyer aux batailles de 44 dans les plaines de l'Est, à la neige, aux Scythes et aux Tcherkesses, aux camps de concentration. Enfin, les repères des cadres sociaux, dans les deux camps, sont grosso-modo en place : cardinal, général, colonel, et toute la hiérarchie traditionnelle d'une part; rebelles et fellouzes de l'autre. La métropole d'où viennent les Blancs s'appelle Ecbatane, et l'île montagneuse dans laquelle se déroulent les combats a pour capitale Inaménas. Donc les indigènes, exploités et chez qui sont recrutés par la force les esclaves (avec fers, chaînes, fouet et tout ce qui s'ensuit), se révoltent. Six chants du livre racontent à peu près cette révolte, qui aboutit à la destruction d'Inaménas, et au chaos (dont rend compte le septième chant). En tant qu'exemple de guerre révolutionnaire, on pourrait trouver mieux. Mais la vérité n'est pas dans la peinture d'une guerre, révolutionnaire ou autre. Car la vérité de ce livre n'est à aucun moment dans le réel (même s'il existe, même si par instants on le reconnaît pour tel). Tout se passe comme si d'un premier choc de guerre, vécu ou imaginé, mais inguérissable, avait proliféré jusqu'à la démence l'image d'un monde où tout pouvoir est meurtrier, toute violence sexuelle, et inversement où toute activité sexuelle n'est concevable que dans la violence et la torture. Margot l'Enragée, ressuscitée, les mains noires de la graisse des armes automatiques, entraîne ses commandos enivrés dans les bordels d'enfants, dans les souterrains où pourrissent les esclaves, et à travers les rafales de F.M. et la fumée des incendies, à travers le fracas des bombes, elle écrase, écartèle et déchire les corps, tous les corps, y compris ceux des siens, tous les corps — et libère les âmes, s'il est vrai que les âmes ne se connaissent que dans les supplices. « Le feu, le matin, la fièvre, l'oisiveté, le sang aux lèvres de tes soldats et ta peau tremble et tu te crois heureux ; l'amour encercle tes genoux. Mais la paix revenue, ton corps de nouveau inutile, tes pieds foulant un sol domestique, loin du feu et du sang et de la nudité... » Fuyez la paix ! Car le feu, le sang et la nudité arrachent l'être à lui-même, le roulent dans le ruissellement qui s'échappe des corps au paroxysme du plaisir et de la souffrance — et jamais livre n'a ouvert aussi prodigieusement les écluses à ce que l'homme fait sourdre de lui-même : sang, sperme, larmes et sueur, urine, ordure, bave et morve et vomi. On songe aux *Cent vingt journées de Sodome*; mais la précision sèche et quasi scientifique de Sade évoque un catalogue de l'absurde, alors qu'ici le ressassement d'une férocité hallucinée est soulevé par un lyrisme souvent admirable, et par un constant climat d'effervescence poétique. Au reste, on ne voit pas à ce ressassement d'autre objet que celui-là : le poème. Les cinq cents pages d'aujourd'hui pourraient être mille, ou deux cents, ou trente, le même objet serait atteint. Ce livre est moins un livre composé (bien qu'il tente de l'être) qu'un long râle de douleur et d'assouvissement. Il n'y faut chercher aucune idée de bien ni de mal, aucune doctrine, aucune révolte véritable. Tout le monde est complice. Les opprimés sont aussi frénétiques que les oppresseurs. L'extrême de la misère et du désespoir produit les mêmes effets que le vertige de la domination. Tous rêvent le même rêve, où tous les âges de l'humanité, et tous les hommes, après tout, sont en quelque manière compromis. Voilà pourquoi ce que Pierre Guyotat appelle une épopée (mais il y manque ce qui fait l'essentiel d'une épopée : les héros), voilà pourquoi dans sa monotonie et sa démesure, ce livre, bien qu'il piétine plus qu'il ne progresse, et bien qu'il n'offre aucune conclusion intelligible, est un livre saisissant, et qui compte. Une exceptionnelle puissance d'imagination s'y fait jour, un exceptionnel pouvoir d'incantation s'y manifeste. Comme pour les Hébreux « le serpent au désert élevé » chacun peut y reconnaître un rêve millénaire qu'il faudrait exorciser, mais est-on sûr qu'il le soit jamais ? l'atroce rêve que les soldats d'Hérode ont partagé, et les massacreurs de Simon de Montfort, et les dragons du Roi Soleil. Mais aussi bien, sûrement, ceux qui se complurent aux seins coupés de sainte Agathe, au gril de saint Laurent, à la roue de sainte Catherine. Aussi bien encore les peintres qui pendant des siècles firent du supplice des martyrs œuvre d'art — et nous autres qui admirons les peintres. Toutefois, ce qui jadis fut fait (ou soi-disant) pour le service des princes ou pour la plus grande gloire de Dieu, laissait en effet place à une idée de salut, à une notion de justice. Ici, non. L'horreur pure. Ni héros, ni anti-héros. *Les Tragiques* d'Agrippa d'Aubigné se passent de héros parce que l'action d'un Dieu personnel y est directe, et remplace le héros. La mort et l'horreur y sont les éléments d'un rachat. Dans *Tombeau pour cinq cent mille soldats* la mort et l'horreur sont là, finalement, pour le plaisir. Un éternel présent y fait rayonner une abomination sans fin, qui renaît inlassable comme les fantasmes des solitaires. Car dans ce grouillement sadique, il n'y a que des solitaires, et chacun des cinq cent mille soldats auxquels est dédié ce superbe tombeau, s'il eut le malheur de combattre pour Ecbatane ou pour Inaménas, est mort seul, et pour rien.

1er août 1968

JACQUES-PIERRE AMETTE

Poèmes d'E. E. Cummings

On a peu l'occasion de lire en édition bilingue les œuvres de Cummings. Ce petit livre satisfera ceux qui aiment la poésie cocasse et fraîche, triviale et tendre, courtoise comme celle du XVe siècle, intense et brutale comme la vie new-yorkaise, rêche et douce comme une fille contre un mur. Typographiquement insolente. Cummings dirait : *something authentic and delirious.*

1er juin 1973

LIONEL MIRISCH

L'angoisse du gardien de but au moment du penalty de Peter Handke

Reportage minutieux, apparemment stérile, presque ennuyeux par instants, *L'angoisse du gardien de but au moment du penalty* confirme toutefois le curieux talent du jeune Autrichien Peter Handke, dont le lecteur français avait déjà pu lire un premier roman : *Le colporteur.* Il faut dire, en effet, qu'il s'agit là d'un reportage délirant.

D'abord, il n'est pas question de sport. Bloch est

un ancien *goal*, mais entre les mains de Peter Handke il a plutôt l'allure d'un pion qu'aux échecs un joueur malin promène un peu partout sur les cases. Se fera-t-il prendre, au bout du compte ? On présume que oui, pourtant le joueur aura quand même gagné la partie. Ici Bloch erre de façon scrupuleuse, tatillonne même, mais dans des conditions d'angoisse et de malaise qui sont très vite sensibles au lecteur. Ce n'est pas un simple pion, plutôt une figure : le *fou*.

Fou dangereux, puisqu'il a tué une femme, une caissière de cinéma trop accueillante. Dangereux surtout pour lui, trahi sans cesse — dans sa fuite, et davantage encore dans son *être* — par sa maladresse, sa rumination d'obsédé. Son regard accapare les choses les plus banales, en fait des objets de malheur, des signes, et en même temps des morceaux arrachés de soi (de sa propre vie), de son histoire secrète, intime, qu'il ne peut facilement abandonner.

Cela donne lieu à d'extraordinaires « moments » littéraires, dans lesquels Peter Handke provoque une véritable explosion de la réalité décrite. L'attention de Bloch, en effet, est telle qu'elle suscite une mutation à l'intérieur des choses — dont seuls les contours ne bougent pas, sont respectés : transformation ou hypertrophie de leur signification, déperdition ou au contraire augmentation monstrueuse d'énergie, d'agressivité. Par exemple, Bloch voit *les détails à l'intérieur des fragments avec une netteté irritante : comme si les fragments étaient là pour le tout.* Ainsi, dans un café, pense-t-il avec un effroi morbide être obligé de traiter le patron de cendrier, la serveuse de trou dans le lobe de l'oreille, une femme de sac à main, un homme de tache sur un pantalon, ou de marque de doigt, ou de poignée de porte…

De telles hallucinations — ressassées, harassantes — sont la marque d'une angoisse obsessionnelle portée à son paroxysme. Bizarrement (qu'en dirait un psychanalyste ?), cette hyperrigidité mentale s'accompagne d'une dégradation, d'une dispersion de la personnalité, plus proches de la schizophrénie. Mais peu importe au lecteur subjugué qui suit la trace incertaine et précise du gardien de but assassin. Les questions se posent après coup, une fois le livre refermé, quand — le charme rompu par la chute dans le silence — on se demande si Peter Handke n'a fait que jouer, jeu très abstrait et très intellectuel, ou si le squelette tordu et grimaçant qu'il a appelé *roman* témoigne pour toute la chair qui en a été grattée, chair souffrante et pourrissante.

1er janvier 1974

PHILIPPE JACCOTTET

La dentellière de Pascal Lainé

Ce petit livre affiche une volonté de garder ses distances à l'égard de son « sujet » (le bref et triste destin d'une jeune fille trop simple, simple comme un fruit ou un animal) qui peut être l'effet d'une pudeur, d'un goût des jeux subtils, d'une coquetterie, ou d'un mélange de tout cela. « Ne crois pas, lecteur, à mon histoire, dit l'écrivain. Vois, je puis parler tantôt comme un roman à l'eau de rose, tantôt comme Robbe-Grillet, tantôt comme les prospectus touristiques. Je mêle aux références de haute culture des tournures populacières. N'oublie jamais que je suis l'*écrivain.* » Et un écrivain qui sait trouver le mot juste, l'image spirituelle, le tour ingénieux. Mais voyez Cocteau et Giraudoux : rien qui vieillisse plus vite que l'ingéniosité des virtuoses.

J'admire qu'à travers tout cela le récit garde sur nous tant de pouvoir. Il le tient de son « sujet », de Pomme au nom si bien trouvé et qui n'est peut-être qu'un nom, une jeune fille ronde, saine, pleine et humble comme ce fruit. Si elle est au centre du récit, c'est que, rêvée ou empruntée au souvenir (peu importe), elle y figure de la façon la plus vivante et la plus légère ce qui manque à l'écrivain qui l'aura bientôt, d'ailleurs, abandonnée (pour une autre fille ou un autre « sujet ») : l'unité intérieure, la densité vraie, le naturel, la naïveté. Elle est ce qu'il ne peut jamais saisir ou tenir, le fruit à la fois trop mal et trop bien défendu. Tous ceux qui entourent Pomme et qui savent ou croient savoir parler ne sont que des pantins ; elle qui ne réussit jamais à rien dire, qui subit seulement, est la seule qui ait l'amour vrai, la vraie souffrance, le réel. À cause de cela, de son doux visage rond penché perpétuellement sur une besogne comme celui de la Dentellière de Vermeer, elle éclaire le livre ; elle en efface presque les coquetteries. Et c'est bien elle qui l'emporte, en fin de compte : puisque, les dernières pages le disent avec une émotion d'autant plus pure qu'elle a été longtemps plus ou moins ingénieusement combattue, c'est encore Pomme, du fond de l'immense distance qu'est sa folie, qui a pitié de son trop désinvolte bourreau, puisque c'est elle encore qui l'aide, qui le protège, qui lui a vraiment tout donné.

1er janvier 1975

CHRISTIANE BAROCHE

Gros-Câlin d'Émile Ajar*

Qui est donc ce Gros-Câlin, intelligent jusqu'à la naïveté — et n'était-ce pas la meilleure manière

* *Gros-Câlin* est l'œuvre de Romain Gary, publiée sous le pseudonyme d'Émile Ajar.

d'en finir avec un intellect desséché ? —, on peut se le demander ! Si Michel Cousin, statisticien à la S.T.A.T. (déjà les noms signifient : s'appeler Cousin, quelle dérision pour un homme très solitaire, qui n'est parent de personne ; et STAT, n'est-ce pas avouer que cet organisme « à la pointe du progrès », et dont le P.D.G. est prêt à user des gadgets électroniques les plus *up to date* pour améliorer... l'ouverture des portes, n'est en fait qu'un grand corps stagnant, pétrifié dans ses habitudes et ses organigrammes), si Michel Cousin donc, a éprouvé le besoin de se sentir responsable, au point d'adopter un python qui passait par là, l'air un peu paumé, et de l'appeler Gros-Câlin, tout le quartier en revanche n'a pas été long à surnommer le maître du nom de son protégé. D'où la confusion, d'où subtilement le glissement du python vers l'humain et de l'humain vers le python... la chose peut aller loin !

Le python et Cousin ont des rapports affectueux. C'est ce qui manquait le plus à l'homme, l'amour. On ne peut pas, toute sa vie durant, se contenter de rêver fiançailles avec Irénée, la belle Guyanaise, qu'il rencontre tous les matins dans l'ascenseur. D'où le python-substitut. Mais un python, ça mange des souris vivantes, et les souris vivantes, très mignonnes et très tendres, ont également besoin d'être protégées... alors, comme le dit si bien le curé Joseph, faites-le donc nourrir par un autre, votre python ! On ne peut penser à tout.

Et le temps passe, et Michel Cousin ne sait toujours pas qui il est ni même s'il est quelqu'un. Après qu'il a retrouvé Irénée chez les *bonnes putes*, secourables dès qu'on les paie, il suffisait d'y penser, il réalise que la vie n'est plus possible pour un python-homme. Le sera-t-elle pour un homme-python ? Cousin donne son animal au muséum et se met à avaler des souris blanches pour son propre compte. En définitive, ce n'est pas plus difficile que d'avoir des sentiments humanitaires pour faire semblant de participer de l'humanité tout entière. Désormais, il va se conduire comme tout le monde. « Moi non plus, j'ai des convictions auxquelles je ne renoncerai jamais. Moi aussi, je préfère que ce soient les autres qui y renoncent, moi aussi, j'attache une grande importance au confort et à la propreté. Moi aussi, je me lave les mains… »

Comme on voit, la « métamorphose » est complète. Cousin peut désormais se cacher au milieu de la foule, il a les mêmes écailles qu'elle.

Et moi, je ne suis pas près d'oublier cette innocence pleine de rouerie, qui est la vraie lucidité, celle de Goupil-renard, celle d'Émile Ajar, *alias* Gros-Câlin. Mais qui est Gros-Câlin ? Vous, moi, nous tous.

1er janvier 1978

ALAIN BOSQUET

Le traité des saisons d'Hector Bianciotti

Nous le savons depuis Borges et Cortázar, la littérature de l'Argentine se dispense des débordements tropicaux et des apitoiements sociaux, pour s'engager, sans couleur locale particulière, sur le chemin de la spéculation et de la rêverie propice au renversement des rapports psychiques. La preuve de cette perpétuelle remise en cause nous est offerte par *Le traité des saisons,* d'Hector Bianciotti : là aussi une pleine aventure de l'esprit à l'affût de ses propres analyses, donc de ses pièges et de ses aberrations, nous entraîne aux confins où réel et écriture, incantation et souvenir se conjuguent comme pour mieux se nier les uns les autres, avec d'infinies séductions.

Un homme, transplanté en Europe, se souvient de son enfance, qu'il n'essaie pas de retrouver intacte, mais à laquelle il donne la forme d'un journal divisé en sujets, qui sont autant de définitions d'objets, de lieux, de personnages. Ces vignettes, il en fait une phénoménologie, où le « je » disparaît au profit de l'échafaudage lyrique d'une morale à jamais ambiguë. Un jardin n'est pas seulement un espace de fleurs et de pelouses sur lequel on s'attendrit : il devient, de phrase en phrase, de réflexion en réflexion, un jardin insaisissable, idéal et, pour tout dire, abstrait, malgré les saveurs que lui ajoute abusivement — à bon escient, sans doute — une sorte de chant à voix basse. De la même manière, un père devient un archétype, jusqu'à l'évanescence, alors que la mère, symbole de la soumission, s'octroie, de touche en touche, des attributs qui pourraient être ceux de la nécessaire désincarnation.

Par le truchement de la mémoire, l'évidence se mue en exemple ou en énigme, selon que l'écriture s'attarde aux délices de l'évocation ou leur préfère une chasse tremblante à l'absolu. Ainsi se transforment un pays, une époque et, bientôt, le présent. Car ce ne sont pas seulement les souvenirs argentins qu'Hector Bianciotti plie à son analyse redoutable : c'est aussi l'Europe, qu'il hausse au niveau d'une éthique de l'instant. Paris n'est plus dans Paris : il se doit de voguer au-dessus de lui-même et de s'idéaliser. Hector Bianciotti nous livre quelques clefs de sa pensée et de son art. Son itinéraire, nous dit-il, le porte « du jardin perdu au jardin improbable ». Ailleurs, il ajoute que la mémoire ne récupère pas le passé mais, lui étant hostile, a tendance à l'éliminer. Il écrit encore : « Rigueur et rêve : tout drame se consume dans la musique et par elle renaît, transparent. » Ce beau livre, qui serait d'un Jules Renard ayant lu Francis Ponge, confère une dimension nouvelle au traitement de la chose vécue.

1er janvier 1980
GILLES QUINSAT
Mars de Fritz Zorn

Apprenant qu'il est atteint d'un cancer, Fritz Zorn ne voit pas là une simple maladie du corps mais bien le dernier et prévisible stade d'un processus au cours duquel la pensée et le corps furent indissolublement liés. Écrit par quelqu'un qui se sait mourant, pour qui la mort cesse d'être souterraine, larvée, et prend désormais le sens d'une accélération vérifiable du temps, *Mars* est tout entier l'approfondissement rageur d'une première constatation, un effort désespéré pour décrire le lent, irréversible mouvement d'une fatalité. La parole de l'auteur tire toute sa vérité d'avoir été, jusqu'à ce que mort s'ensuive, le strict commentaire du mal qui l'a fait naître, — vérité qui porte sur tout un passé patiemment interrogé, examiné, une lumière spectrale. Fils d'une très riche famille zurichoise, Fritz Zorn connut une éducation exemplaire, par ses silences comme par la rigueur de ses devoirs. Or, il arrive qu'une fois reflété par le langage, ce qui est dit du besoin d'ordre et d'harmonie, de la correction, se donne d'abord comme processus de mort, tentative de faire voir, dans le geste le plus appris, la mort qui bouge sous nos yeux. Zorn explique longuement comment le désir d'harmonie de ses parents, leur volonté inconsciente de créer un univers étanche qui ne rappelle en rien l'éparpillement chaotique du monde, l'ont finalement conduit à sécréter ce surcroît étouffant qu'est à l'origine le cancer. Lors même qu'il fait appel à sa propre mémoire l'auteur ne parle pas encore en son nom, il meurt de ne pouvoir reconnaître comme siens ses actes, ses pensées, impuissance qui fait que ce livre n'est pas une autobiographie non plus qu'une confession, plutôt le récit d'une neutralité, un ultime effort pour, en revendiquant cette fois le langage de la mort, dire enfin « je » et reconquérir son propre corps. C'est pourquoi l'écriture de Fritz Zorn est d'abord une arme, une machine de guerre vibrante et froide. Sa phrase reflète, dans son rythme, ses retours et gradations, le choix des mots, leur répétition et jusqu'à ces infimes interjections, ces intrusions du ton parlé où l'auteur semble de derrière son masque reprendre souffle, l'impossibilité d'être autant que la révolte de la victime. Disons qu'il s'agit là, plus que d'une écriture, d'une *diction* : on y entend une voix, coupante et nette, mais qui ne trace le contour d'aucun visage et se nourrit seulement de ce qui va la tuer, l'étouffer bientôt.

On ne trouvera pas, dans ce récit qui s'étage sur trente ans, de souvenirs à proprement parler personnels : Zorn décrit moins des événements dans un monde qui s'en privait volontairement qu'il ne cerne des états de conscience, repère avec la plus extrême précision l'insensible glissement que fut sa vie, de la complète atonie à l'étonnement, l'abattement, enfin la résignation jusqu'à ce que la maladie, reconnue comme un sursaut de tout l'être, se déclare et s'impose. Nul « vrai » souvenir, donc, qui déchire la trame serrée de ce monde : mais rien de plus minutieux et cruellement attentif que les passages où Zorn décrit et décompose — soit rend à leur sens véritable — le langage de ses parents, leurs tics et leurs prudences, et découvre à quel point chez eux chaque mot ne disait que le refus de parler, chaque geste la peur de recevoir, à quel point enfin leur vie, et dans ses moindres détails, était tout entière conçue comme tactique d'incommunication. De telles descriptions qui sont aussi d'impitoyables dissections, qui démontent la logique d'une pensée uniquement préoccupée de s'enfermer en elle-même, donnent à la fois l'impression de la plus inhumaine abstraction et de la plus tangible monstruosité. Distance et froideur, une fois introduites dans le quotidien, créent un espace raréfié, irréel dans la mesure où le temps ne doit plus avoir prise sur ce qu'il sollicite d'ordinaire le plus directement : le commun, le familier. La menace étant d'abord l'immédiat dans ce qu'il a d'irréductible et de blessant. Dès lors, un geste n'a de raison d'être accompli que s'il est seulement répété, donc minimisé. Le langage n'unit plus mais morcelle et suspend. Il repousse toute rencontre, nie le possible, ayant l'autorité aveugle d'une sentence qui s'exécute, mais ne se discute pas.

Ce qui tuera Fritz Zorn sera justement le progressif refus d'un conformisme aussi souverain et intériorisé, le besoin en rendant à la pensée son mouvement, en acceptant l'effervescence du monde, d'*apparaître* enfin, fût-ce à la fois comme transfuge et coupable, c'est-à-dire comme individu que la mort va nécessairement et promptement atteindre. Il est d'ailleurs significatif que l'auteur se dise à un moment hanté par des rêveries dont le motif central est celui de la dynastie. Aussitôt que naît en lui, à l'égard de ses parents, le refus de cet état de succession, où il ne lui est pas demandé d'être soi mais d'accepter, à la suite de ses parents, de devenir un principe incarné, Fritz Zorn ne peut plus vivre que comme un corps étranger, il ne peut plus que guetter la présence en soi d'un Autre qu'il ne reconnaît pas, et dont il ne sait que faire. Au fur et à mesure de son progressif éloignement de la Rive dorée, se précisera peu à peu cette présence fantomatique qui chasse Zorn hors de soi mais lui interdit tout aussi bien de prendre pied dans le dehors : toute relation contrariée dès l'abord, il ne peut plus voir se refléter dans les autres que son absence, son propre manque à vivre qui fait du semblable « n'importe qui », « quelqu'un », — une présence flottante, sans passé ni futur. L'auteur le précise constamment : « On ne pouvait rien faire de moi », ou encore : « Je n'avais pas lieu ». Condamné à une attente sans objet il devient par excellence celui qui se voit ne pas apparaître. D'où un débat continuel et de plus en plus douloureux entre la feinte et le soupçon, s'il n'est pour lui d'existence véritable qu'à condition de rompre l'équilibre fragile, fait de mensonges et d'artifices, qui permet sa survie. Quand Zorn décrivait la vie de ses parents comme une conjugaison de l'abstraction et de la monstruosité, la distance ainsi établie caractérisait l'impassible pouvoir des idoles, leur stabilité inhumaine. Faute de s'abolir à son tour dans l'harmonie fascinante de la loi, Zorn se voit condamné au sursis. L'attente du mieux, du préférable le voue au piétinement, à une durée où le présent, par le biais du corps, ne sera vécu que comme menace de mort. De fait, peu de récits apparaissent à ce point privés de cette chance qu'est le temps risqué, le mouvement fluctuant de la durée, tellement ici le corps et la pensée sont décrits comme des existences séparées — le corps autant qu'il est possible oublié ainsi qu'une chose morte, la pensée annulée dans le déni et la conjuration. Pour que l'un et l'autre se trouvent soudain accolés, il faudra l'intrusion du cancer. À partir de quoi le sursis, devenu imminence, fait accéder l'auteur au présent fiévreux qui a permis ce livre. Ce n'est plus la tristesse ou l'ennui de vivre le rien qui parlent alors par la bouche de Zorn mais bien le mal en personne, unique chance d'individualité (« Partout où ça fait mal, c'est moi »), seule « chance » de repousser désormais les limites d'une pensée étouffante à force de passivité et d'atteindre ce nouvel état « d'une transparence glaciale et claire comme le cristal », que reflète chaque ligne du livre. Dès lors qu'il choisit de relater, Fritz Zorn n'est plus seulement celui qui meurt, mais celui qu'on assassine, et le cri qu'il pousse se mue en recherche d'un coupable introuvable, qui finit par se confondre avec la totalité du monde.

1er janvier 1981
CHRISTINE JORDIS
Le Grand Roman américain de Philip Roth

Écrire *Le Grand Roman américain*, roman global à la mesure-démesure du continent dont l'étendue et la diversité seraient couvertes, inventoriées, répertoriées, telle fut la tentation sans cesse retrouvée des écrivains américains dès l'origine de la fiction. À commencer par Hawthorne, Twain et Melville que Roth évoque avant de se lancer lui aussi à corps perdu dans l'entreprise. Il aurait pu ajouter sur cette liste ouverte William Carlos Williams dont *Le Grand Roman américain* paraissait en 1923. Écrire *The Great American Novel* c'est harponner le continent, pourchasser la baleine, partir. Partir toujours à la poursuite du monstre, ce grand roman américain qui n'est « pas éteint comme le Dodo mais… mythique comme l'hippogriffe » (Frank Norris, cité en exergue par Roth). C'est parcourir le pays déployé et offert, trouver son Amérique en y implantant sa propre histoire. Démarche double qui sous-tend le livre de Roth. Un point fixe, un port d'attache existe-t-il dans la mouvance vertigineuse ? Couvrons le territoire pour nous l'approprier, errance vaine, « traversée du désert » qu'effectuent les Mundy. Les Mundy sont l'une des équipes de base-ball de la Ligue Patriotique dont Philip Roth retrace l'histoire au cours des pénibles années 43-44. Le base-ball, sport national devant lequel la guerre même s'efface et la nation entière, comme Roland Agni, tremble d'extase, où s'incarnent toutes les nostalgies de l'Amérique des années 50, est ici le moyen de la fiction globale. « Dans le "losange" du base-ball se déploie à nouveau, sous forme de spectacle, la transhumance au rythme lent, la conquête des terres vacantes, la prise de repères et de marques[1]. »

Chassée de son terrain que ses propriétaires ont rétrocédé à l'armée, la minable équipe des Mundy, constituée de monstres et de dingues et autres « merveilleux déplumés », erre le long de la côte est, de ville en ville, de stade en stade, de défaite en défaite ; appelant de ses vœux le « home sweet home » et la victoire qu'ils détiendront un jour : celui où ils affronteront une équipe d'aliénés (où l'on voit le vieux Deacon prendre place sur la plaque de lanceur et faire face à son premier malade). À l'image de l'Amérique, cet opéra de ratés et de grotesques ? Les extrêmes sont englobés — Nickname, gamin en couche-culotte, Deacon,

1. P.-Y. Pétillon, *La Grand-Route*, Le Seuil.

le vétéran, les marginaux de tout poil, Bud, le manchot, Chico-bras douloureux qui ne peut lancer sans gémir, un borgne, un nain bientôt, deux ensuite et puis quoi ? La différence, la merveilleuse étrangeté des choses est-elle pour tous un tel sujet d'émerveillement : « Quel degré de bizarrerie sommes-nous capables de tolérer ? » Question cruciale si, comme on l'affirme, le destin de la République et celui des Mundy sont inexorablement liés. Sans doute certains découvrent que les nains sont comme tout le monde sauf qu'ils sont plus petits mais d'autres refusent, et avec quelle violence, de constater cette évidence. Être différent, vivre sa différence dans un pays où « monstre » — c'est le nain Yamm qui le dit dans son discours d'adieu — est le mot utilisé pour décrire un individualiste, à quoi cela revient-il ? Sinon à être pourchassé à coups de pierres quand on se dit Babylonien, c'est-à-dire n'importe quoi, par les irlandais, les ritals, les noirs, les mohawks, les chinetoques et même les petits juifs… Sinon à être utilisé, transformé du jour au lendemain en héros de pacotille à des fins publicitaires ? Laissons alors les supporters « savourer les nains à leur sauce », laissons la mise en scène délirante se dérouler jusqu'à ce que mort s'ensuive et que héros, beauté, entraîneur s'effondrent ensemble comme un château de cartes dans le sang et les cris. Gargantuesque, boulimique, l'Amérique avale et digère : « Yamm, Yamm, Yamm ! » gronde la foule affamée du nain disparu. « Ici, tout est possible », il faut le croire, chacun tente sa chance — qui ne souhaiterait améliorer son sort ? Tente sa chance jusqu'au moment où la chance s'inverse, le phénomène d'assimilation jouant à plein, et l'image cruellement truquée surgit : « Oh, si seulement nous avions toutes autant de chance ! » s'extasie Martita à la radio devant l'élégance de la naine, Mme Yamm. Ici, tout existe. C'est cette diversité des personnages, des noms, des attitudes et des accents que mime le style de Philip Roth, admirablement servi par sa traductrice. Orgie d'allitérations, avalanche de mots, explosion des interjections, le style couvre bien l'espace proposé, traduisant la multiplicité des détails et la vitalité d'un constant surgissement.

Juillet-août 1981
JUDE STÉFAN

Le grain de la voix (*Entretiens* 1962-1980)
de Roland Barthes

Sous cet heureux titre (il est un des rares à avoir écrit de la voix, cet imaginaire de nous-même — outre que nous la percevons autre encore que notre entourage —, ce résidu de l'ancienne âme, « la voix est toujours *déjà* morte, et c'est par dénégation désespérée que nous l'appelons vivante » (*Barthes par lui-même*) : la voix de personne, mais justement de quelqu'un nommé à sa naissance, avec son inflexion particulière, « passée », bientôt tue), ceux qui auront aimé Barthes le retrouveront dans ses qualités les plus évidentes : sincérité, modestie, honnêteté, non pas d'auteur systématique — la sémiologie qu'il a lancée, puis congédiée « par-derrière » —, mais d'homme pluriel, isolé, déchiffreur des signes, plutôt gibelin, hédoniste d'aveu. Un compagnon d'écoute — puisqu'il parle, répond courtoisement aux questions les plus triviales, toujours avec urbanité —, *aimable* dans le sens classique (ce terme lui convient déjà : la classe, ceux qui sont appelés à survivre à eux-mêmes, ce que l'on perçoit dès leur vivant s'ils sont sans vanité ni coquetterie, signe de leur force ; ceux qui en ont en eux-mêmes, c'est-à-dire du style) — dont les entretiens n'offrent pas ici un aspect pseudo-philosophique démodé (je te tiens, tu me tiens), mais finis, limités, sans leurre de communication : chacun est à sa place, questionneur, répondeur, proprement, sans hypostase qui les unirait, mais avec clarté, netteté ; n'ont pas la maîtrise surveillée de ceux de Breton, la passion humaniste de ceux de Sartre, dépassionnés donc, légers et substantiels, topiques, affables : d'honnête homme soucieux de ne point peser.

Il paraît que dans divers cercles de la capitale l'œuvre de Barthes se heurte à des réticences : pas en province, où l'on est plus équitable, étant moins concierge, où l'on croit que Barthes est le seul critique depuis Blanchot — et avec —, un essayiste intelligent des livres, un auteur élégant, mixte de tradition et de modernité — car il n'y a pas à choisir, les deux vont ensemble, son exemple le prouve.

1er mai 1982

JANINE AEPLY

Le poisson-scorpion de Nicolas Bouvier

Une île, une île exotique. Thème à l'évidence des plus faciles et qui exhibe sa couleur locale (Ceylan), sa photogénie (l'auteur est photographe). Du tourisme littéraire si l'on ne choisit pas de se taire.

Ou si… et dès les premières lignes, dès qu'on aborde, on est saisi, enveloppé, imprégné par un climat, le climat de l'écriture de Nicolas Bouvier. Par 37° à l'ombre on devient économe de ses gestes, de ses mots : les phrases « anémiées par cette chaleur de serre », les idées, « des idées nymphes » ou des « épaves d'idées » plus suggestives de n'être pas développées. Mais la sobriété qui est ici un choix n'exclut pas le foisonnement ; l'écriture est serrée. Il s'agit bien d'un climat tropical.

« Sous le ciel le plus cabotin de la planète », les êtres humains « mités d'irréalité » sont des figurants de théâtre, théâtre d'ombres (sous un tel soleil on connaît le prix de l'ombre). La machinerie en coulisse, tous les sens en alerte (« le thé aiguise à mesure ce que la torpeur émousse »), l'œil projette les couleurs déraisonnables d'« une mélancolie fastueuse », l'oreille bourdonne de quinine et d'insectes, vibre du roulement des tambours d'exorcisme, l'air n'est qu'effluves à dominance d'épices qui servent à camoufler la pourriture : au cœur, un secret désespoir (le faire-part de mariage envoyé par la fille qu'il aime) : « Désolée, ciao et bon voyage. » Pas un mot de plus, l'île se substitue aussitôt à tout commentaire ou plainte en ce premier jour de la mousson accompagné du vol nuptial des termites « une nuée à brouiller les étoiles » et du carnage qui va suivre.

Mais « le désespoir c'est tout de même mieux que rien du tout ». Il ne se passe rien sur l'île : « No Murder Today ! » titre joyeusement un quotidien. « On s'égorge énormément dans l'île du sourire. » La mort « avec sa jovialité funèbre » ce n'est pas sérieux. L'odeur du sang est fade. Ébloui, harcelé, suffoqué, il faut encore guetter des manifestations plus incertaines : la peur des maléfices tient lieu de morale.

Pour le délivrer de son île, à défaut de volonté, une main invisible le poussera dans le dos. Pour la première fois il subit le charme. Lui aussi, comme les autres, le voici un autochtone : l'île ne peut plus être une chimère.

Fini l'excentrique vagabondage. Finie la vie de

nomade à quêter sous 3 000 ans d'humus un peu de fraîcheur en écrivant un essai sur les Hittites. La partie de « colin-maillard » au pays des métamorphoses achevée, il va pouvoir se reconnaître, lui, ses souvenirs, ses chagrins.

La relation de son séjour à Ceylan devient un récit initiatique : comment l'on quitte sa vieille peau d'adolescent et les horizons lointains et les mirages. Toute l'originalité et pourquoi ne pas dire l'exotisme de Nicolas Bouvier est dans la manière de se ronger lui-même, le tour de force de faire maigre dans la surabondance ; dans ce dépaysement intérieur (île sur une île) dû aux violentes contradictions de sa sensibilité. Sous l'indolence un humour féroce, sous le sourire les lèvres à vif.

1er mai 1983

GILLES QUINSAT

Paysages avec figures absentes de Philippe Jaccottet

Paysages avec figures absentes : ce pourrait être le titre d'une suite de tableaux, et en effet dans ce livre les références à la peinture — à un immédiat de la vue, au rayonnement de la couleur — ne manquent pas. Mais ce n'est pas à une description que Philippe Jaccottet a voulu se livrer, non plus qu'à une composition à travers laquelle les mots en viendraient à mimer l'acte pictural. La durée qu'il choisit est tout autre : elle est celle d'une prose captée par le monde, le pur dehors, et qui va, s'arrête, repart, ne cesse dans son mouvement discontinu de retenir puis de laisser derrière soi les images qu'auront suscitées des champs, un bois, des oiseaux. Comme si ce livre, qui se veut au plus près de l'inquiétude qui l'a fait écrire, oscillait constamment entre le heurt de l'immédiat et sa disparition, son renouvellement improbable. Entre ces deux moments opposés, mais complémentaires comme deux pôles, il y a place enfin pour le mystère et l'évidence des fragments de réel entrevu. Mystère qu'il s'agira non de percer en le réduisant à un signe mais bien d'approfondir, et avec lui la clarté qui en émane. Glissant d'un point de l'espace à l'autre la parole de Philippe Jaccottet ne s'accomplit pas en un trajet ; vouée à la répétition, elle n'est pas non plus une errance. Dans son jeu avec la présence furtive, éparse du monde — qui fait obstinément allusion à une présence plus durable mais, sinon oubliée, hors d'atteinte —, elle nous donne à entendre la respiration du temps : un frêle battement au cœur de l'immobilité. Immobilité, suspension qui sont le propre de tous les paysages ici évoqués et dont il n'est pas possible de décider si elles marquent un intervalle, une attente, ou si elles préparent un silence plus profond. C'est d'un univers en sommeil, proche de celui des contes, que Philippe Jaccottet nous fait approcher, lui dont la poésie se lie envers et contre tout à une pensée du lieu restitué à lui-même, redevenu présence, accueil, cela avec une ferveur que l'on pourrait appeler de la foi, n'était sa réticence à l'égard de toute notion trop précisément religieuse.

De biais, en une suite de textes qui ont l'immense mérite de mettre côte à côte un étang et un poème d'Hölderlin, une tourterelle et un tableau de Claude Lorrain, Philippe Jaccottet écrit ici quelque chose comme son art poétique, non séparable cependant d'une méditation sur les errements de notre temps. Impure, propice à toutes les ruptures de ton, la prose ne lui permet pas seulement de faire place à l'intérieur d'une phrase au désir de simplicité que toute rencontre ébauche. Elle favorise une fusion constante de la joie et de l'angoisse, elle permet également à Philippe Jaccottet de se livrer dans le même mouvement à une critique de l'image, matériau poétique par excellence. Or, de l'image qui dit le monde soudain concentré en un point précis, Philippe Jaccottet se méfie, voyant en elle une médiation ambiguë, approximative ou trompeuse, toujours une réduction ou une limite. Comme si elle était par nature éparse, vouée à transformer la sphère bien pleine du monde en un corps morcelé. Bribe de symbole, morceau d'allégorie, l'image comme un filet retient ce qui se dérobe, parle au nom de ce qui ne garde de sens qu'en se taisant. Toute la tentative de Philippe Jaccottet est de préserver ce silence, de susciter dans le langage cette irruption de l'ouvert que l'image, en s'interposant, aurait tendance à barrer ou à obscurcir. C'est dire qu'il se refuse à fixer par les mots ce qui surgit devant lui. Ceux-ci devraient plutôt être semblables à une lumière capable d'envelopper mais aussi de faire la part de l'ombre. La prose l'aide dans la recherche de ce point fuyant, flottant, qu'il nomme tour à tour centre, foyer, noyau, quand il ne le voit pas reculer vers une rive où l'on n'aborde pas. Se tenant dans une durée miroitante et pourtant concrète, elle devient le langage de celui qui se tient sur le seuil, au bord d'une vérité qui ne lui appartient pas. Favorisant la métamorphose discrète des images (jamais définitives, tremblées au contraire, presque labiles), attentive à ménager un espacement entre elles et le lieu, elle s'évide, se fait sonore, vibre, s'accorde comme un instrument à ce qui la retient. Seule la recherche de la plus juste tonalité permet qu'apparaissent alors au détour de la phrase les figures mythiques ou sacrales dont l'absence hante ce livre. Nées de la rencontre d'un paysage et de la rêverie, signes d'une concordance éphémère mais intime, elles constituent le fond secret, parfois deviné, mais jamais touché, de ces pages.

1er mai 1984

RICHARD MILLET

Vies minuscules de Pierre Michon

Infimes, dérobées avec une ferveur patiente à l'effacement, à l'indignité ou au silence, les *vies* que ce livre recueille ont toutes leur grandeur : une grandeur inattendue, secrète, paradoxale ou dérisoire, d'une exemplarité, enfin, dépourvue d'arrogance. Elles donnent matière à huit récits, entre eux reliés par celui — une saisissante mise à nu — de la vie du narrateur, soit une neuvième *vie* qui entretient avec les autres de singuliers rapports. Ainsi, dès la *Vie d'André Dufourneau*, peu à peu initiés à ce terroir d'enfance dont les noms laissent entendre qu'il s'agit de la Creuse, nous voyons s'établir entre un orphelin élevé autrefois par la famille du narrateur et celui-ci, qui en imagine et en écrit la vie, le premier maillon d'une sorte d'ascendance fantasmatique qui a ses sources dans un réel lointain ou proche, voué par la parole vive, la mémoire, le pouvoir d'illusion de l'écriture, à devenir légende et que ces textes retravaillent en sorte qu'« un peu de vrai vienne au jour » : vérité minimale qui ne peut être saisie que par ressemblances, hypothèses, approximations fascinées, éclats de réel rassemblés par une main pieuse.

Ces êtres, nés pour la plupart tout près de la terre et « prompts à y basculer derechef », en proie à de sourdes passions, souvent contraints à des actes qui les rendent énigmatiques et émouvants dans leur recherche d'une clarté dernière, le narrateur réussit à les ramener au centre d'eux-mêmes, au sein d'une paix qui nous rend visible leur figure et où pour eux, enfin, choses et mots coïncident. Car presque tous ils ont, peu ou prou, avec le langage ces rapports d'étrangeté, de violence ou d'humilité qui sont à peu près ceux d'un écrivain avec sa langue. L'on conçoit dès lors quelle fascination fraternelle exercent sur le narrateur l'orphelin Dufourneau, probablement mort dans cette Afrique coloniale où il allait chercher richesses et dignité, Antoine Peluchet, qui vécut au siècle dernier, « fils perpétuel et perpétuellement inachevé, qui emporta son nom au loin et l'y perdit », férocement orgueilleux, banni de la ferme paternelle puis devenu objet de récits légendaires et contradictoires ; ou encore l'abbé Bandy, jeune prêtre brillant et désireux de dompter le monde « par la seule forme achevée des mots, sans préjudice de leur signification morale », et que bien des années plus tard le narrateur retrouve « nul et pochard, quasi muet », travaillant à s'abolir puis mourant « dans la bouleversante signifiance du Verbe universel » : n'y a-t-il pas dans ces existences convulsées, dans ces âmes vouées à se dévorer elles-mêmes, dans ces figures tutélaires en attente d'une *grâce*, une exemplarité tragique que le narrateur, qui se découvre à nous au plus vif de son impuissance à écrire et de l'étrangeté d'être au monde, puisse faire sienne ?

Miroirs où il *invente* lui aussi sa propre figure parmi des reflets à la fois parodiques et vertigineux, ces vies sont soumises par l'écriture à l'épreuve de leurs vérités, celles qu'on « n'entend pas, les seules vérités, terrifiées et hagardes qui parlent d'aïeux, de morts vaines et de permanence du malheur ». Sans doute le narrateur cherche-t-il là, opiniâtrement, la vérité sur lui-même et sur sa passion d'écrivain — passion venue des femmes de sa famille, plus tard accréditée par des femmes aimées et vécue longtemps dans l'imposture et la rage. Certaines vies (celles d'Eugène et de Clara, ses grands-parents, celle de Claudette, jeune femme dont la vie a brièvement croisé la sienne) lui renvoient l'inanité grimaçante de sa figure ou lui montrent ce que les prestiges de la parole ont de vain, de dérisoire, de cruel : ainsi, d'un vieil homme qui se laisse mourir dans un hôpital de province pour cette seule raison qu'ailleurs, où l'on eût pu le guérir, il eût subi la honte d'avouer qu'il est illettré, le narrateur n'hésite pas à dire : « (il) était plus écrivain que moi : à l'absence de la lettre, il préférait la mort » (*Vie du père Foucault*).

Vies qui en éclairent bien d'autres, fugitivement évoquées et arrachées à ces « monstres d'insuffisance » que sont les noms : femmes blessées, idiots, absents, êtres déchus, jeunes morts, nous apparaissent, dans des lueurs violentes ou crépusculaires, tourmentés par l'énigme de leurs actes ou de leur passage dans l'obscurité du monde, ou bien, tels les jeunes frères Bakroot, « rejetons égarés d'une sorte de folie médiévale, terreuse et pour tout dire flamande », en proie à une étrange rivalité qui, les conduisant à se hausser au-dessus d'eux-mêmes, se révèle mortelle. Leur rapport au visible, le narrateur le partage dans un même silence d'enfant, la même absence d'êtres chers, la même proximité des morts, la même dépossession de soi au cœur d'un monde que les livres et l'écriture ont rendu absent : absence qui fait de sa présence sur terre un enfer que l'amour n'apaise pas et que le fait d'écrire ne rend nullement digne, sauf lorsqu'il aboutit enfin à cette admirable écriture, sans emphase ni forfanterie, par laquelle, dans le déploiement apaisé des êtres et des choses, le monde est restitué à l'écrivain et à ses figures.

1er mai 1985

LAURAND KOVACS

Le neveu de Wittgenstein. Une amitié
de Thomas Bernhard

De même que, par brusques secousses, suivies de douces remontées, la somnolence nous éloigne insensiblement de la vie, de même, sans cesse, par cercles concentriques, alors que, pitoyablement, l'esprit veut la fuir tout en affirmant qu'il y a pris pour jamais ses quartiers, la digression de Thomas Bernhard nous ramène irrévocablement à l'origine des ondes, à la mort.

« À quoi bon, dès le réveil, ces efforts pour refuser de mourir, à quoi bon ? » Cette question demeure en suspens, aucune réponse n'y est apportée, aucune réponse conceptuelle et raisonnablement articulée. Face à cette fin irrémédiable, au terme imprévu et cependant prévisible, la vie s'écoule avec son cortège de trivialités, son train de nécessités terre à terre. La méditation du cancéreux en sursis, remâchant sa condamnation, est inséparable de l'urinal et des mesquineries de la chambrée. Face à la mort qui se montre à lui dans toute sa modeste obscénité, l'homme demeure sans gloire, sans indignité.

Le court récit — cent trente-trois pages — de Thomas Bernhard aurait pu être celui d'une lente agonie, d'un combat funèbre, d'un arrachement banal de la chair à l'esprit ; il est en fait l'inversion de tout cela, l'arrachement de l'esprit au corps, l'essor d'une âme vers la vie, l'envol d'une flamme prisonnière de la folie.

Car Paul est fou, le neveu de Ludwig Wittgenstein, l'illustre logicien, est fou ! Comme le dit le narrateur, Paul est atteint depuis l'enfance d'une *prétendue* maladie, c'est-à-dire d'une maladie innommable que, faute de mieux, on appelle folie pour la situer d'emblée dans un espace de sécurité où son horreur étiquetée ne dérange plus. En fait

Paul est l'envers de son oncle Ludwig, le logicien ; il vit avec ses sens jusqu'au bout de sa raison, un monde désarticulé, émietté, désorganisé, plus ambitieusement maîtrisé que celui soumis à la logique pure. C'est cet effort hors de la norme vers une prise sympathique que l'on juge fou, en fait il requiert tellement plus de puissance qu'il conduit à la folie. Ce n'est pas par hasard que le narrateur *rencontre* Paul, devient son ami, au milieu d'une discussion sur la *Symphonie Haffner*, c'est-à-dire dans un univers où la logique se dépasse elle-même à tel point qu'elle devient art. Thomas Bernhard dessine une constellation où lui, au moins le narrateur, et Paul occupent deux places privilégiées, l'un par rapport à l'autre, tous deux par rapport à la société, à la vie, à la mort. Le narrateur est atteint dans sa chair, Paul a l'esprit miné ; quand le récit commence, le verdict est déjà prononcé : le narrateur doit mourir et n'a pas la force de faire les quelques centaines de mètres qui séparent sa chambre de celle de son ami dont le corps se débat sans esprit. Un jeu subtil s'instaure entre les deux amis : qui est l'un, qui est l'autre ? La vie de celui-ci n'est-elle pas l'existence de celui-là ? Poignant miroir, douloureux reflet, s'il y a jamais identification, elle n'est que fugitive, passé la confusion. Celui qui reste a vécu sur la bête et en a conscience. Peu à peu il y a un retournement de situation. Paul qui est toute profusion d'intelligence et de cœur va généreusement nourrir son ami, lui transmettre le souffle qu'il détient en s'enfonçant à mesure dans la déchéance et l'oubli de soi. Il va s'absenter, s'effacer comme un feu trop longtemps soutenu fait place à la cendre. Le mort saisit le vif qui le renie ignominieusement.

Au passage Thomas Bernhard règle ses comptes avec les siens et avec lui-même. Il est aussi dur, aussi lucide, plus peut-être, quand il s'agit de lui. Son regard est sans pitié. Il a un ton dont on ne se déprend pas malgré sa volonté de ratiocination. On a le cœur broyé et d'autant plus riche.

1er mai 1986

JUDE STÉFAN

Au sud de nulle part de Charles Bukowski

Qu'est-ce qui empêche que les contes ou courtes nouvelles de Bukowski ne ressortissent seulement et médiocrement à l'obscénité (tout simplement entendue comme l'acceptation du corps que refuse l'homme *bien* élevé, qui ne scrute pas ses selles, ni n'entend les gros mots, ne touche les croupes féminines, ne flaire, ni goûte), mais en leur mouvement profond de « contes souterrains » encore à *la* Littérature, l'autre que commerciale ou professionnelle ou courante ? Deux éléments : les références internes à l'histoire littéraire fixée en des citations de noms suggérant la réussite, la lutte de l'écriture pour et contre elle-même à l'œuvre dans la lecture même du récit qui reproduit celle qui a lieu contre la machine à écrire et remplaçant celle contre le papier vierge — on peut *frapper*, non plus gratter — de la plume mallarméenne. C'est ainsi que « La Classe » présente le narrateur comme donnant la leçon au cours d'un match de boxe à l'ancien maître Hemingway — celui de la nouvelle-coup de poing de « 50 000 dollars » — proprement étendu pour le compte, ayant trouvé, littéralement, son disciple le dépassant : car la Littérature est une jungle où il faut se battre, repousser l'ancien, faire sa place, liquider les nantis, et pas n'importe lesquels, les ratés d'une réussite décennale, mais les gloires mêmes — d'où ces noms insistants grâce auxquels, contre lesquels faire mieux, aller plus loin, oser davantage : « Eh bien, Hemingway est mort, Dos Passos est mort, Patchen est mort, Pound est mort, Berryman a sauté d'un pont… la situation s'améliore, on y voit plus clair » (« Tu sais pas écrire une histoire d'amour »), ou encore « Kenneth Koch », « Robert Creeley » inscrits dans le texte comme modernes, ou mieux, surpasser l'ancêtre buveur Poe dans l'horreur, avec « Maja Thurup » où un cannibale ramené dans ses bagages par une photographe qui l'exploite sexuellement (car à la morale du : « les hommes ne pensent qu'à ça ! » répond la cause : « les femmes n'aiment que ça ! ») la découpe en morceaux qu'il conserve au frigidaire.

D'autre part, la difficulté d'inventer : si le roman

se sert toujours de l'amour, la nouvelle a moins de matière et s'il est possible, comme on l'a fait remarquer (Bertrand Visage), qu'il s'agisse d'un genre individualiste et forcené, bien que de généreux talents y aient aussi bien réussi que dans l'autre genre — lequel nécessite une totalité atteinte, sinon le roman reste d'une platitude lamentable et refuge des médiocrités —, par exemple Thomas Hardy ou Tolstoï (mais Mérimée n'a pu écrire de roman, une chronique seulement, sans doute par mépris de la répétition inutile, quand Stendhal a du mal à finir une nouvelle, Flaubert l'appelle conte, Maupassant également), ces démons particuliers qui la fomenteraient n'en ont pas moins besoin de prendre forme dans une lecture impersonnelle. D'où l'objection : « Tu sais pas écrire une histoire d'amour », laquelle permettrait une dimension inventive, tu es lié à tes canettes inspiratrices, tu as beau être un écrivain célèbre comme D. H. Lawrence ou Mailer — eux aussi *dans le texte* —, tu n'es qu'un faible solitaire. « Ouais, dit Margie, je sais. Tu as besoin de ta solitude. Tu as besoin d'être seul. Sauf quand t'as besoin de quelque chose, ou quand on se fâche, alors là t'es pendu au téléphone. Tu dis que tu as besoin de moi. Tu dis que tu as la gueule de bois, que tu es à l'agonie. Finalement, t'es un fragile. » Propos exacts et qui évoquent cette absolue profonde faiblesse qu'ont analysée Rilke ou Kafka dans leur effort vers la force qui leur manquait, mais qu'on ne saurait davantage trouver dans l'écriture, propos qui situent le déchirement de cette écriture solitaire avec l'aide dont on n'a pas besoin et qui pourtant doit être là, comme un signe encourageant à pouvoir se passer dignement d'elle.

Chacune des vingt-sept nouvelles comporte enfin (à la différence du « bluff » des fausses nouvelles) une leçon morale : la politique est une dérision (« Politique »), il vaut mieux vivre avec un mannequin qu'avec une femme car il y aura moins de scènes (« L'amour pour 17 $ 50 »), les femmes préfèrent les minables qu'elles protègent aux forts qui les dominent (« Un homme »), l'existence humaine n'offre aucune valeur (« Un boulot comme un autre »), la célébrité tue (« Voilà ce qui a tué Dylan Thomas »), pour écrire vraiment, durable, il faut « La Classe ». Comme tout *écrivain* donc, Bukowski a-t-il (presque) tout lu ? Si « Pittsburgh Phil and Co » ressemble assez au « Cheval à bascule » de D. H. Lawrence (la chance ne dure pas, par définition, vous abandonnera un jour à la mort, à la misère), il y a loin du personnage d'Underwood dans « Le Christ à patins à roulettes » au désuet « Le Vieil Underwood » du *Voyage indiscret* de Katherine Mansfield. En cinquante ans Bukowski a fait avancer la nouvelle vers l'infrastructure humaine, le sexe, l'ennui, la vie-néant, les gestes premiers et quotidiens. Si les loups aiment bien les agnelles, il arrive aussi qu'ils les dédaignent comme de bas morceaux, le « hard » ayant chassé peu à peu le « soft » dans les plaisirs esthétiques. Mais il y faut toujours de la classe, c'est-à-dire du style : « Margie devait sortir avec ce type mais en chemin ce type a rencontré un autre type qui portait un manteau de cuir et le type au manteau de cuir a ouvert son manteau de cuir pour montrer ses seins à l'autre type et l'autre type est allé voir Margie et lui a dit qu'il ne pouvait plus sortir avec elle parce que le type au manteau de cuir lui avait montré… »

1er décembre 1986

RICHARD MILLET

Le salon du Wurtemberg de Pascal Quignard

Nous sommes tous plus ou moins proies et prédateurs, hantés par autrui autant que par nous-mêmes, nous approchant des autres pour mieux leur échapper, ou fuir notre ombre, fût-ce au sein de maisons, de paysages, de familles aimés. Aucun des personnages du *Salon du Wurtemberg* paraît n'échapper à ce qui le hante — à commencer par le narrateur, Charles Chenogne ; ce violiste de renommée mondiale, traducteur de biographies de musiciens mal connus, a quelque chose d'un Glenn Gould voué à la musique des XVIIe et XVIIIe siècles par sa haine des concerts publics et des restaurants, son goût du travail en studio, ses manies, ses insomnies, son ironie, ses paradoxes nombreux, sa solitude enfin... S'étant retiré vers l'âge de quarante ans dans sa vaste demeure familiale de Bergheim, dans le Wurtemberg, il rédige ses souvenirs; ceux-ci concernent peu sa vie professionnelle : «Je n'ai guère le goût de parler de ma véritable passion. C'est sur quoi je demeurerai toute ma vie sidéré, hébété.» Du moins pourra-t-on lire, çà et là, ou bien en une sorte de contrepoint silencieux, les effets de cette passion sur les êtres qu'il rencontre, aime, perd, retrouve ou se rappelle. N'est-ce pas le «pouvoir infini» qu'ont sur lui les sons qui éloigne les femmes qu'il aime, et qui lui permet d'*interpréter*, à partir de visages resurgis, de parfums, et de lumières, le bruit de noms, de rires, de plaintes, de râles, de voix à jamais infléchies — toutes ces *pièces non mesurées* et parfois difficilement déchiffrables que sont les moments privilégiés ou douloureux du passé ?

Si tout, dans ce livre, entre en écho, en miroir, en accords ou en dissonances subtils, c'est que le réel n'est accessible que selon l'ordre mystérieux qui lie les fragments dont il se compose en nous, ou plutôt selon la manière dont l'écriture ordonne ce que le temps a fragmenté — de même qu'il a dispersé la famille Chenogne, où l'absence de la mère décide de l'horreur de toute langue maternelle et fait se tourner le narrateur vers le silence des chats, le bruissement des rivages et des fleuves, et vers la musique baroque, laquelle est «une imitation de langue sans acceptation de langue ni de sens... C'est un phrasé sans phrases, une Acadie où Bergheim et Coutances, les rives et les vignes qui bordent la Loire ou le Neckar ou la Jagst se confondent aux prés salés qui longent l'océan ». Et si le narrateur aime néanmoins tant les « patois » de certains êtres, c'est sans doute pour avoir passé ses premières années « dans une famille qui parlait français dans une petite ville allemande » ; c'est pourquoi il se délecte de la langue « fleurie et désuète » d'une vieille dame, de merveilleux langages d'enfants, de comptines rares, des incertitudes ou du bégaiement coquet de femmes aimées : sorte de gourmandise qui n'empêche pas le musicien de se rappeler sans cesse le défaut de toute langue à dire l'essentiel : « Ce que j'écris me semble sans fantaisie, me semble nécessaire, et comme dicté par un fantôme. Je jette ces notes parce que ce n'est pas racontable. L'amour n'est pas racontable, sa souffrance n'est pas racontable, son bonheur n'est pas racontable. » Dans son récit hanté par l'indicible et le non-dit, le narrateur s'approche au plus près de l'absence, de la trahison, de l'esseulement, de la mort, les référant au fragmentaire du monde et de la mémoire — à cela même qui nous prive de *sens*. Ainsi Chenogne, qui reconnaît non sans humour avoir passé sa vie à frotter « un poil de cheval sur un boyau de chèvre », lit-il la présence de la mort dans l'œil d'un poisson cuit, du religieux dans le geste d'une petite fille, ou du divin dans notre faculté d'abandonner sans cesse autrui. Ainsi renvoie-t-il tout le mystère des êtres (amis très singuliers, enfant aux « incessantes questions de sphinge », femmes aimées) à la vanité du monde, traquant chez ces personnages ce qu'ils ont, comme lui, de dérisoire et d'incomparable — notamment Florent Seinecé, l'ami trahi et jamais vraiment retrouvé, à qui il élève un *tombeau* en rédigeant son récit.

Sans doute élève-t-il aussi, en écrivant en français, un *tombeau* à la langue de sa mère, relançant comme une douleur une plainte inapaisée, faisant l'épreuve de ce qu'une langue, telle une mère lointaine, a d'inaccessible, d'intimidant, de dur, de terriblement exigeant. Écrire, c'est donc éprouver que les années passent sans passer, et s'apercevoir « que nous passons notre vie à gratter, à déterrer des morceaux de vie que nous n'avons pas vécus jusqu'au bout », que nous ne sommes que « des corps pleins de songes », que nous ne cherchons à étreindre, en autrui, qu'« un sac d'excréments ». De l'idée de bonheur et d'amour, l'on ne guérit point ; et l'on n'acquiert nulle sagesse — ou alors il faut admettre avec une vieille dame que le sommet de la sagesse soit de « manger une tartelette aux pruneaux chez Rumpelmeyer, rue de Rivoli » : à quoi le narrateur souscrit : sa vision quasi janséniste du monde est toujours *tempérée* par l'ironie ; dans le tragique de sa vie, ses haines et ses goûts, et son lent retour solitaire vers Bergheim, ont quelque chose d'enfantin ou de l'expérience d'un vieillard ; sa passion des bonbons et des comptines atteint au raffinement de civilisations disparues ; et il ne déteste point que sa langue se prête aux calembours, les jugeât-il dérisoires. L'expérience humaine n'a d'autre but que de « secourir » une enfance ; c'est pourquoi le narrateur n'hésite pas à reconnaître pour son « saint Patron » le baron de Münchhausen, ou à demander conseil à ses chats... Reste que le passé, ici transcrit sous la forme d'un récit défait de cette « gêne technique à l'égard des fragments » (dont fait état Quignard dans un essai sur La Bruyère), est interprété selon une *registration* de langue qui ne cesse, par ses métaphores, ses digressions, ses abruptions, ses précisions inouïes, d'étonner, de dérouter, de combler — et de donner à ces souvenirs le poids et l'inévitable apparence de rêves nés d'un dormeur sans sommeil.

Juillet-août 1988

JACQUES RÉDA

« L'Homme de Sempé »

On ne conçoit pas bien une personne qui n'aimerait pas Sempé. Car elle aimerait difficilement aussi tout ce qui, dans un art, atteint à une perfection évidente mais impondérable, avec une certaine façon de s'excuser d'être parfait. On aime mieux en imaginer une autre, qui n'aimerait que Sempé : éduquée par cette préférence, il ne lui resterait qu'à s'enhardir pour accéder à d'autres domaines, où la même perfection se déclare et peut opérer.

Une erreur consiste à penser que Sempé maîtrise absolument l'art du dessin humoristique : d'accord sur le fait qu'il le maîtrise absolument, il convient toutefois de nuancer la qualification de son art. On ne niera d'ailleurs pas qu'il peut provoquer le rire : mais il porte surtout au sourire, qui n'épuise jamais la question comme fait un brusque accès d'hilarité. Quelque chose demeure en réserve, qu'on n'explicite pas aisément, puisque c'est l'artiste lui-même qui le réserve, non en le cachant, mais en le laissant ouvert dans l'espace désencombré où se tiennent ses personnages. Matérialisé par quelques traits, quelques détails évocateurs, cet arrière-fond de sa feuille est à la fois d'un philosophe, d'un sociologue, d'un romancier et d'un poète, en ce sens qu'il met en œuvre une poétique sans défaut. Presque rien lui suffit pour fixer un instant d'existence, en conformité avec un destin personnel et une fatalité du milieu ; avec la réalité suggérée (Sempé n'est jamais symbolique) de l'habitus et de l'entourage naturel, essentiel. Art de la suggestion ou de la litote, il ne fait que mieux ressortir sa pointe qui, rarement, nous touche là où elle déclencherait une réaction violente (ce rire de ventre secoué), mais — sur un trajet de nerf imprévu — agit comme une subtile acupuncture. Et alors en silence on s'épanouit, jusqu'à une discrète flexion des muscles zygomatiques.

Apparente dans ses sujets (le plus souvent des êtres qui ont ce point commun d'être timides, ou intimidés), la modestie de Sempé est profonde et peut-être constitutive. Il doit aimer ceux qu'il dessine parce qu'il se retrouve en eux, et ce qu'il en retrouve est une aimable défaillance un peu lunaire en présence des grands événements, qu'il s'agisse du conseil d'administration d'une banque ou de l'inauguration d'un monument, du bal du samedi soir ou d'une course cycliste. Partout, sous l'espèce d'un industriel ou d'une petite fille, d'un violoncelliste amateur ou d'une dame qui revient du marché, l'Homme de Sempé offre le spectacle d'un léger décalage entre ce qu'il croit être et ce qu'il est ou, au contraire, d'une adéquation un peu trop parfaite à son personnage. Et ce contraire n'en est donc pas un puisqu'on perçoit le trop. Ainsi l'Homme de Sempé se trouve-t-il toujours à côté de lui-même, sans toujours bien clairement le savoir, et c'est la source du comique indulgent qui nous le rend proche.

On ose à peine — mais on devrait — parler d'une métaphysique et d'une morale, les deux en acte et se passant de mise au point. Elles se passent en tout cas généralement de paroles, d'un commentaire qui les affaiblirait. L'Homme de Sempé évolue ou se fige dans un énorme espace de silence qui l'interloque : il y est en somme très seul, en butte à la vanité de ses ambitions et de ses gestes, que ce silence lui fait pressentir. Un peu plus et il serait tragique, perdu parmi les signes sociaux dont le secours lui manque tout à coup et qui font mesurer sa solitude. Mais cela ne dure que le temps d'une vacillation. On prévoit qu'il va vite se reprendre, souffrant de pusillanimité, ou de distraction, qui en font beaucoup moins un héros qu'un *type*, en lequel chacun s'il est honnête doit pouvoir, sans orgueil comme sans honte, se reconnaître plus ou moins. Car l'Homme de Sempé possède une candeur qui le sauve du ridicule. Dans cette candeur, il puise des ressources inattendues de courage, voire de témérité. On le voit alors filer sous d'horribles nuées shakespeariennes, au milieu d'une campagne déserte, sur son vélo. Et il n'en mène pas large. Mais il ne fera pas demi-tour. On l'attend au Café des Amis avec confiance. Il arrivera. Il est des nôtres. (Dans le dessin, on peut me voir le nez sur ma page, assis à une table du fond.)

Septembre 1988

JEAN ROUDAUT

Éloge d'une soupçonnée de René Char

Le dernier livre voulu par René Char est, dans sa voix, le plus proche de nous, comme si la mort rendait plus sensibles la parole et la présence de la personne perdue. Le ton est toujours celui d'une haute pudeur, mais les mots utilisés sont ceux de l'expérience simple, celle du silex, du feu, des figures ancestrales. Et soudain, c'est comme s'il nous était révélé que nous n'avons pas été assez attentifs, malgré les *Feuillets d'Hypnos*, les noms de villages de Vaucluse, les images de la maison d'enfance, au fait que cette œuvre était aussi le journal d'une vie.

Ce dernier livre est celui de l'approche sans voussure du temps des « fruits tardifs ». Il est animé des passions qui ont organisé toute la vie de René Char : celle de la poésie, celle du monde sensible, éclatant, sous la menace de sa fin. « Un homme sans défauts est une montagne sans crevasses. Il ne m'intéresse pas », écrivait René Char dans *Fureur et mystère*; un monde éternel ne l'intéresserait pas plus. Ce dernier livre transite entre les figures allitérées de la Passante-Servante et de l'Amante. Elles s'exaltent l'une l'autre. La douleur n'est point exempte du livre et la « Deuxième perdition » est en écho avec celle que relate *Le Chien de cœur* : « Dans la nuit du 3 au 4 mai la foudre que j'avais si souvent regardée avec envie dans le ciel éclata dans ma tête... » Cette fois la Passante-Servante s'est faite plus pesante : « Je tombai de mon haut quand il m'apparut que ce n'était pas un faucon hagard qui vivait dans mon cerveau au mystère triste, mais un long-jointé à crinière noire. » La présence de l'amour, et sa force d'espérance, exaltées dans le dernier poème ne sont point altérées par l'imminence du départ.

Si le livre parle de la vie, il n'en parle pas sous sa

forme accidentelle ; tout, de la mort à l'amour, concourt à l'éloge de la poésie. Elle est le seul lieu de la liberté, et son exercice. C'est en elle que le particulier, sans se défaire des circonstances de son origine (son histoire et sa géographie), trouve sa « commune présence ». « La personne de la poésie » impose des devoirs moraux. Dont celui de ne pas céder : « Écœuré, même harassé, il me faut semer ; le front souffrant, strié, comme un tableau noir d'école communale » ; de ne pas céder au silence, ni à la nuit. Elle impose le devoir de maintenir, jusqu'à la défaillance, la volonté de plénitude : « À nos mains un désir d'outre destin, quelle crainte à nos lèvres demain ? » ; de garder les yeux ouverts sur l'amour et la mort.

Janvier 1998

PIETRO CITATI

L'identité de Milan Kundera*

Je voudrais souhaiter la bienvenue au nouveau très beau récit de Milan Kundera, *L'identité.* Ce livre, lui-même, nous accueille en nous offrant le plus souriant des visages : il nous fait fête, nous réjouit, courtise secrètement chacun de ses lec-

* Ce texte a paru initialement sous le titre « La joyeuse froideur de Milan Kundera ». Il a été traduit de l'italien par Thierry Laget.

teurs, comme s'il voulait nous conquérir par sa grâce.

En abandonnant le tchèque pour le français, Kundera a renoncé aux grandes structures architecturales de la jeunesse et de la maturité. Il privilégie désormais les petites mesures, si chères à la tradition européenne, celles qu'aimaient Vermeer, Chardin et, à notre époque, Calvino. Il n'écrit plus des romans, mais des apologues ; il ne raconte pas (quoiqu'il ait toujours, éclatant, ce don de savoir tout narrer), il cisèle des poèmes en prose. Ce livre est très dense, très concentré : pourtant, jamais on n'a l'impression de la surcharge ou de la lourdeur, car chacune des petites unités qui le composent est enveloppée d'un nimbe léger, aérien. Dans ses premiers textes, déjà, Kundera témoignait d'une extraordinaire maîtrise de ses outils de création. De ce dernier livre, adouci par les feux rosés de la vieillesse, je ne saurais dire qu'un mot : il est parfait. Il n'est pas un personnage, un épisode, une image, un mot, un blanc, une virgule — il n'est pas un instant de cette admirable intrigue qui soit voilé de la plus infime ombre. Aucun écrivain, aujourd'hui, n'a l'élégance de Kundera : son naturel ; son toucher délicat et souverain.

À près de soixante-dix ans, ayant connu les flamboiements de l'esprit et du cœur, Kundera atteint à une sorte de sagesse. Il est difficile de dire en quoi elle consiste, tant elle échappe à qui veut la saisir, et change de visage au fil des pages, comme changent de visage et d'expression ses personnages. Dans ses livres précédents, douceur, douleur, tendresse, mélancolie, amertume, ironie, légèreté se mêlaient vivement, pour donner naissance au *toucher* de Kundera (ce précieux toucher de claveciniste). Aujourd'hui, deux autres qualités s'y sont ajoutées : une plus grande distance intérieure et une « froideur étrangement joyeuse ». La préoccupation morale est de plus en plus forte, cependant que le talent de psychologue est devenu plus subtil. Tantôt, il a le regard d'un savant, qui démonte et remonte le mécanisme du vivant. Tantôt, il a la vocation d'un mathématicien qui écrit des aphorismes. En renonçant, apparemment du moins, au romantisme de sa jeunesse, Kundera est remonté en arrière. Il ressemble à Marivaux : comme lui, il fait alterner les lumières et les ombres, ce qui est humain et ce qui est mécanique ; comme lui, il joue à cache-cache avec lui-même et avec ses personnages ; comme lui, surtout, il n'aime que ce qui est moléculaire — le battement d'une paupière, l'expression mystérieuse d'une ride.

Le livre orchestre deux motifs principaux. Le premier est celui de l'identité. Le héros, Jean-Marc, suit une femme sur la plage ; il croit que c'est celle qu'il aime, Chantal ; puis s'aperçoit que c'est une autre personne, vieille et laide. Il retourne à sa chambre d'hôtel, voit Chantal, et la trouve changée, le regard méchant. Une nuit, il rêve d'elle : dans ce rêve, il la suit et, quand il la rattrape, Chantal est une inconnue — et pourtant c'est bien elle. Alors, il l'embrasse, la serre contre lui et répète entre deux sanglots : « Chantal, ma petite Chantal, ma petite Chantal, ma petite Chantal », comme s'il essayait, en répétant ce nom, de rendre à ce visage inconnu ses traits d'antan et son identité perdue. Quelle angoisse : la femme aimée ne cesse de changer de visage (au bon vouloir de Kundera) ; et ces changements ne suscitent jamais la joie des métamorphoses vivantes, mais l'horreur et la terreur face à l'altération et à la dégradation ; la crainte de perdre celle qui peut si facilement devenir étrangère. Le second motif est, en apparence, plus simple : la rougeur qui se diffuse sur le visage et sur le corps d'une femme, comme dans un très beau récit de Karen Blixen. Si l'on demandait à Kundera ce que cela signifie, il nous répondrait en souriant : « Quelle importance ? Ce n'est qu'une couleur. » Cette couleur dissimule la honte, le regret, le désir, la nostalgie, le mystère surtout.

Tout ce que raconte *L'identité* se passe de nos jours ; et cela pourrait aussi se passer demain. On n'y décèle plus aucune trace du communisme : comme dans *L'immortalité*, on est dans cette Europe de l'Ouest qui ne connaît rien qu'elle-même, et ne compte que sur elle-même. Kundera n'est pas tendre avec l'Europe ; comment le pourrait-il ? Il raconte le contrôle que les caméras de télévision exercent sur nos existences ; le meurtre de la mort ; l'absence d'Éros ; l'ennui ; la fin de l'amitié ; et la stupidité générale. Naguère, à l'époque de *L'insoutenable légèreté de l'être* et de *L'immortalité*, Kundera considérait notre temps avec une aversion amère. J'ai l'impression que, aujourd'hui, cette aversion n'est plus : comment détester ce qui est doté de l'opiniâtreté de la nature ? Toujours en marge, avec sa « froideur étrangement joyeuse », Kundera se contente de représenter. Peu importe que l'Europe soit médiocre et stupide, car lui s'amuse beaucoup à ses dépens ; et il éprouve à son égard cette gratitude que l'artiste nourrit pour sa matière première.

Depuis toujours, Milan Kundera compose ses romans comme des symphonies. *L'identité* a la perfection d'une sonate classique. Il choisit ses motifs : chacun d'eux présente plusieurs aspects, plusieurs facettes ; à quelques pages de là, ou plus loin encore, il le reprend, le modifie ; puis il l'entrelace aux autres motifs, de manière à tracer une intrigue mobile, pleine d'assonances et d'échos. Avec quelle science musicale le thème de l'identité et celui de la rougeur alternent et se confondent ! C'est tout juste si le fil ténu du récit ne devient pas invisible, noyé dans la conversation : Kundera aime les discussions et les bavardages, car ils expriment à la fois l'intelligence et la stupidité, l'infinie légèreté et le rythme inexorable de la vie. Il construit en vagabondant, en perdant et en retrouvant, et en reperdant de nouveau le fil : mais, au bout de toutes ces variations, il a dessiné la plus rigoureuse des constructions.

Derrière le scintillement des jeux de l'apparence, ce livre est plein de douleur : douleur pour l'amour impossible, pour la dureté de la vie, pour la mort qui n'est peut-être guère différente de la vie, pour les occasions qui ont été gâchées. Le récit, qui a commencé par un frivole jeu de lettres anonymes, se mue en un terrible cauchemar onirique. « Et je me demande : qui a rêvé ? Qui a rêvé cette histoire ? Qui l'a imaginée ? Elle ? Lui ? Tous les deux ? Chacun pour l'autre ? Et à partir de quel moment leur vie réelle s'est-elle transformée en cette perfide fantaisie ?... Quel est le moment précis où le réel s'est transformé en irréel, la réalité en rêverie ? Où était la frontière ? Où est la frontière ? » Comme dans les grands récits romantiques, il n'y a pas de frontière : car le véritable thème du livre, c'est l'âme prisonnière du corps — l'âme prisonnière, tremblante et apeurée, qui se débat, et déploie vainement ses petites ailes.

Octobre 1999

ÉRIC FAYE

La vie nouvelle d'Orhan Pamuk

Toute la vie peut s'écouler sans que l'on tombe jamais sur le livre magique qui bouleverserait notre existence. Certains lecteurs en rêvent comme du Graal ; d'autres, bien plus rares, localisent la perle. Le narrateur de *La vie nouvelle*, Osman, est de ceux-là. Il tombe sous l'empire d'un ouvrage qu'il se met à relire sans cesse, à recopier. Ce livre, qu'il a vu pour la première fois entre les mains de l'angélique Djanan, lui ouvrira les portes d'un double labyrinthe, celui d'un amour non réciproque (quoique non dénué d'ambiguïtés) et celui d'une Turquie que le narrateur sillonnera en quête de la « vie nouvelle ». De ce livre ensorceleur, longtemps on ignorera tout, jusqu'à ce que le voile se lève quelque peu : il sera question d'un Ange, qu'Osman cherche dès lors à apercevoir dans sa propre vie, où qu'il aille en autocar dans une Turquie quadrillée de routes dangereuses, ponctuée de stations-service et autres étranges étapes. De ce livre-opium, on découvre un jour l'auteur, un employé des chemins de fer qui s'était tout d'abord fait un nom dans l'univers des illustrés pour enfants, avant d'écrire, sans y accorder d'importance, une histoire pour adultes qui a la faculté de bouleverser ceux qui la lisent. Cet auteur n'est autre qu'un oncle d'Osman, Rifki, qui meurt un jour assassiné pour avoir produit cet ouvrage d'allure si innocente. En explorant sa bibliothèque, on identifie les sources qui ont inspiré le livre magique. Parmi elles, Osman retrouve trace des *Élégies de Duino,* de textes de Dante, de Jules Verne ou d'Ibn Arabî, écrivain mystique arabe du Moyen Âge dont on dit que le *Livre du voyage nocturne* aurait influencé *La Divine Comédie.* Au-delà de ces indices d'importance, le voile ne sera pas levé davantage sur le livre, bible clandestine qui, d'un bout à l'autre de la Turquie, compte autant d'initiés que d'ennemis.

Comment un livre parvient à envoûter, comment les mots exercent un pouvoir despotique, Orhan Pamuk le montre de manière aussi forte que nuancée. Les bouleversements ne seront pas les mêmes selon les lecteurs qui en deviennent les « adeptes » ; mais en fin de compte, il les conduit tous à la même issue : assassinat pour Rifki, l'auteur de *La vie nouvelle* (qui est en fait le titre du livre ensorceleur), décès accidentel pour Osman en quête de son ange et, entre ces deux balises, meurtre pour Mehmet — l'amant de Djanan — autre personnage pivot qui apparaît, disparaît avant de resurgir pour livrer quelques clés.

Relater avec précision ce roman reviendrait à déambuler dans un labyrinthe, à croiser sans cesse les mêmes traces, ainsi qu'Osman sur les routes turques. L'étudiant Mehmet, l'un des premiers adeptes du livre, a longtemps erré à travers le pays, à bord de cars suicidaires, risquant sa vie et faisant croire à sa disparition à la faveur d'une collision. C'est ensuite qu'il a pu trouver une sagesse qui n'est pas sans évoquer le soufisme, par sa tolérance, son ascétisme. Mehmet est l'envers de son père, le « docteur » Lefin, qui croit son fils mort et, comme chef d'une organisation anti-occidentale extrémiste, lance ses tueurs à la recherche de tous les zélateurs du *livre.*

Le docteur Lefin et son fils sont emblématiques de deux visions antinomiques de la Turquie et de l'attitude à adopter face à son occidentalisation. Car dans ce roman comme dans les précédents, la

« Turquie selon Pamuk » est bien plus qu'une toile de fond, elle devient, à mesure qu'on la parcourt, le dédale dans lequel les héros de l'écrivain s'égarent en quête d'eux-mêmes. La Turquie de *La vie nouvelle* bouillonne dans ses contradictions — religieuses, politiques ou culturelles — d'Istanbul aux frontières orientales. Entre les deux voyages qu'effectue Osman à travers ce continent se sont écoulées quatorze années, et le pays a sensiblement changé. Dans l'Est se joue une guère qui n'a jamais été déclarée. Le PKK (séparatistes kurdes) est apparu, et avec lui les contrôles militaires ; entre les deux odyssées d'Osman, des publicités criardes ont proliféré le long des routes. Les réfugiés afghans qui subsistaient en vendant de minuscules éditions du Coran ont fait place à des Russes et à des Géorgiens qui monnayent du caviar ou de la pacotille ex-soviétique. Le choc Orient-Occident n'est pas moins violent ; la Turquie (toujours sous le regard des bustes du laïque Atatürk) a fait de nouvelles concessions sous « les assauts du Coca-Cola, du Schweppes et du Pepsi-Cola » et s'est laissé peu à peu asphyxier dans « une masse de lettres et de vidéo », « un univers sans lumière et sans éclat ». Orhan Pamuk reprend dans ces pages la problématique qui guidait un de ses premiers romans, *La maison du silence*, à propos des limites ou de l'échec de l'occidentalisation de la Turquie post-ottomane.

Devenu en quelques livres une célébrité dans son pays, Orhan Pamuk ranime et exacerbe dans

La vie nouvelle des obsessions déjà présentes dans ses romans antérieurs. Dans *Le château blanc* (1985), roman sur fond de Constantinople ottomane, étonnante rencontre d'un érudit vénitien et de son double turc (confrontation Orient-Occident à un autre siècle), surgit subrepticement le thème du livre ensorceleur, « ... un livre qu'on a appris par cœur à force de l'aimer ». Le Vénitien, qui voudrait « graver dans (sa) mémoire le livre tout entier », voit sa vie bouleversée d'un jour à l'autre quand il est capturé par la marine ottomane. Il disparaît lui aussi, à l'instar de Ruya, la femme de l'avocat Galip, dans *Le livre noir* (1989), tout comme le fait Djanan au cours de *La vie nouvelle.* Toujours et encore, c'est par le chemin de l'écrit que l'homme pamukien se transforme, accomplit son destin ou disparaît, avec, dans *La vie nouvelle,* une dimension quasi mystique, un rien ésotérique qui dérangera certains, enchantera d'autres. À distance des romans de Yachar Kemal, fondés sur l'héritage des traditions et légendes de sa Cilicie natale, à distance d'autres auteurs comme Nedim Gürsel ou Latife Tekin, Orhan Pamuk, né en 1952 à Istanbul, donne, par « sa » voix propre, une dimension magique à la Turquie et prolonge une réflexion sur l'interpénétration de cultures contradictoires, qui laisse filtrer, au travers de son humour, une amertume profonde : à force de traquer un livre qui lui échappe « pareil à un vaisseau merveilleux, inaccessible à tous, étincelant de tous ses feux, qui s'éloigne et se perd dans la nuit sombre », Osman avoue son échec. Le labyrinthe ne l'aura mené nulle part sinon à sa propre fin, mais il se garde bien d'en conclure que la vie nouvelle traquée pendant des années n'existe pas : absence de preuve n'est pas preuve de l'absence. Reste la puissance des mots, le pouvoir d'attraction qu'exerce l'écrit, et le style pamukien, imagé, grâce auquel le narrateur se met à distance de temps à autre en muant à la troisième personne, un style où les objets, les véhicules sont fréquemment personnifiés, un univers où les bandes dessinées cherchent, opiniâtrement, à concilier Orient et Occident.

Janvier 2005

JÉRÔME PRIEUR

La Reine du silence de Marie Nimier

Comme en séance d'hypnose, je me concentre. Je vois resurgir les apparitions de Marie Nimier, ses apparitions télévisées je veux dire. La chose se produisait tôt le matin ou vraiment tard dans la nuit. On ne va pas se plaindre, maintenant que la télévision qui n'adore rien tant que nos semblables — ceux qui sont pareils à nous mais en moins bien — a tellement honte de ses contemporains ; et là je ne peux m'empêcher de penser à mes pauvres *Hommes-livres* dont les images, stockées film après film en attendant Dieu sait quelle apocalypse, sont mises au secret : Philippe Jaccottet, Maurice Roche, Édouard Glissant, Jean Starobinski, Michel Butor, Béatrix Beck, Henry Bauchau, j'en oublie, et Jude Stéfan, et Pierre Michon... En attendant, je préfère voir sur le petit écran Marie Nimier jetée dans la fosse aux lions. Ils sont sympas les lions, ils ont *dévoré* son livre. Ils fouillent dans leurs fiches de lecture, ils en reviennent avec des citations plein la gueule. Du boulot de professionnel. Et là, ça vous fait mal ? Comme les internes de garde, les télé-critiques sont à l'écoute. La fille du *grand écrivain* est devant nous, dans le rôle du témoin vivant. *La Reine du silence* (le titre aurait dû les préoccuper) serait donc le portrait de Roger Nimier par sa fille. Marie parle de papa, l'un des « hussards » qui s'est tué en voiture, en 1962.

Mais messieurs dames, chers amis, pourquoi faites-vous semblant de croire à ce que vous dites, l'air pénétré ? Pourquoi ne vous êtes-vous pas rendu compte que le livre, en plus de toutes ses qualités, est beaucoup plus intelligent que vos petites questions tellement futées ? Il y répond par avance. Lisons : « Une peur terrible, invalidante (...) me saisit chaque fois que l'on me parle de Roger Nimier. » Toute la force du livre est de déjouer votre attente. C'est écrit page après page, c'est noir sur blanc sous vos yeux. Sans arrêt, quand elle ne menace pas de tout flanquer à la poubelle, la narratrice s'interroge sur son entreprise même, sur l'impossibilité et sur la manière de raconter son histoire, sur ce que les autres aimeraient savoir, leur goût du sang et des larmes. Oublions même leurs demandes récurrentes pour percer le mystère « des gènes de l'écriture ». La petite fille avait cinq ans quand son père est mort, et lui en avait trente-six. Roger Nimier était en compagnie d'une jeune femme qui se faisait appeler Sunsiaré de Larcône, il ne vivait plus avec sa famille depuis des mois. Que s'est-il passé dans l'Aston Martin ? « Je me refuserai à l'imaginer. Je me répéterai en me cachant les yeux comme les enfants qui veulent disparaître : ça ne me regarde pas. »

Le secret brûle les lèvres. En quatrième vitesse, Marie Nimier annonce la mort du personnage principal, qui survient dès la première phrase du livre, au cours des six premiers mots du récit. Cette mort du père, bien sûr, la regarde au plus haut point. Répétant mentalement le geste instinctif de l'enfant qui ferme les yeux pour ne pas voir, de la petite fille qu'elle retrouve en écrivant, elle sait bien que ce n'est pas un geste anodin qu'elle voudrait accomplir, mais un geste magique. Chercher à ne pas être vu, plutôt qu'à ne pas voir, c'est vouloir disparaître soi-même, « comme les enfants qui veulent disparaître ».

Si l'on aperçoit tant la narratrice écrire à sa table, épeler les virgules ou se racler la gorge, si elle se montre au travail en somme, c'est qu'elle a décidé d'entrer dans l'histoire, dans son histoire, dans cette histoire qui ne la quitte pas depuis l'âge où l'on commence à avoir ses premiers souvenirs :

quelques images du père et la nouvelle fatidique, comme une boule de sensations et de matières. Pour peu qu'on veuille y lire des signes, les lieux sont toujours hantés. Marie Nimier raconte donc les méandres de son enquête. Mais à travers la visite au cimetière, les séquences filmées d'un vieux reportage, l'exploration des placards avec montre à gousset, stylo, dents de lait, chaussure et autres reliques, couverture de *Paris-Match* à défaut de photos de famille, boîtes d'archives, lettres d'amour, testament, c'est le fantôme du père avec qui elle bataille, ce père qui, en disparaissant, a abandonné l'enfant qu'elle était. Ce père avec qui il faut rompre (sa fille découvrira le roman familial, la légende dorée du grand amour de ses parents). Ce père obsédant qui habite ses rêves, ce père avec qui il faut parvenir à renouer (au risque de vouloir le retrouver au fond de la Seine), ce père à réveiller (au point de calculer les milliards de litres d'air qu'il aurait normalement dû inhaler s'il avait vécu).

Quarante ans plus tard, le père a rajeuni insensiblement et, peu à peu, devient un frère. Il réintègre le cercle fraternel qui, selon tous les degrés de parenté, entoure l'héroïne : le frère imaginaire, le fils de Sunsiaré dont nous sera révélé le destin, le demi-frère, Hugues, qui ne sut pas d'abord lequel de ses deux pères, le vrai ou le faux, était mort, et Martin le grand frère qui pratique l'endormissement et la réanimation, sans parler du frère aîné, bébé mort deux jours après sa naissance, qui fut la cause du mariage de ses parents, et donc peut-être de l'existence de Marie. La fable raconte qu'Isis avait rendu la vie à Osiris quand elle parvint à rassembler tout le corps démembré et disloqué de son frère (qui était aussi son époux). On ne s'étonnera pas que celle qui dit « je » dans le livre de Marie Nimier, cette reine prénommée aussi Marie Antoinette, n'avoue qu'une seule collection, celle des expressions de la langue française qui jouent avec les différentes parties du corps.

Une des scènes les plus sidérantes du récit se produit quand la narratrice apprend que cinquante-six lettres de son père doivent être mises en vente. Dans ces ultimes messages qui paraissent des oracles à déchiffrer, la farce le dispute à la cruauté. Mais le théâtre de la vente aux enchères ressemble à s'y méprendre au théâtre d'une salle d'opération. Dans ce moment décisif rien ne manque, ni l'habit blanc de celle qui prend l'héroïne, la patiente, sous son aile, ni le sang qui coule, ni la syncope. L'émotion, l'élégance, le sourire, le suspense, le sens du tableau, tout est là, au cœur de cette métaphore du drame : que reste-t-il de ce père lointain (mais beaucoup mieux connu des autres), qu'est-ce qu'un père, qu'est-ce qu'être la fille de son père, et d'un père qui n'existe plus qu'à travers la chair de sa chair ? Tout est dit. Tout est dit en silence. La « reine du silence » — ce titre de gloire que lui avait accordé le père, le reprenant des mains d'une institutrice, cadeau ô combien empoisonné — règne enfin sur le silence. L'hostilité du monde est suspendue à la fin du livre, qui s'achève sur une pause.

Le journal de bord oppose au tragique ou à l'oubli les éclats de la vie la plus quotidienne, bribes triviales, cocasses, familières, tendres, qui sont ici autant d'obstacles et de barrages — jusqu'à l'épopée de l'impossible passage du permis de conduire qui riposte à merveille au culte paternel de l'automobile. Voyage à travers les époques, à travers les états d'âme, voyage à travers les corps : l'enfant, l'adolescente, la jeune fille, la jeune femme, la jeune mère — jusqu'à sa fascination pour les sirènes : c'est Marie Nimier qui cherchait, évidemment, à se retrouver. Elle se tient toute droite au milieu de son livre.

Juin 2006

VINCENT RAYNAUD

Les détectives sauvages de Roberto Bolaño

Paru en Espagne en 1998, couvert de prix et adulé dans tout le monde hispanophone, *Les détectives sauvages* est avec *2666*, sa « pentalogie » hélas posthume, un des deux extraordinaires sommets de l'œuvre de Roberto Bolaño, un livre-somme, un livre-monde, qui place à lui seul son auteur parmi les plus grands.

Les détectives sauvages, ce sont l'ami trop tôt disparu Mario Santiago et Bolaño lui-même, mais ce sont surtout Ulises Lima et Arturo Belano, deux jeunes poètes à la tête d'un mouvement littéraire mi-folklorique, mi-sérieux, le « réalisme viscéral ». Dans le Mexico District Fédéral du milieu des années 70, les deux hommes prennent sous leur aile un très jeune poète, Juan García Madero, qui découvre la vie, l'amour et la poésie, et qu'ils vont embarquer avec eux, d'abord au fil de leurs errances nocturnes à travers les bas-fonds de la ville, puis dans une improbable quête. En effet, ils sont à la recherche d'une poétesse mythique, Cesárea Tinajero, qui serait la fondatrice du premier groupe des réalistes viscéraux, dont eux-mêmes ne sont en fait que les héritiers. Une quête qui commence à Mexico et s'achève dans le désert de Sonora, pour Lima, Belano, García Madero et son amie Lupe, une jeune prostituée qu'ils essaient tous trois de soustraire à son souteneur. Une quête qui dure à la fois quelques jours et les vingt années qu'il faut à une foule d'amis, d'ennemis, de connaissances proches ou lointaines pour raconter, depuis Paris, la Costa Brava, Israël ou l'Afrique, l'histoire fantastique de ces deux hommes, Arturo Belano et Ulises Lima, une histoire qui est aussi celle de l'Amérique latine et de ses exilés, mais plus encore celle de la poésie et de la littérature latino-américaines.

Les détectives sauvages commence et s'achève comme un roman d'initiation. Mais c'est là une petite partie du livre, dont l'essentiel est constitué d'une multitude de fragments, de personnages et de regards qui se croisent, vont et viennent, disparaissent et réapparaissent, pour brosser un tableau immense et fascinant, souvent terrible, parfois hilarant, le destin des deux détectives sauvages, enquêteurs métaphysiques perdus dans le monde et dans la littérature. Chacun a son histoire à raconter, sa vision, et il faut près de vingt ans pour dresser le double portrait de Belano et Lima. Une grande partie du génie de Bolaño est à l'œuvre dans ce corps du roman, dans l'élaboration infiniment complexe et en même temps parfaitement limpide de ces brefs récits juxtaposés. Quel est le statut exact de ce récit long de vingt ans ? Est-ce un rêve qui durerait une poignée de secondes ? Est-ce un éclair lynchien ? Est-ce la vérité ou le fruit d'une imagination folle, débordante ? Des questions qui restent sans réponse, sinon celles que le lecteur voudra bien leur inventer. Mais cette multiplication des points de vue, loin de constituer comme certains ont voulu le voir un savant assemblage de nouvelles, est au contraire un récit magnifiquement structuré et dont les ellipses font sens. Et, sans rien dévoiler, on dira simplement qu'il y a là des passages mémorables, qui ne sont pas sans rappeler les plus grands textes de la littérature latino-américaine, dont le *Marelle* de Cortázar, souvent cité par la critique. Il y a, parmi bien d'autres choses, une rencontre burlesque dans un parc de Mexico avec don Octavio Paz ; il y a un incroyable duel à l'épée sur une plage de Catalogne entre un des poètes et un célèbre critique littéraire. Bolaño s'autorise tout, il est seul maître à bord et crée son propre monde, lui imposant les règles qu'il a imaginées de toutes pièces, un monde qui a en son centre la littérature et qui, par la magie de l'écriture, devient aussi vrai que la vie, plus vrai sans doute.

Mais le tour de force que représente une construction aussi audacieuse ne fonctionnerait pas aussi bien sans l'écriture de Bolaño, une écriture d'une vivacité, d'une inventivité et d'une plasticité rarement lues. Non content d'inventer un monde, Bolaño invente un style, des voix, des langues, mêlant la langue espagnole telle qu'on la parle en Espagne, au Mexique, au Chili et un peu partout dans le monde hispanophone. La langue des *Détectives sauvages* vient avant tout des *jergas*, mélanges d'argot et de formes dialectales dont chaque pays d'Amérique latine a sa propre variante. D'où un véritable torrent de langue, riche, complexe et plein de vie, particulièrement difficile à traduire et qui a dû nécessiter toute l'expérience, tout le talent de Robert Amutio, l'excellent traducteur français de Bolaño. On pouvait s'interroger a priori et se demander si *Les détectives sauvages* n'était pas un de ces livres intraduisibles à la Pynchon, au résultat fatalement décevant ; mais à la lecture du livre, il est évident que le jeu en valait la chandelle et que cette écriture si particulière, virtuose, brillante mais jamais gratuite, devait absolument être portée à la connaissance des lecteurs français.

Comète passée trop vite dans le ciel de la littérature, Bolaño est encore un auteur pour happy few dans notre pays et il y a fort à parier que *Les détectives sauvages* devrait marquer une forme de consécration, à l'heure où ses livres sortent aux États-Unis et où le *New Yorker*, indépassable arbitre des élégances littéraires, a publié plusieurs de ses nouvelles. Mais il ne fait guère de doute que la postérité consacrera l'auteur, l'œuvre et en particulier ce roman éblouissant : car c'est déjà un classique.

Janvier 2008

YVES LECLAIR

Le bestial serviteur du pasteur Huuskonen
d'Arto Paasilinna

Rosvasti Huuskonen petomainen miespalvelija… C'est du finnois, le titre du roman qu'Arto Paasilinna a écrit, il y a plus de douze ans maintenant, et que viennent de publier les éditions Denoël, sachant que l'homme des bois nordiques, qui voulut être facteur à skis mais fut flotteur de bois et bûcheron, en écrit un par an, depuis qu'il est tout petit ou presque. Ce n'est pas un *lièvre*, comme dans le précédent, celui, fameux, de *Vatanen* dont la fable écologiste a récemment couru, bondi ou reverdi sur tous nos écrans, mais un plantigrade, cette fois-ci, venu du froid, qui offre son miel à toutes les librairies, en vivant sa candide odyssée de la Baltique à l'Atlantique, de la mer de Barents à la mer Blanche, de la mer Noire à la Méditerranée, en compagnie d'un pasteur luthérien (un certain Oskar Huuskonen) séduit par les démones de minuit, d'un minuit de nuits blanches de vaudevillesques… Pour donner une meilleure idée de la chose, on serait tenté de présenter ce livre de lecture facile, primesautier, sous la forme d'une recette de cuisine littéraire, une sorte de farce lapone avec du bon et beau gibier (l'ours « Belzéb », le bon diable, flanqué de créatures féminines comme des déesses ou des diablesses qui feront défroquer le Don Camillo des neiges et découvrir, à travers de picaresques péripéties, « le Chemin, la Vérité et la Vie », si l'on en croit les derniers mots du récit), le tout relevé par un décor nature à la sauce blanche exotique façon arctique, mais avec des coulées battues en neige burlesques.

Or, à y « regoûter » de plus près, c'est un plat froid et aigre-doux que nous sert Arto Paasilinna : trente-six chapitres d'humour glacé, à la fois grave et grotesque, flambé à la vodka de l'ironie blanche. Sans doute faut-il rappeler, pour donner le ton, qu'Arto Paasilinna est né dans un camion, durant l'exode, qu'il a dû fuir, avec les siens, son territoire lapon sous la menace nazie, et que le premier mot qu'il prononça fut non pas « maman », mais

« guerre », comme il le rappelle à un journaliste dans *Le Monde* (du vendredi 8 juillet 2007). Ce Lapon-là est donc aussi tombé dans la funeste marmite de ces années qui puaient la mort. Et, certes si l'on peut lire les romans d'Arto Paasilinna comme de simples fables divertissantes, joviales et même parfois enfantines, on aurait tort d'oublier le dessein qu'elles animent, et l'envers (l'enfer) de leur décor féerique : en effet, les livres de Paasilinna, sous des dehors merveilleux et exotiques, ne cessent de faire imploser dans la neige de leur écran verbal l'ordre religieux, moral et politique que nous ne cessons de nous opposer. Pour ce faire, Arto Paasilinna puise ses ingrédients de bons sauvages dans l'universel théâtre de nos sociétés plus policières que policées, que l'on trouve dans les bars à Helsinki, dans les fins fonds des campagnes septentrionales aussi bien qu'à Nogent-le-Rotrou ou dans la paroisse de Nummenpää, par exemple, où commence la picaresque odyssée du sacrilège prêcheur. Ce sont des contes cocasses qu'on pourrait croire à dormir debout, mais qui nous emmènent en bateau, très loin, jusqu'à ce congrès final, par exemple, organisé par le fameux prêtre hérétique quittant ouailles et femme, pour les beaux yeux d'un ourson et l'aine polaire d'une jeune biologiste de l'université d'Oula : un ourson qu'il va éduquer et une nymphe qu'il aime « papouiller » sous la neige. L'amateur d'ours et de papouilles, de lancer de javelot et d'astronomie, de vodka et de Bible, voudra, dans sa fuite éperdue d'un monde que les institutions ont rendu irrespirable, réconcilier (en vain) une humanité qui se sert de ses religions pour mieux s'entretuer.

Drôles et graves, les romans de Paasilinna sont des fables iconoclastes qui provoquent, réveillent, et envoient promener à la ronde toutes nos sacrées et méchantes certitudes, balançant ici sabre et goupillon de tous les bouts de ce monde. On comprend mieux alors pourquoi le conteur blanc publie chaque automne un nouveau récit : il y a tant de mauvais pain sur la planche ! Arto Paasilinna écrit comme un arbre perd ses feuilles, comme un vieil ours enfant perd cruellement toutes ses illusions, mais non son humour — son humus, au fond de sa tanière ouverte.

Janvier 2008

PAUL GELLINGS

Dans le café de la jeunesse perdue
de Patrick Modiano

Un café appelé Le Condé dans une rue parisienne crépusculaire qui descend vers le carrefour de l'Odéon. Voilà le souvenir qui constitue le point de départ du dernier roman de Patrick Modiano. Et inutile de dire que l'on y est tout de suite à l'aise. Car, en dépit d'une évolution certaine,

Modiano demeure remarquablement fidèle à la singularité de son univers. On lui connaissait depuis longtemps le motif du café — lieu emblématique de transit et de déracinement; maintenant, à la veille de ses quarante ans d'écriture, il réexploite et renouvelle ingénieusement ce même motif.

Le Condé donc, espace poétique à la fois clairement indiqué et imprécis, « zone neutre » (on en reparlera) entre le Quartier latin et Saint-Germain-des-Prés. Une faune assez typée fréquente l'établissement. Deux ou trois quinquagénaires, le reste autour de la vingtaine. Parmi les plus mûrs, quelques hommes de lettres : Arthur Adamov, Olivier Larronde, Maurice Raphaël. Les jeunes ont pour alibi social des études universitaires fantaisistes, et sont pour la plupart dotés de noms truculents, comme on n'en trouve que dans des bars d'habitués un peu bohèmes : Tarzan, Zacharias, la Houpa. Au centre du groupe rayonne mystérieusement celle que l'on a baptisée « Louki ». Quelquefois droguée, le plus souvent paumée, elle s'appelle tour à tour Jacqueline Delanque et Jacqueline Choureau, avant d'en arriver à se surnommer elle-même : Jacqueline du Néant. Elle ne croit pas si bien dire...

Pour ce qui est du temps, le café n'existe plus aujourd'hui et il semble que l'on doive situer « la jeunesse perdue » de Louki et des autres dans les années lointaines d'un après-guerre indécis, époque seulement repérable grâce à des personnages « réels » comme les trois écrivains vieillissants. Mais sont-ils réellement si réels ? Ne seraient-ils pas plutôt les figurants chimériques d'un passé déjà révolu par le passé ?

Peu importe, au demeurant, de mesurer la part du vrai et du faux dans ce livre, puisque nous avons là, une nouvelle fois, une réalité romanesque signée Modiano. Observons, en revanche, que — beaucoup plus que dans ses précédents romans — il évoque une période presque intemporelle où, de surcroît, le calendrier se brouille parfois bizarrement : « J'ai l'impression de confondre les saisons. Quelques jours après cette soirée, j'ai accompagné Louki à Auteuil. Il me semble que c'était en été, ou alors en hiver, par l'une de ces matinées de froid, de soleil et de ciel bleu. »

Retournons au Condé, pour suivre de près les narrateurs successivement mis en place par l'auteur. Du café — bateau tantôt à la dérive, tantôt franchement ivre — nous parviennent leurs témoignages à mi-chemin du procès-verbal et du monologue intérieur. Il s'agit de quatre tentatives de retracer les cheminements troubles du mauvais sort qui finira par emporter Louki. Ont la parole : un jeune étudiant de l'École des Mines, d'entrée de jeu intrigué par Louki ; un détective privé, engagé par le mari de Louki ; Louki en personne (dans un passage singulièrement grisant !), et Roland, l'homme avec lequel elle a brièvement partagé sa vie.

Chacun s'exprime à sa façon particulière et pourtant on ne manquera pas de retrouver dans chaque épisode la « petite musique » de Modiano. Tel ce moment on ne peut plus lyrique où le détective a la curieuse sensation d'entrer en contact avec Louki par une sorte de rêverie éveillée : « Je sentais sa présence sur ce boulevard dont les lumières brillaient comme des signaux, sans que je puisse très bien les déchiffrer. Et me semblaient encore plus vives, ces lumières, à cause de la pénombre du terre-plein. À la fois vives et lointaines. »

À travers ces témoignages se dessinent aussi plusieurs projets d'écriture. Dans le premier chapitre, un registre des allées et venues des clients du Condé est tenu par le jeune Bowing dit « le Capitaine ». Le détective privé, ensuite, se sert d'un carnet de notes où il inscrit des détails comme « Lui, 36 ans. Elle, 22. Neuilly. Appartement rez-de-chaussée. Pas de meubles ». Enfin, Roland tente de composer un ouvrage consacré aux « zones neutres ».

De fait, la topologie de Modiano est en train d'évoluer vers une sorte de cosmologie occulte de Paris. Non seulement on trouve de l'électricité dans l'air parisien en octobre, mais on remarquera également des champs magnétiques dans le 6e, puis des limbes situés au-delà de Montparnasse, voire des éclats de matière sombre et un Éternel Retour à base de lambeaux de vie antérieure à d'autres endroits de la ville. Se désenclavent, en outre, des perspectives aliénantes, qui transportent notamment Louki dans un ailleurs mystique : « Beaucoup plus tard, Guy de Vere m'a fait lire

Horizons perdus, l'histoire de gens qui gravissent les montagnes du Tibet vers le monastère de Shangri-La pour apprendre les secrets de la vie et de la sagesse. Mais ce n'est pas la peine d'aller si loin. Je me rappelais les promenades de la nuit. Pour moi, Montmartre, c'était le Tibet. Il me suffisait de la pente de la rue Caulaincourt. »

Sans doute, le maître à penser nommé de Vere (type de personnage de plus en plus récurrent chez Modiano) y est-il pour quelque chose, mais retenons ici surtout une fascination croissante face à une rupture irrévocable avec toute cohérence sociale, toute structure spatio-temporelle. L'épigraphe et le titre empruntés au situationniste Guy Debord l'annoncent déjà : ce nouveau Modiano s'organise autour d'une salle de café anarchique où l'on verra s'accomplir une fatale symbiose entre grisaille et griserie.

ANNEXES

À PROPOS DES AUTEURS

ROBERT ABIRACHED, né en 1930 à Beyrouth, est critique, auteur dramatique, essayiste et historien du théâtre. Directeur du théâtre et des spectacles au ministère de la Culture de 1981 à 1988, il a été professeur à l'université de Paris X-Nanterre. Il est l'auteur notamment de *Casanova ou la dissipation* et de *La crise du personnage dans le théâtre moderne.*

JANINE AEPLY, née en 1921, est éditrice et romancière. Femme du peintre Jean Fautrier, elle collabore à la revue *Tel Quel* et fait partie des proches de Dominique Aury, relation dont témoigne leur correspondance. Ses derniers livres sont érotiques, dont *Éros zéro,* réédité par La Musardine en 1997.

JACQUES-PIERRE AMETTE, né en 1943 en Normandie, est romancier, dramaturge et journaliste. Parmi ses nombreuses œuvres, citons *Confession d'un enfant gâté, Les deux léopards* et *La maîtresse de Brecht* (prix Goncourt 2003). Lecteur éclairé de poésie et notamment de Hölderlin, il a également publié deux romans policiers en Série Noire sous le pseudonyme de Paul Clément.

ROBERT ANDRÉ (1920-2001) est professeur de littérature, essayiste et romancier (*L'enfant miroir*). Diplômé d'ethnologie, il a beaucoup voyagé en Europe et en Égypte (*Port-*

Saïd) et a collaboré à de nombreux journaux et revues, dont *La NRF* de 1965 à 1995.

GEORGES ANEX (1916-1991) est professeur de littérature et critique littéraire. Sa prédilection le porte aux textes singuliers, de Samuel Beckett à Jean-Marc Lovay. Préfacier de Cingria et de Chessex entre autres auteurs romands, il est l'auteur du *Lecteur complice* et de *L'arrache-plume*, recueils de chroniques littéraires.

MARCEL ARLAND (1899-1986) est romancier, nouvelliste et essayiste. Séduit un temps par le dadaïsme, il se rapproche ensuite des grands écrivains psychologiques de l'entre-deux-guerres. En 1923, *Terres étrangères* lui vaut d'être remarqué par Gide et Larbaud. Il obtient le prix Goncourt en 1929 pour *L'ordre*. Codirecteur de *La NRF* à partir de 1953, puis directeur de 1968 à 1977, il est élu à l'Académie française en 1968.

ANTONIN ARTAUD (1896-1948) est poète, dramaturge mais aussi acteur, metteur en scène et dessinateur. Le refus par Jacques Rivière de ses premiers poèmes donne lieu à une correspondance, publiée dans *La NRF* dès 1924. Suit notamment *L'ombilic des limbes*, dans lequel il proclame : « Je ne prétends pas autre chose que montrer mon esprit. » Il collabore au mouvement surréaliste. Il est interné en hôpital psychiatrique pendant près de dix ans, jusqu'en 1946.

DOMINIQUE AURY (1907-1998), de son vrai nom Anne Desclos, est traductrice, éditrice et critique littéraire. Secrétaire générale de *La NRF* de 1953 à sa mort, auprès de Paulhan, d'Arland et de Lambrichs, elle est aussi, sous le pseudonyme de Pauline Réage, l'auteur d'*Histoire d'O*, roman érotique dont Paulhan soulignera la « décence impitoyable », où l'on retrouve son goût du roman noir anglais et de la poésie mystique (*Anthologie de la poésie religieuse française*).

CHRISTIANE BAROCHE, née en 1935, est biologiste et écrivain. Elle publie depuis 1975 des recueils de nouvelles (*Chambres, avec vue sur le passé...* et *Pas d'autre intempérie que la solitude*) et des romans (*L'hiver de beauté*).

JACQUES BENS (1931-2001) est écrivain et poète. Il travaille de 1960 à 1963 sous la direction de Raymond Queneau à l'Encyclopédie de la Pléiade. Membre cofondateur de l'OuLiPo, il publie notamment de la « prose romanesque » (*Gaspard de Besse, Nouvelles désenchantées*) et de la « prose rimée » (*De l'Oulipo et de la Chandelle verte*).

MAURICE BLANCHOT (1907-2003) est auteur de romans (*Thomas l'obscur*), de récits (*L'arrêt de mort, Le dernier homme*) et de nombreux volumes de critique littéraire. Chroniqueur de *La NRF* à partir de 1953, ses dizaines de pages publiées chaque mois, réunies en partie dans *Le livre à venir*, ont inspiré des générations d'artistes et d'écrivains.

ALAIN BOSQUET (1919-1998), de son vrai nom Anatole Bisk, né à Odessa, passe sa jeunesse à Bruxelles. Il s'engage dans l'armée américaine en 1942. Installé définitivement à Paris en 1951, il collabore à *Combat*, au *Monde* et au *Figaro* et travaille dans l'édition. Il est poète (*Je ne suis pas un poète d'eau douce*) et romancier (*Un homme pour un autre, Lettre à mon père qui aurait eu cent ans, Les solitudes*).

ANDRÉ BRETON (1896-1966) est poète, romancier et essayiste. Avec Soupault, il redécouvre Lautréamont, dont les « beau comme » constituent le « manifeste même de la poésie convulsive ». En 1924, il écrit le *Manifeste du surréalisme* et prend l'année suivante la direction de la revue *La Révolution surréaliste.* Jusqu'à sa mort, il restera le théoricien et le continuateur du mouvement (*Nadja, L'amour fou*). Sur sa tombe est gravée l'épitaphe : « Je cherche l'or du temps ».

MICHEL BUTOR, né en 1926, publie son premier livre en 1954. Avec *La modification*, il s'impose comme l'un des pionniers du « nouveau roman » avant d'inventer à partir de *Mobile* de nouvelles formes expérimentales que l'on retrouve dans ses récits de voyage, ses poèmes ou ses œuvres en collaboration avec les peintres.

JEAN CASSOU (1897-1986) est poète, romancier, critique d'art, historien, mais aussi homme d'action. Publiés en 1944, ses *Trente-trois sonnets composés au secret* sont préparés en captivité alors qu'il ne peut pas les écrire. Citons, outre de nombreuses nouvelles, son roman *Les inconnus dans la cave* et ses œuvres critiques *Le Greco* et *Picasso.*

PIETRO CITATI, né en 1930 à Florence, est écrivain et essayiste. Il est l'auteur notamment de récits biographiques, dont *Kafka, Goethe, La colombe poignardée* (sur Proust) et *La mort du papillon* (sur Zelda et Francis Scott Fitzgerald). Son roman *Histoire qui fut heureuse, puis douloureuse et funeste* a obtenu le prix Médicis étranger en 1991.

CLAUDE MICHEL CLUNY, né en 1930, est poète, romancier, nouvelliste et critique. Éditeur aux Éditions de la Différence, il fonde et dirige de 1989 à 1998 la collection de poésie « Orphée ». Prix Guillaume Apollinaire pour *Asymétries,* il reçoit en 1989 le Grand Prix de l'Académie française pour l'ensemble de son œuvre poétique.

JEAN COCTEAU (1889-1963) est écrivain, poète mais aussi metteur en scène, cinéaste et artiste. Il participe à tous les mouvements de son époque, des ballets russes au cubisme et au surréalisme. Il découvre et promeut le talent de Radiguet. Il entre à l'Académie française en 1955.

BENJAMIN CRÉMIEUX (1888-1944) est journaliste, critique littéraire et écrivain. Il collabore dès 1920 à *La NRF* dans laquelle il défend les œuvres de Colette et de Proust. Directeur du bureau italien du ministère des Affaires étrangères, on lui doit la publication des premières traductions de Pirandello. Il contribue à faire connaître en France Verga, Svevo et Moravia. Résistant, il meurt à Buchenwald.

RENÉ CREVEL (1900-1935) rejoint le mouvement surréaliste en 1921. Il publie chez Gallimard notamment *Détours* et *Êtes-vous fous ?* Membre du parti communiste depuis 1927, il en est exclu en 1933. Il contribue à préparer le Congrès international des écrivains pour la défense de la culture en 1935 et se suicide peu après.

EUGÈNE DABIT (1898-1936) est d'abord peintre puis romancier. Après *L'Hôtel du Nord*, récompensé par le prix du Roman populiste, il publie notamment *Petit-Louis* et *Faubourgs de Paris*. Il meurt prématurément à Sébastopol, au cours d'un voyage en URSS en compagnie d'André Gide.

DANIEL-ROPS (1901-1965), de son vrai nom Henri Petiot, se fait connaître du grand public par ses romans (*L'âme obscure, L'épée de feu*) puis dirige chez Plon la collection « Présences ». Après guerre, très lu des milieux catholiques, il s'emploie à vulgariser l'histoire et le message de l'Église (*Histoire sainte, Jésus en son temps*). Il entre à l'Académie française en 1955.

JEAN DUVIGNAUD (1921-2007) s'impose comme sociologue par ses travaux sur la fête (*Le don du rien : essai sur l'anthropologie de la fête, Fêtes et civilisations*). Grand voyageur, il préside la Maison des cultures du monde à Paris. Dramaturge, il publie aussi des romans (*L'or de la République*).

MIRCEA ELIADE (1907-1986), né à Bucarest, vit aux Indes de 1928 à 1932. Attaché culturel à Londres et à Lisbonne, il enseigne dans diverses universités européennes et à Chicago. Il est l'auteur d'essais sur les symboles et les mythes (*Aspects du mythe, Le sacré et le profane*) et de romans imprégnés de ses expériences spirituelles (*La nuit bengali, Le temps d'un centenaire*).

CLAUDE ELSEN, de son vrai nom Gérard Delsenne, est le premier auteur à utiliser en France le terme « science-fiction », dans un article fondateur paru en 1950 dans *Le Figaro littéraire*. Il est également traducteur de l'anglais.

ÉRIC FAYE, né en 1963, est l'auteur d'une vingtaine de livres — romans et nouvelles —, dont *Je suis le gardien du phare* (prix des Deux Magots 1998) et *Le syndicat des pauvres types*, dans lesquels il questionne les temps modernes d'une écriture ciselée, entre fantastique et onirisme.

DOMINIQUE FERNANDEZ, né en 1929, fils de Ramon Fernandez, obtient le prix Médicis en 1974 pour *Porporino ou les mystères de Naples* et le prix Goncourt en 1982 pour *Dans la main de l'ange.* « Promeneur amoureux », spécialiste de l'art baroque et de la culture italienne, il a publié de nombreux récits de voyage illustrés de photos. Il entre à l'Académie française en 2007.

RAMON FERNANDEZ (1894-1944), père de Dominique Fernandez, est écrivain, critique et journaliste. Il reçoit le prix Femina en 1932 pour son roman *Le pari.* Critique majeur de l'entre-deux-guerres, il publie notamment *Balzac ou l'envers de la création romanesque* et *Molière ou l'essence du génie comique,* œuvres de référence rééditées récemment. Membre du PPF, il collabore avec l'occupant nazi.

PASCAL FIESCHI est essayiste et poète (*Bulles d'air*). Il collabore à la revue *Mesures* auprès de Jean Paulhan puis, proche de Drieu la Rochelle, il fait partie sous l'Occupation des contributeurs réguliers de *La NRF.*

JEAN FOLLAIN (1903-1971) a mené une double carrière de magistrat et d'écrivain. Écrivant en dehors du surréalisme, poète de l'objet, il a contribué à forger une poésie nouvelle (*Usage du temps, Exister*). Il reçoit en 1970 le Grand Prix de poésie de l'Académie française.

PAUL GELLINGS, né en 1953 aux Pays-Bas, est traducteur, poète et romancier (*Motel Belmonde*).

HENRI GHÉON (1875-1944), de son vrai nom Henri Vangeon, est poète, dramaturge, romancier et essayiste. Ami intime d'André Gide, il fait partie des fondateurs de *La NRF.* Théoricien du théâtre, il participe en 1913 à la création du Vieux-Colombier. Médecin sur le front belge, il recouvre la foi catholique et met, à partir de la Première Guerre mondiale, son art au service de Dieu.

André Gide (1869-1951), l'un des fondateurs de *La NRF*, dispose dès 1909 d'une œuvre influente (*Les nourritures terrestres, L'immoraliste*). Par ses prises de position, ses nombreuses amitiés et ses voyages, il exerce durant l'entre-deux-guerres un véritable magistère, publiant des récits (*La symphonie pastorale, Les faux-monnayeurs*), des essais (*Corydon*) et les premières pages de son *Journal*. Il reçoit le prix Nobel de littérature en 1947.

Jean Grosjean (1912-2006), ordonné prêtre en 1939, renonce à son sacerdoce après la Seconde Guerre mondiale. Commentateur et traducteur de la Bible, du Coran et des tragédiens grecs, il publie aussi récits et poèmes (*Terre du temps, Fils de l'homme, La Gloire*). Il devient à partir de 1967 membre du comité de rédaction de *La NRF*, dont il est l'un des contributeurs réguliers à partir de 1955.

Jean Guérin est un pseudonyme collectif dont Jean Paulhan (1884-1968) fit grand usage. Essayiste, critique d'art, théoricien de la langue et de la littérature (*Les fleurs de Tarbes*), Jean Paulhan devient en 1920 secrétaire de *La NRF* puis rédacteur en chef de 1925 à 1940 et de 1953 à 1968. Résistant, cofondateur des Éditions de Minuit, il met en cause à la Libération le principe de l'épuration. Il exerce une influence considérable, dont sa correspondance garde la trace, sur le monde des lettres et des arts. Il entre à l'Académie française en 1963.

Philippe Jaccottet, né en Suisse en 1925, s'installe en 1953 dans la Drôme dont les paysages, les ombres et la lumière inspireront les poèmes et proses à venir (*Paysages avec figures absentes, Cahier de verdure*). Traducteur de Homère, Pétrarque, Leopardi, Góngora, Goethe, Hölderlin, Ungaretti entre autres, il a également publié des textes critiques dont *L'entretien des muses* et *Rilke par lui-même.*

CHRISTINE JORDIS s'occupe du roman de langue anglaise chez Gallimard et collabore au journal *Le Monde.* Son essai *De petits enfers variés* a été couronné par le prix Femina et *Gens de la Tamise* par le prix Médicis. Très attirée par l'Asie, elle a publié des récits de voyage (*Bali, Java, en rêvant*) et une biographie de Gandhi. Son dernier roman, *Un lien étroit,* est paru au Seuil.

ROGER JUDRIN (1909-2000) est essayiste, nouvelliste, romancier, auteur d'aphorismes inspirés de la sagesse orientale. Il collabore à *La NRF* à partir de 1953. Parmi ses nombreuses publications, citons sa biographie de Saint-Simon et les critiques littéraires de *Boussoles.*

JOSEPH KESSEL (1898-1979) est romancier, journaliste, grand reporter, grand voyageur. Il tire de son expérience de soldat son premier grand succès, *L'équipage,* publié en 1923. Résistant, il écrit avec Maurice Druon le *Chant des partisans.* Après l'immense succès du *Lion,* il se consacre à de grandes fresques historiques, dont *Les cavaliers.* Il entre à l'Académie française en 1962.

LAURAND KOVACS, né en Espagne, d'une mère française et d'un père hongrois, s'est spécialisé dans l'étude des langues et des littératures de l'aire yougoslave. Traducteur entres autres de l'auteur serbe Stevan Sremac, critique littéraire dans de nombreux journaux, il est aussi romancier (*La rose noire*).

RENÉ LALOU (1889-1960) est essayiste, historien de la littérature (*Roger Martin du Gard, Histoire de la littérature française contemporaine de 1870 à nos jours*) et traducteur de Shakespeare, Keats et Poe.

VALERY LARBAUD (1881-1957) est poète, nouvelliste, romancier et traducteur. Héritier d'une famille fortunée, il parcourt l'Europe à grands frais, continent qu'il chante dans *Poèmes par un riche amateur* ou *Œuvres françaises de*

M. Barnabooth avant de publier un roman, *Fermina Márquez*, et un premier recueil de nouvelles (*Enfantines*). Polyglotte, il fait connaître en France des œuvres majeures de la littérature étrangère, dont celles de Samuel Butler et de James Joyce.

YVES LECLAIR, né en 1954, est écrivain, poète et critique littéraire (il collabore à *La NRF* depuis 1988). Il a publié notamment au Mercure de France des recueils de journaux poétiques et aux Éditions de La Table ronde des textes inspirés par la spiritualité chinoise et l'expérience de la marche (*Bâtons de randonnées*).

MICHEL LEIRIS (1901-1990) participe de 1924 à 1929 au mouvement surréaliste. Il rédige ensuite un roman (*Aurora*), des poèmes (*Haut Mal*), des essais artistiques et ethnographiques (*L'Afrique fantôme, Miroir de la tauromachie*) avant de questionner le genre autobiographique dans *L'âge d'homme* et les quatre volumes de *La règle du jeu.*

PIERRE MAC ORLAN (1882-1970), de son vrai nom Pierre Dumarchey, après des années de grands voyages et de petits métiers, fréquente la bohème montmartroise du début du siècle. Blessé à la guerre de 1914, il se retire en 1927 à Saint-Cyr-sur-Morin pour écrire poèmes, romans (*Le quai des brumes*), essais, reportages et chansons.

ANDRÉ MALRAUX (1901-1976) connaît le succès en 1928 avec *Les conquérants.* Grand voyageur, résistant, ministre des Affaires culturelles durant plus de vingt ans, il organise pour la Bibliothèque de la Pléiade son œuvre en trois ensembles : les romans (*La condition humaine, L'espoir*), les écrits sur l'art (*Les voix du silence, La métamorphose des dieux*), *Le miroir des limbes* réunissant ses textes de mémorialiste. Ses cendres sont transférées au Panthéon en 1996.

DENIS MARION (1906-2000), de son vrai nom Marcel Defosse, est d'abord avocat puis à partir de 1945 correspondant à Paris du quotidien *Le Soir.* Spécialiste du cinéma, il est assistant et coscénariste avec Malraux du film *Espoir, sierra de Teruel.* Traducteur, il est également dramaturge et romancier.

François Mauriac (1885-1970), après des débuts de poète, publie *Le baiser au lépreux* en 1922 puis *Thérèse Desqueyroux* et *Le nœud de vipères.* Élu à l'Académie française en 1933, il s'engage dans le combat politique et dénonce la menace fasciste. Après guerre, prix Nobel en 1952, il poursuit notamment une œuvre de polémiste et de mémorialiste.

André Miguel, né en 1920 en Belgique, est critique, dramaturge, nouvelliste, poète et romancier, auteur notamment de *Toisons* et de *L'oiseau vespasien.*

Richard Millet, né en 1953 en Corrèze, a passé son enfance au Liban. Romancier, essayiste, il a publié une quarantaine d'ouvrages, parmi lesquels *Le sentiment de la langue, Le renard dans le nom, Le goût des femmes laides, Dévorations, La confession négative.* Il est membre du comité de lecture des Éditions Gallimard.

Lionel Mirisch est traducteur et romancier (*Une amitié avec le monde*). Il a travaillé dans l'édition et comme critique, notamment pour *La Quinzaine littéraire* et France Culture. Il compose également des chansons.

Paul Nizan, né en 1905, professeur de philosophie, est d'abord pamphlétaire puis romancier (*Le cheval de Troie, La conspiration*). Inscrit au parti communiste dès 1927, il en est le porte-parole avant de le quitter à l'occasion du pacte germano-soviétique. Il est tué en mai 1940 lors de la retraite de Dunkerque. Sa pensée, ses œuvres et son engagement en feront l'un des maîtres à penser des années 1960.

Dominique Noguez, né en 1942, est l'auteur d'une quarantaine d'ouvrages parmi lesquels des romans, des textes de morale et de politique, de la critique-fiction. Il reçoit le prix Roger Nimier en 1995 pour son roman *Les Marta-*

gons, le prix Femina 1997 pour *Amour noir*, le Grand Prix de l'humour noir en 1999 pour *Cadeaux de Noël*.

FRANÇOIS NOURISSIER, né en 1927, publie son premier roman en 1951 et conçoit depuis une œuvre où alternent autobiographie et roman. Il reçoit le Grand Prix du roman de l'Académie française en 1966 pour *Une histoire française*, le prix Femina en 1970 pour *La Crève*. Secrétaire général des Éditions Denoël de 1952 à 1955, conseiller aux Éditions Grasset de 1958 à 1996, il est également journaliste. Élu à l'Académie Goncourt en 1977, il en est le président de 1996 à 2002.

GEORGES PERROS (1923-1978), de son vrai nom Georges Poulot, d'abord comédien à la Comédie-Française, devient ensuite lecteur au TNP de Jean Vilar, puis pour le compte des Éditions Gallimard, où il se lie d'amitié avec les principaux membres de *La NRF*. Il est l'auteur de poèmes (*Une vie ordinaire*), de pensées et aphorismes (*Papiers collés*) et d'une riche correspondance.

ANDRÉ PIEYRE DE MANDIARGUES (1909-1991) est poète, romancier, dramaturge, traducteur et essayiste. Il participe aux activités du groupe surréaliste à partir de 1947. Passionné de peinture, il écrit des essais sur l'art, ancien et moderne. Il reçoit le prix Goncourt en 1967 pour *La marge*. Grand amateur d'érotisme, il publie en 1969 *L'Anglais décrit dans le château fermé*.

JEAN PRÉVOST (1901-1944) est romancier, essayiste et théoricien de la littérature (*La création chez Stendhal*). Résistant, il est tué les armes à la main sous le nom de Capitaine Goderville.

JÉRÔME PRIEUR, né en 1951, est écrivain, essayiste et réalisateur de films documentaires. Il a publié des livres portant aussi bien sur Proust (*Proust fantôme*) que sur la photographie et le cinéma (*Nuits blanches*, *Séance de lanterne magique*). Il tient la chronique cinéma de *La NRF* de 1977 à 1984.

RAYMOND QUENEAU (1903-1976) est romancier, poète, dramaturge et mathématicien. Après avoir fréquenté le groupe surréaliste, il entre en 1938 aux Éditions Gallimard où il est lecteur, traducteur de l'anglais puis membre du comité de lecture. Cofondateur de l'OuLiPo, membre de l'Académie Goncourt, il a également dirigé l'Encyclopédie de la Pléiade. Parmi ses nombreuses œuvres, citons *Exercices de style, Zazie dans le métro, Les fleurs bleues.*

GILLES QUINSAT, né en 1952, est auteur de récits publiés pour certains dans la collection Le Chemin (*Lazare et ses voix, L'éclipse*). Il est aussi essayiste (*Le monde des littératures*) et responsable éditorial à l'*Encyclopaedia universalis.*

VINCENT RAYNAUD s'occupe du domaine italien chez Gallimard. Il est traducteur de l'espagnol et de l'italien pour de nombreuses maisons d'édition parmi lesquelles Bourgois, Robert Laffont, Albin Michel et Gallimard.

JACQUES RÉDA, né en 1929, est poète, auteur de récits en prose et d'essais. Amateur de musique, il collabore à *Jazz Magazine.* Membre du comité de lecture de Gallimard, il dirige *La NRF* de 1987 à 1996. Nombre de ses livres ont la région parisienne pour sujet, dont les recueils *Les ruines de Paris, Hors les murs* et *Château des courants d'air.* Il reçoit le Grand Prix de poésie de l'Académie française en 1997.

JACQUES RIVIÈRE (1886-1925) assure le secrétariat de *La NRF* de 1911 à 1914, avant d'en être le directeur de 1919 à sa mort. Romancier (*Aimée*) et essayiste (*De la sincérité envers soi-même, Rimbaud*), il prend part à une nouvelle orientation de la critique et laisse une correspondance essentielle à la compréhension de la littérature de son temps, dialoguant avec Alain-Fournier, Gide, Claudel, Proust et Artaud.

ALAIN ROBBE-GRILLET (1922-2008) publie son premier roman, *Les gommes,* en 1953 aux Éditions de Minuit, dont il deviendra le conseiller littéraire de 1955 à 1985. Dans

Pour un nouveau roman, recueil d'articles polémiques paru en 1963, il conteste le roman traditionnel de type balzacien. Scénariste de *L'année dernière à Marienbad* en 1961, il réalise par la suite de nombreux films. Il est élu à l'Académie française en 2004.

JEAN ROUDAUT, né en 1929, a vécu en Grèce, en Italie et en Suisse. Il a publié une vingtaine d'ouvrages, consacrés essentiellement à la peinture et à la littérature, et notamment aux œuvres de Georges Perros, Michel Butor, Robert Pinget et Louis-René des Forêts (*Encore un peu de neige*).

DENIS DE ROUGEMONT (1906-1985), fils d'un pasteur suisse, fonde durant les années 30 le personnalisme, rejetant, aux côtés de Mounier et de Daniel-Rops entre autres, individualisme et collectivisme. Dans *L'Amour et l'Occident*, en 1939, il oppose une tradition romantique de l'amour passionné au véritable amour du prochain. Publiant *La part du diable* en 1942, *Lettres sur la bombe atomique* en 1946, il s'engage après guerre dans les mouvements fédéralistes européens et contribue au développement du mouvement écologique.

JEAN-PAUL SARTRE (1905-1980) est philosophe, critique littéraire, romancier, nouvelliste et dramaturge. Il se fait connaître du grand public par ses récits (*La nausée*, *Le mur*) et ses pièces de théâtre (*Les mouches*, *Huis clos*). Mais son activité littéraire est indissociable de sa pensée philosophique (*L'imaginaire*, *L'être et le néant*). Menant une intense activité politique, il refuse le prix Nobel de littérature en 1964.

JEAN SCHLUMBERGER (1877-1968) est l'un des fondateurs de *La NRF*, dont il assure la codirection de 1909 à 1912. Ami d'André Gide, comme lui d'éducation protestante avant de prendre ses distances avec la religion, il publie des romans (*Un homme heureux*, *Le lion devenu vieux*), des pièces (*La mort de Sparte*) et des essais (*Plaisir à Corneille*).

JUDE STÉFAN, né en 1930, est poète, nouvelliste, essayiste et moraliste. Proche de Georges Lambrichs et des écrivains du « Chemin », il est l'auteur de nombreux livres dont les recueils *Libères* et *À la vieille Parque*, réédités en Poésie/Gallimard.

ALBERT THIBAUDET (1874-1936) est le critique littéraire le plus important de l'entre-deux-guerres, spécialiste notamment de Mallarmé, Bergson, Flaubert, Montaigne. Les notes qu'il écrivit dans *La NRF* de 1912 à sa mort, dans lesquelles il tente de transmettre ses voluptés de lecteur, ont été réunies sous les titres *Réflexions sur le roman*, *Réflexions sur la littérature* et *Réflexions sur la critique*.

HENRI THOMAS (1912-1993) est poète, romancier, essayiste et traducteur (notamment d'Ernst Jünger). Il reçoit le prix Médicis en 1960 pour *John Perkins*, le prix Femina en 1961 pour *Le promontoire*. Il a vécu dix ans à Londres comme employé de la BBC et deux ans aux États-Unis où il a été professeur de littérature.

INDEX GÉNÉRAL DES NOMS

Les numéros des pages en romain renvoient aux auteurs des textes, les numéros en italique à ceux dont les œuvres font l'objet d'un article.

ANNEXES

Composition Interligne
Impression Maury-Imprimeur
45330 Malesherbes
le 12 mars 2009.
Dépôt légal : mars 2009.
Numéro d'imprimeur : 145637.

ISBN 978-2-07-036109-0. / Imprimé en France.

168980